Zafiros en la piel

Viviana Rivero

Zafiros en la piel

EL AMOR

«El amor es probablemente la experiencia más enriquecedora que un ser humano puede vivir», afirmó Mario Vargas Llosa, distinguido con el Premio Nobel de Literatura en 2010. Y verdaderamente acuerdo con él.

Creo que el amor se presenta ante nuestras vidas de una y mil formas y facetas. Porque no se trata sólo del amor romántico en una pareja, sino también de esos otros amores que marcan nuestra vida, como es el amor entre padres e hijos. Lo muestra claramente el hecho de que una vez que tenemos hijos jamás volvemos a ser las mismas personas. O el amor a la tierra, ya sea la nuestra, la que nos vio nacer, o la que adoptamos. Porque ¿qué persona, cuando está fuera de la madre patria, no evoca con un aroma o un vocablo el afecto que tiene por un país? Ni hablar del amor a las vocaciones que abrazamos y que, estoy segura, traemos grabadas en nuestro ADN, porque son tan incontenibles como los amores juveniles. Y he aquí que sólo nombro algunas clases de amor, porque hay más variantes. Cada tipo de amor es diferente, pero igualmente intenso, al punto de dejar su huella en las personalidades del hombre.

Creo que el amor, en cualquiera de sus manifestaciones, es el motor que mueve al mundo. Por él estamos dispuestos a hacer los mayores sacrificios, a intentar cambiar lo que sea que lo ponga en riesgo, y hasta a mudarnos a la otra punta del planeta. Como también por amor —en cualquiera de sus formas— estamos resueltos a soñar con lo imposible.

Los griegos entendían que el amor era un sentimiento tan

poderoso, tan grande, indómito e importante, que no podían encerrarlo en un solo vocablo. Ante la imposibilidad de definirlo con un término, los grandes pensadores de la Antigüedad utilizaban diferentes palabras, según la clase de amor de la que se tratara. Elegí algunas de ellas para encabezar los capítulos en los que separé los relatos de este libro.

Queridos lectores, en las siguientes páginas les dejo el amor en todas sus expresiones. Espero que lo disfruten.

VIVI RIVERO

ΕΡΟΣ

EROS

En la mitología griega, Eros era el dios del amor y el sexo. De allí que se lo relacione con el amor pasional o romántico caracterizado por sentimientos intensos, gran fuerza erótica y mucha actividad sexual. Los griegos lo consideraban peligroso por la pérdida de control debido a lo impulsivo, superficial y carnal.

EL REGALO

Buenos Aires, día martes

La empleada de la joyería Zafiros en la piel apoya la pulsera de oro sobre el mostrador. La observo y me siento satisfecho. La joya es cara pero la pago con ganas. A mis cuarenta años puedo darme el gusto de comprársela a mi mujer. Hace meses que vengo buscando algo así en distintas joyerías. Sin embargo, no había dado con lo que quería hasta hoy, cuando entré en la galería para entregar tres de mis cuadros en uno de los locales y descubrí este negocio, una joyería con buen surtido de objetos especiales. Bueno, tal vez no fue la casualidad sino la causalidad la que me trajo hasta aquí.

—¿La coloco en el estuche? —me pregunta la vendedora.

—Sí, por favor, me gustaría en uno de terciopelo azul.

—Claro, el que usted prefiera —me responde la chica y la guarda en la caja solicitada.

Luego me la muestra para que aprecie cómo queda presentada. Es bellísima y tiene lo que buscaba: oro veinticuatro quilates y dijes con formas de flores: una margarita, una rosa, un clavel, dos tulipanes, un girasol y una dalia.

—Señor, ¿se la envuelvo en papel dorado o prefiere la bolsita blanca de la casa? —me pregunta la empleada observándome con sus enormes ojos azules. Son tan claros y bonitos que me distraen y tardo en responder.

—Hum, no sé…

—¿Es para una ocasión especial?

11

—Diría que sí.

—Entonces se la envuelvo en dorado. Ese color va perfecto para un cumpleaños o un aniversario.

Yo sonrío y sólo asiento. ¿Cómo explicarle la clase de ocasión para la cual la compré? Es un acontecimiento extraño, especial, que nadie —salvo Erika y yo— entiende lo que significa. Algo muy nuestro. No es un aniversario. Tampoco el comienzo de una etapa ni un mojón en medio de nada. Diría, más bien, que es la culminación de algo que lleva diez años. Y yo adoro a Erika por lo que ha hecho por mí durante todo este tiempo.

* * *

Seguramente si la vendedora de la joyería supiera por qué se la regalo, pensaría que somos locos. Pero ¿qué es ser loco? ¿Ser diferente? ¿Hacer cosas distintas?

Creo que ser diferente no nos convierte en desequilibrados. Aunque es común que, ante la forma de pensar o la manera de actuar de otra persona, digamos «¡Qué loco es!». Pero todos somos diferentes unos de otros. Y ese hecho —tan humano— por sí solo no nos debería transformar en seres estrafalarios frente a los ojos de los demás. En conclusión, cada uno es loco a su manera. Porque nadie hace ni piensa igual que los demás. ¿En qué momento la locura «normal» se vuelve verdadera? Creo que sucede en el preciso instante en que empezamos a comportarnos de un modo en que ponemos en peligro a los que nos rodean o a nosotros mismos. En ese momento, la individualidad, la rareza o la locura se vuelven auténtica demencia, y podemos afirmar sin tapujos «Está loco».

Mientras tanto y hasta arribar a esa conclusión, cada uno ve raro a su vecino porque hace las cosas cotidianas de un modo diferente. Incluso, tras juicio sumarísimo, lo califica como loco. Pero la verdadera locura es destructiva y nosotros, con Erika, no hemos llegado a tanto. Es más: creo que nunca alcanzaremos semejante estado. Aunque tengo que admitir que siempre nos hemos comportado de una forma poco ortodoxa, significativamente diferente al resto. Razón por la que tomaré mis recaudos y no contaré a nadie por qué le regalo la joya.

El hecho de que ella sea escritora y yo pintor, y ambos vivamos de nuestros trabajos, supongo que nos transforma en seres ligeramente extraños. Hace diez años, desde que empezamos nuestra convivencia, y siempre que estamos en época de producción, pasamos largas temporadas sin salir de la casa. Ella, encerrada en su oficina con su *notebook*; y yo, en mi atelier, pintando; cada uno escribiendo y dibujando durante días enteros, sin interesarnos por nada, salvo por nuestra obra. En esos meses intensamente creativos vivimos de manera extravagante a los ojos de los demás. Comemos lo que hay en la casa, tal vez sólo una fruta, un tomate, cereales o llamamos a cualquier *delivery*. En ciertas oportunidades, incluso, hemos pasado un par de días a pan y queso, ya que la pasión por la obra que nos ocupa es tan abrasadora, que ni siquiera queremos levantar el teléfono para pedir una pizza. En esas jornadas caminamos por los pasillos hablando solos, andamos descalzos por la casa y, si hace calor, hasta desnudos. La mitad del tiempo trabajamos de noche y dormimos durante el día. Hacemos el amor en el piso, y solemos quedarnos a descansar en mi atelier o en su oficina. No establecemos reglas ni horarios para ninguna actividad; tampoco tenemos celulares y, aunque nuestro automóvil funciona bien, si salimos a la calle preferimos andar en bicicleta.

Si eso es ser raro, entonces, mi mujer y yo lo somos. Supongo que podemos hacer todo esto porque no tenemos hijos; y creo que justamente ese fue el motivo por el que nos volvimos diferentes. Cómo olvidar esa siesta en que ambos, sentados frente al doctor Juárez en su consultorio, recibimos la noticia demoledora: nunca podríamos ser padres. Porque fue ese miércoles por la noche cuando comenzó el ritual que mañana está pronto a terminar y que es la razón por la que quiero regalarle a Erika la pulsera de los dijes. Recuerdo bien aquellos días porque fue en ese mismo tiempo que comencé con los cuadros del estilo que se puso de moda y que nos han dado de comer hasta ahora. En plena crisis artística y existencial dejé de pintar temas exóticos, rebuscados, y me refugié en las líneas simples, minimalistas, despojadas; abandoné la pintura y concebí una colección de dibujos relacionados con la naturaleza. Esa repentina inspiración terminó llevándome a crear las famosas «flores Arturo», como llaman los entendidos a mis trabajos en alusión a mi nombre y que aún hoy, a pesar de los años, son todo un éxito. Ese fue el comienzo de una etapa teñida de momentos buenos y malos que con Erika hemos transitado juntos.

—Señor, el dueño de la joyería se enteró de que usted es Arturo Cayena y desea hablarle un momento.

En la otra punta del negocio, un hombre calvo de aproximadamente unos cincuenta años atiende a un cliente. Al escuchar lo que la chica me dice, me mira y me levanta la mano a modo de saludo. Su gesto es perentorio, casi una orden.

—Por favor, deme un minuto que termine aquí, y hablamos —propone él—. Macarena puede servirle un café.

—No es necesario, gracias —respondo y le pago a la vendedora.

El hombre calvo se acerca y se presenta:

—Mi nombre es Heraldo Heredia, soy el dueño de la joyería y quiero encargarle una de sus obras para mi local.

Mientras me comenta su idea, advierto admiración en su manera de tratarme. Situaciones como esta me hacen caer en la cuenta de la fama que disfruto. Tras media hora de charla, cerramos trato. Le paso un precio caro, se queja un poco —no debería, pues él no me hizo ningún descuento en la pulsera—, me encojo de hombros. Es lo que cobro y punto. Se nota que es una persona apegada a las cosas materiales. Pero quiere el dibujo y yo me marcho contento.

* * *

Por seguridad, antes de retirarme guardo mi paquete en la mochila. No resisto la tentación de pasar por el restaurante donde una hora antes dejé los cuadros y me dirijo hacia allí. Estoy cerca; se encuentra en la misma galería que la joyería. Quiero ver cómo quedan colgados. Cuando me fui, el empleado estaba fijándolos en la pared principal. Camino unos pasos y, desde la puerta del local, los veo. Son tres. Cada uno tiene un girasol enfocado desde distintas ópticas. Claro: todos con mi estilo. Son girasoles Arturo.

Luego de dos minutos me marcho. Pienso dar una vuelta por el centro, comprarme una camisa y recortarme el pelo. Después regresaré a San Telmo, el barrio donde tenemos una casona antigua, que es nuestro refugio desde hace años, el lugar en el mundo donde más nos gusta estar, más que en el Caribe, Venecia o París. Somos nadadores contra la corriente.

Pero de pronto noto que en la misma galería hay varios negocios que me interesan. Las vidrieras parecen llamarme. Paso por la librería y compro una novela de uno de los autores preferidos de Erika. En la vinoteca, adquiero dos botellas: un syrah y un carísimo malbec cosecha 2007. Mi mujer, al igual que yo, ama el buen vino. En la casa de tatuajes pregunto por el famoso *piercing* que siempre digo que me colocaré. Pero una cosa lleva a la otra y lo que en principio sería una simple consulta me insume mucho más tiempo del que imaginé; tanto es así, que la compra de la camisa queda descartada. Sólo iré por mi corte de pelo.

* * *

Para las ocho de la noche ya estoy en casa. Entro y me miro en el espejo del recibidor. Hay algo en mí que me hace sentir diferente y no es el paso por la peluquería. Estoy seguro de que se debe a lo que estuve haciendo en la galería. Pero el cristal me devuelve la misma imagen de siempre. Sólo algunas canas entre mi pelo rubio me muestran que los años pasan. Entonces, pongo cara de seductor, le presumo al espejo. Tan mal no me veo. Creo que mi principal atractivo sigue estando en mis ojos verdes. «¡Basta, Arturo, de vanidad!», me digo en voz alta y se me escapa una carcajada. Erika llegará en cualquier momento. Sé que ha ido a la editorial, pronto publicará una nueva novela. Aunque si ahora se está demorando tal vez tenga que ver con nuestro evento privado de mañana.

Me instalo en la cocina. Me lavo las manos y en segundos empiezo a picar dos cebollas; haré una salsa para acompañarla con espaguetis. Hoy se me antoja el día ideal para pasta. Mientras cocino pongo música, escucho la versión de «It's a man's world» que grabaron Pavarotti y James Brown. ¡Mujeres! ¡Mujeres! Decido completar el buen momento sirviéndome una copa del syrah que traje; el malbec lo reservo para la noche de mañana, cuando le entregue la pulsera, cuando yo también obtenga mi «regalo», ese que Erika recrea una noche al mes hace ya años.

La conocida voz femenina me saca del clima intenso en el que me ha sumergido Pavarotti.

—¡Hola, hola! ¡Madre mía, cómo estamos hoy, eh…! ¡Música, vino, salsa! ¡Italianito total!

—Hola, amor mío… Y bueno, lo traigo en la sangre.

Nos abrazamos, nos damos un beso. Siento su cuerpo a través de la tela del vestido blanco de bambula que tiene puesto. Jamás usa sostén; jamás los usará, como sé bien que tampoco nunca se teñirá el pelo, ni comerá carne. Son sus reglas, las inamovibles. Con ellas no transa. Y eso que en medio de su cabello castaño, que llega más abajo del hombro, creo que he visto aparecer las primeras canas. Pero sus enormes ojos marrones de largas pestañas, y su nariz respingada llena de pecas captan la atención más que una cana o una incipiente arruguita. Para mí, mirar su rostro sigue siendo apasionante.

—¿Cómo te fue? —me dice ella sonriendo mientras aún me tiene envuelto en sus brazos.

—¡Muy bien! Entregué los tres cuadros, los cobré, y me encargaron uno más.

—¿En el mismo restaurante?

—No, en una joyería. ¿Y a vos cómo te fue? —digo cambiando rápidamente de tema. Erika es muy lista, y si explico demasiado puede llegar a descubrir mi regalo.

—La corrección de la novela está terminada. El libro sale el mes que viene. Mañana debo volver para elegir la tapa.

—Muy bien. ¿Y qué más hiciste?

—No está bueno que me preguntes… sabés bien que lo otro que hice tiene que ver con mañana. Y nuestro trato es no hablar de eso hasta que pase.

—Tenés razón. Pero me vengaré diciéndote que yo tampoco pienso contarte lo que estoy planeando.

Se ríe con una carcajada y exclama:

—¡Usted, mi querido pintor, no puede hacer nada! Hace muchos años que soy yo la que lo hace todo en nuestra cita mensual.

—Ah, ya verás… esta vez puede haber una sorpresa. ¡Qué digo! ¡Dos…! ¡O hasta tres!

—¡Basta, mi pintor! ¡Diga lo que diga no me sacará información! En su momento sabrá todo lo que hay para saber.

Me besa con pasión y yo le sigo la corriente. Quiero amarla, desnudarla. Empiezo a desprender los botones de su vestido.

Me frena y me dice:

—No, si querés esto, vamos al cuarto. Acá hay demasiada luz, y ya sabés…

Miro la olla. Aún no he apagado el fuego; a la salsa le faltan unos minutos, y digo:

—Creo que mejor aguantaré y guardaré todas mis ganas para mañana. Así que… ¡preparate!

—Lo vengo haciendo hace rato, por eso estuve toda la tarde fuera —señala divertida.

Sé perfectamente en dónde estuvo Erika y qué hizo aparte de ultimar detalles en la editorial. Pero hay algo —lo principal— que no sabré hasta el momento final. Y con sus tretas de novelista, lo esconde. Pienso en lo que hace por mí y entonces le pregunto:

—¿Estás bien?

—Perfectamente. Todo esto ya es parte de mí.

—Te quiero.

—Mi pintor, yo también te quiero, y creo que tanto como a esos espaguetis que estás preparando.

—Puedo servirlos en diez minutos, ¿querés?

—Claro, me muero de hambre.

Ella pone la mesa, charlamos de libros, de cuadros, de música, de la última película de Woody Allen y ya no tratamos más el tema de nuestra cita de mañana.

Día miércoles, la cita

El día de hoy es tan especial que desde que me levanté me planteé no llenarme de actividades para que la noche me encuentre descansado. Sólo destiné algunas horas de la tarde para ir al centro porque necesitaba materiales para mi trabajo. Es una actividad sencilla, pero que me llena de placer. Y ahora que acabo de guardar en mi atelier los pomos de pintura, los lienzos, los papeles y las demás cosillas que traje, hago una última aspiración profunda tratando de absorber el aroma antes de cerrar la puerta porque amo el perfume de esos utensilios. Pienso: «Me gusta mi trabajo, mi casa, mi mujer. Soy un hombre feliz». Hago una nueva inspiración, esta vez de placer, y me marcho apurado. Quiero estar listo para cuando llegue Erika de la editorial, donde fue para elegir la tapa de su libro.

Me ducho contento. Estoy un poco nervioso, expectante, pero disfruto de estos momentos previos. Salgo del cuarto de baño envuelto en mi bata blanca de toalla y me encuentro con que Erika ya llegó. Escucho sus pasos por la cocina, el ruido del microondas.

—Eri, ¿todo bien...?

—Sí, amor. Me estoy haciendo un té.

Me peino, me perfumo y ella se me aparece de frente en el pasillo, y agrega:

—Veo que ya estás listo.

—Sí.

—Bueno, ahora me toca a mí. Me baño y voy al cuarto.

—Te espero allí con un malbec cosecha 2007.

—¡Guau…! ¿Esa es mi sorpresa?

—Una de ellas, pero hay más.

Se ríe con esa boca grande que amo.

—Chau, me voy a bañar —me dice con un guiño.

—Apurate —le respondo cómplice mientras pienso que fue mi gusto extraño, combinado con nuestra especial situación, lo que la motivó a hacer por primera vez lo que en minutos repetirá. Porque aquí estamos de nuevo, como cada mes desde hace diez años.

Erika se encierra en el baño y a partir de ese momento el tiempo transcurre cadenciosamente, teñido de ardor y ansia. Me excita pensar en lo que viene. Sé bien que lo que pasará en nuestro cuarto tiene algo de morbo y me encanta. Justamente, su entrega me cautiva. Concesión, morbo, locura, pasión, excitación… nuestro ritual. Es una de las formas con que aprendimos a callar los dolores del hijo que no pudimos tener. Lo que hacemos es nuestro secreto, es nuestro rito, nuestro pacto de amor. Y aquí va una vez más. Sólo que hoy es especial, hoy tiene gusto a culminación, a cumbre, a apogeo, a remate. Pero como no podía resignarme a un final, ya tengo pensada una continuación, aunque ella aún no lo sabe. Se lo diré esta noche. Todo pasará en esta velada.

Coloco las copas en la mesita baja que tenemos en el cuarto, la que compramos y pusimos aquí para estar cómodos las noches de nuestro rito. Abro la botella con el sacacorchos. Prendo uno a uno los varios velones de colores que en otras oportunidades ya nos han acompañado durante nuestra liturgia. La luz tenue de las llamas ofrece la intensidad perfecta, la que nos permite ver nuestros cuerpos envueltos en esa penumbra dorada, la que nos hace sentir que sólo existe este momento y este lugar. Con la bata puesta, acomodo estratégicamente el silloncito verde para quedar frente a la puerta del cuarto de baño y ver a Erika ingresar desnuda. La imagino, y el deseo recorre mi sangre y eriza mi piel de hombre. Aún no la he visto y ya estoy excitadísimo, preparado para ella.

El ruido del agua de la ducha deja de oírse y dos minutos después la puerta del baño se abre y Erika aparece...

La luz del baño que ella no apagó la muestra en todo su esplendor y yo tiemblo de placer. ¿Soy raro? ¿Soy loco? No, me tranquilizo: «Sólo sos diferente, Arturo». La locura verdadera es la que hace mal, la que destruye. «No significa que seas un demente sólo porque te gusta y te excita un cuerpo repleto de tatuajes.» Erika se acerca a mí descalza, completamente desnuda, avanza y veo en plenitud su piel otrora blanquísima, hoy, ya no, porque no queda en ella absolutamente nada sin figuras de tinta. Erika lleva su cuerpo cubierto con cientos de dibujos. Hoy, ella ha llenado el último resquicio que quedaba en una de sus nalgas con tres margaritas diminutas. Se da media vuelta, me muestra su nuevo tatuaje, y yo me tengo que contener para no comerle el trasero a besos y mordiscos. Una demencia se apodera de mí al observarla desnuda, así, sin ningún espacio libre de trazos, pero me contengo. Este es un postre delicioso que quiero comer lento; es el momento más importante de la noche y quiero disfrutarlo a pleno. Ella, desafiante, se pone frente a mí como si me ofreciera un plato en bandeja. Me sonríe, me provoca, me sabe en sus manos, me lo lee en los ojos porque mi mirada va atada a su cuello en el que lleva dibujado una sucesión de rosas rojas enlazadas, una con la otra, tal como si tuviera puesta una delicada gargantilla. Su escote es una lluvia de hojitas verdes. Sus pezones empinados son custodiados por decenas de ramos de violetas. Por sus piernas, como columnas, sube una enredadera de hojas verdes con flores amarillas en forma de campanita; lleva lirios en su pubis; flores pequeñas y exóticas en sus manos y dedos;

orquídeas en sus brazos; y desde su ombligo nacen alelíes, suspiros, cachalotes y tulipanes, los que se enlazan hacia atrás hasta unirse con un campo de girasoles que habita en la parte baja de la espalda. La imagen es impactante, profusa, exuberante como una selva, llena de vida como la naturaleza salvaje. Me arroba mirarla, me hechiza, me fascina, me hipnotiza. Erika entera es un jardín. Pero no cualquier jardín. Es uno sembrado de flores Arturo porque ella lleva en su cuerpo mil dibujos diseñados por mi cabeza. Ideados en mi mente, ahora están vivos en su piel. Son los capullos que empecé a dibujar durante aquella semana en que nos revelaron que nunca podríamos tener hijos. Aquella semana, ella apareció con el primer tatuaje de su vida. Hasta ese momento, su piel había permanecido intacta. El día que se marcó esos tres girasoles pequeños en la espalda baja, casi en la cintura, me dijo una frase que jamás olvidaré:

—Este cuerpo no podrá cobijar nunca un hijo tuyo, pero mi piel albergará cada una de tus creaciones. Plasmaré en mi cuerpo todas las flores que despliegue tu imaginación. Te daré cada milímetro de mi piel para ellas. Inventa muchas flores, crea las más hermosas que puedas porque aquí las tendrás a todas. Seré tu jardín viviente.

Y yo, que nunca le había prestado atención a los tatuajes, esa noche morí por besarle una y otra vez esas primeras flores que brotaban desde su cintura. La sensualidad provocada por los tatuajes, esa locura por la piel atiborrada de flores, nació aquel día.

—¿Te gusta cómo quedaron las margaritas?

—Me encantan…

—¿Sabés que son las últimas figuras que me haré? Ya no queda más lugar en mi piel.

—Lo sé, brindemos por ellas —le digo ronco por el deseo y le extiendo la copa.

Las copas tintinean y bebemos un sorbo; luego, otro. Pero yo no alcanzo a disfrutar del sabor del malbec como debería. Mis papilas gustativas están aletargadas, dormidas, no sienten, porque en este momento es la vista el sentido que manda, gobierna y se enseñorea de mi ser.

La miro y lo único que quiero es hacerle el amor ya mismo. Pero con gran esfuerzo me contengo. Primero quiero darle mis regalos. Busco sobre la mesita el de la joyería.

—Esto es para vos.

Sonríe y me dice:

—No me lo esperaba... —Lo desenvuelve con rapidez. Entonces, ve la pulsera y agrega—: Ay, mi amor..., es preciosa.

Tiene los ojos llenos de lágrimas.

Tomo la joya entre mis manos y se la coloco en su muñeca. Ahora sí: empiezo a besarla con desesperación en la boca, en el cuello, bajando a sus pezones. Pero ella me empuja de nuevo al sillón. Y allí, a la luz de la vela, la veo contornearse de manera sensual. Baila sin música, muy suavemente, como si lo hiciera al son de sonidos que sólo ella oye. Levanta los brazos, da una vuelta sobre sí misma. Me muestra el trasero, se levanta el pelo y exhibe su espalda poblada de cientos de pequeños girasoles.

Este es nuestro ritual, ese que hoy dura menos tiempo que nunca, porque mi pasión de hombre me lleva desesperado tras mi botín. Me pongo de pie y la tomo en brazos; la alzo, camino dos pasos y la deposito en la cama. El libro envuelto ha quedado olvidado sobre la mesita. «Ya habrá tiempo para dárselo», me digo a mí mismo.

Urgido, me quito la bata y, en mi desesperación, la dejo tirada en el piso. Y entre las sábanas, en nuestra cama de siempre, le beso el cuerpo de punta a punta, con locura, con ternura, con devoción, porque esa piel amada —como ella vaticinó hace diez años— alberga toda mi creación.

—Gracias —susurro.

Erika me ha entregado su cuerpo a su manera, ya que la naturaleza no le permitió que me lo diera de otra para poder engendrar vida. Y yo encuentro un gran placer en esta forma. Ella, sin dudas, también. Me lo confesó infinidad de veces. Le gusta ver su piel plagada de flores Arturo y observar el efecto que causan en mí.

Los gemidos de goce que da Erika al paso de mi boca por las curvas estratégicas de su cuerpo llegan al clímax. Entonces, me trepo sobre ella y recién allí la penetro. Y mientras arremeto su húmedo interior, le digo al oído:

—Gracias, gracias, gracias, gracias, gracias.

La noche avanza y nuestro encuentro, también. Deleite, sensualidad, piel, flores. Y entrega. Nuestras voces se ahogan en un mismo grito donde se funde el placer de uno con el otro. Ella me abraza fuerte la espalda, hunde sus dedos en los músculos cerca de mi cuello.

Nuestros cuerpos tiemblan al unísono. Es el final de la agitación, el comienzo de la calma. Erika mueve su mano hacia mi cuello pasando por el hombro en forma de caricia. Y entonces lo descubre.

—¿Y eso? ¿Qué tenés acá?

Está sorprendida, no puede creerlo, se incorpora...

—Ay, Erika, pensaba decírtelo en un rato. No me diste tiempo.

—Por Dios, no puedo esperar. ¿Cómo es que te tatuaste y no me lo contaste?

—Te dije que estaba por mostrártelo.

De repente, Erika se sienta en la cama, examina mi espalda con detenimiento y exclama:

—¡Es una frase! —La lee en voz alta—: «Nada más bello que la singularidad de un ser humano». ¡Es de uno de mis libros! ¡De *Las mandrágoras*!

Me siento en la cama junto a ella. Pensaba contárselo más tarde, cuando estuviésemos más sosegados. Pero la situación exige que sea de inmediato y abro mi boca para darle el siguiente regalo, la continuación que planeé.

—Hoy hemos terminado con un ritual, pero comenzaremos con otro.

—No te entiendo...

—Decidí escribir en mi cuerpo las frases más bellas que tienen tus libros. Lo marcaré con párrafos enteros, aquellos que disfruté cuando me dabas a leer tus borradores para que opinara.

Así como vos me dijiste una vez, yo te digo a vos: ve y crea. Inventa palabras, frases, ideas, que aquí tenemos al menos diez años más de ritual.

—Mi amor... ¿de veras querés hacer eso?

—Sí, ya lo decidí. Vení —le digo tomándola de la mano y llevándola hacia el espejo. Los dos estamos desnudos frente al cristal. Agrego—: Vos sos una obra completa; yo todavía no. Para que pueda terminarla, tendrás que escribir muchas cosas bellas.

Nos abrazamos y nos besamos. El espejo refleja un jardín Arturo en la piel de mujer y a un hombre dispuesto a darse entero por amor.

RELOJ DE ARENA

Marilyn es rubia, sexy, llamativa, burbujeante. El nombre le va de maravilla. Parece la Monroe, pero con el pelo largo. Abundan los parecidos con la actriz. Sin embargo, Marilyn Farinelli de Álvarez, a pesar de las semejanzas y de sus treinta años, atesora algo que la vuelve muy diferente de la célebre actriz: es madre y de ¡seis hijos! Con Ignacio, su marido, tienen niños de casi todas las edades: Juan de ocho años, Eliana de siete, Agustín de seis, Marcos de cinco, y las mellizas Melisa y María de dos.

No sabe bien cómo se embarcó en semejante aventura. O sí. Al menos, no se olvida de que algunos de sus niños fueron planeados; pero otros llegaron fruto de un descuido y al final, para completarla, cuando menos lo esperaban, vinieron las melli. Ella los ama con locura a todos por igual; no entiende a esas madres que dicen tener preferidos.

Sus hijos son el sol de su vida. No obstante, a veces la encandilan y no le permiten ver más allá. Marilyn siente que se ahoga en esa rutina cargada de pañales y útiles escolares que le toca vivir durante cada jornada. La economía doméstica no supone una preocupación, está resuelta, pues su marido ocupa un cargo ejecutivo en una empresa multinacional. Y gracias a su puesto no les falta nada material. Pero a veces ella siente que su vida carece de gracia, de fascinación, y que hubiera preferido que faltara un poco de dinero para verse forzada a trabajar, para dedicarse a una labor que le permitiera sentir que ella es ella, una mujer, y no sólo una madre. Al menos, por unas horas.

Pero en estas épocas en que la gente vive con dificultades

y sobresaltos, expresar esa idea en palabras es un sacrilegio. A muchos les falta el dinero para lo básico y quejarse por ese negro sentimiento que la aqueja a veces sería desagradecido; incluso, ofensivo. Así que jamás abre su boca. Ni siquiera para hablar del tema con ella misma. Se lo calla. Y se traga ese vaso de veneno amargo levantándose cada día soñando con volver a soñar, con recuperar magias y deleites perdidos. Y, sobre todo, con encontrar un espacio donde desarrollarse como persona y no sólo como madre. Ella ha tratado de arrancar de su interior esa emoción oscura, retorcida, acallarla. Pero es imposible. Así son los sentimientos: se sienten y punto. Pueden ser falsos o verdaderos, buenos o malos, pero allí están. Y para erradicarlos, muchas veces el precio es cercenar una parte de la propia alma.

Marilyn recuerda muy bien que a sus veinte años trabajaba como secretaria en una clínica y que estudiaba en la universidad porque quería ser médica. Pero el casamiento, más la seguidilla de niños, dejaron trunca su aspiración profesional. Abandonó el trabajo, archivó los apuntes y se concentró en la maternidad.

La realidad que vive esa tarde se palpa en cada objeto que la rodea. Marilyn, de sandalias bajas, vestida con jeans apretados y remera negra, sentada con la piernas cruzadas en uno de los sillones de la galería de su casa, hace de árbitro del partido de fútbol que juegan Juan y Agustín a pocos metros, mientras le ayuda con los deberes a Eliana, que anda flojita en Matemática y no logra aprender las tablas. Con la mano derecha separa en gajitos la naranja de Marcos, que juega con las semillas que se sacó de la boca. Con la izquierda, frena una y otra vez a las mellizas que dan vueltas a su alrededor buscando tocar los materiales apoyados sobre la mesa y con los que intenta trabajar. Porque más allá de las pequeñas actividades de madre que la absorben en ese momento, tiene premura por decorar y armar las bolsitas que entregará mañana en el cumpleaños de Melisa y María.

La mesa se encuentra atiborrada de papeles de colores, caramelos y juguetitos que las mellizas mueren por tocar, morder e, incluso, romper. Sólo la pericia de las manos de Marilyn logra detenerlas cada tres minutos, y así evitar el desastre.

Lo que parece un caos, se transforma verdaderamente en uno cuando la pelota de los varones impacta de lleno sobre la mesa y desparrama las chucherías, al tiempo que Eliana comienza a llorar porque no le salen las multiplicaciones.

Buscando paliar la situación, Marilyn le entrega la naranja a Marcos, pero al niño se le resbala de las manos y, al caer, es comida de un bocado por Capitán, el perro labrador de la familia. Alrededor, todo es revoltijo y barullo. Sin embargo, Marilyn reconoce que atraviesa una tarde pacífica. Las puede haber peores, como las que vienen cargadas de llantos por peleas entre hermanos, resfríos o fiebres. Sobrelleva el desbarajuste sin amedrentarse y en un santiamén ordena la situación: a Marcos le reemplaza la naranja perdida por galletas, alza las bolsitas caídas y le enseña a Eliana cómo verificar el resultado de las multiplicaciones.

En cada instante que tiene libre, Marilyn continúa con sus manualidades. El día siguiente será la fiestita a la que vendrán treinta niños. Sumados los parientes, habrá sesenta personas. Le gusta organizar la reunión con antelación, prever qué invitados estarán presentes, decorar los ambientes. Supervisa y está encima de todos los detalles, aunque no suele quedarle tiempo para nada más, ni siquiera para almorzar. Ayer y hoy apenas comió algunas sobras, de pie en la cocina. Bueno, da lo mismo: hambre no tiene; además, alimentarse se ha vuelto una actividad secundaria en su vida. Sonríe cuando descubre el lado positivo del asunto y concluye que, al menos, tanto trajín la mantiene en forma.

A punto de terminar de acomodar los chupetines dentro de las bolsitas, suena el celular. Es un whatsapp. Toma el teléfono entre sus manos, que le tiemblan.

Está casi segura de saber quién lo manda.

Se pone nerviosa.

Lo lee.

Sí, es de quien esperaba. Le dice que la quiere ver. Cuidadoso, le pregunta si podrá escaparse de su casa; conoce bien su situación. A pesar del secreto, Marilyn no siente culpa, sólo emoción. Hace un tiempo que este refresco llegó a su vida y lo aceptó sin estudiarlo demasiado porque produjo el efecto anhelado: le permite sentirse viva, le ayuda a reinventarse como mujer. Sabe que es una forma extraña y peligrosa que le provee felicidad. Una suerte de evasión momentánea de sus obligaciones diarias.

Empezó por casualidad. Una cosa llevó a la otra, y ahora aquí está, atrapada en estas excitantes citas que le han dado una vuelta de riesgo y excitación a su vida.

Marilyn se dedica un rato más a trabajar con las bolsitas, pero su cabeza ya no puede dejar de pensar que ha aceptado la invitación. Se levanta y se dirige a su cuarto con la intención de arreglarse. Las sorpresitas ya están listas y las mellizas, dormidas en el piso. Su salida requiere de una cierta logística. Ante todo, la casa en orden. No puede desatender a sus hijos, ni generar problemas con Luisa, la señora que la ayuda con las tareas domésticas. La mujer se hará cargo de los niños durante las dos horas que permanecerá ausente. No más que eso. Así son sus encuentros: cortos, secretos, intensos. Y sólo una o dos veces por semana. En muy pocas oportunidades ella falló a la cita; y fue porque la vida familiar la retuvo en su casa. Evitan reunirse los fines de semana; podría traerles problemas serios. Y ninguno quiere disgustos. Les basta con pasar momentos placenteros; nada más. Como hoy, que es una buena tarde y no acarreará inconvenientes.

Marilyn, ya en su cuarto, se baña. Se pone la ropa interior de color negro que compró y que aún no estrenó, reservada para esta ocasión especial. Se calza el jean y una remera clara.

Ansiosa, y con algo de culpa, con la cartera en la mano y el brazo apoyado en la puerta de calle, antes de marcharse da algunas órdenes:

—Luisa, cuando las melli se despierten, deles una mamadera a cada una. Eliana ya terminó los deberes así que tiene permiso para jugar un rato en la compu. Para la cena, déjeme las cebollas cortadas, que cuando vuelva haré una salsa. Traeré ravioles de calabaza y queso.

Son los preferidos de Ignacio, por eso los comprará. Descubrió que una buena comida ayuda a distender el ambiente. Diciendo esas frases parece una señora común y corriente pero ella sabe que no lo es. Lo que está por hacer lo muestra claramente.

—¿Usted viene antes que el señor? —pregunta la empleada.

—Sí —responde segura Marilyn. Debe cuidar ciertos detalles, como llegar antes que Ignacio. Así lo organiza. Le parece lo mejor. Es difícil mirarlo a la cara después de la cita. Mejor estar de vuelta antes y retomar la normalidad de la casa.

Marilyn saca de la cochera el auto y sale rumbo a la cita. Mientras maneja, pone música. Escucha «Set Fire to the Rain», de Adele. Quiere ambientarse, sintonizar con lo que está por hacer. A veces, no es fácil dejar de ser madre de un minuto a otro.

* * *

Se encuentran, se besan, se desnudan, se codician.

La ha extrañado. Lo ha extrañado.

No pronuncian ni una sola palabra. Entre ellos, hoy sólo hay sonidos instintivos. Las manos de él, ansiosas, la recorren, la hurgan, la apremian, investigan sus lugares recónditos y secretos. La boca de ella lo recorre entero; lo escala, alto, más alto, muy alto. Fuego, ardor y pasión. La lengua de él inquiere las humedades de mujer. Ella gime e implora. Entonces él la penetra, y ella gime de nuevo. La carne de hombre arremete violenta, una, dos, tres veces; ella lo recibe, lo anida con desesperación. Concupiscencia, lascivia y lujuria. Sinfonía de suspiros y sonidos. Deleite animal, euforia, gozo. Los acordes estridentes muestran que la música ejecutada en este concierto para dos llega al final. La fusión enloquecedora de notas graves los sorprende. Es el acorde simultáneo y estremecedor de los cuerpos.

Al fin, el cabello rubio y largo descansa junto al oscuro y corto, las cabezas comparten la almohada blanca en tranquilidad; pero será por poco rato. Cada uno debe tomar su vehículo y regresar a donde pertenece.

* * *

Marilyn estaciona el auto en la cochera de su casa y desde allí escucha a los niños; las mellizas lloran y ella, ahora sí, siente algo de culpa. Mira la hora. Debe apurarse si quiere tener la cena lista para cuando llegue Ignacio. En veinte minutos se marcha Luisa y su casa se transforma en un caos. Pone el agua para los ravioles que por poco se olvida de comprar. Consuela a las niñas y comienza a picar el tomate para la salsa mientras controla el cuaderno de Juan. Los varones más pequeños aparecen en escena y, como siempre, la cocina se vuelve un lío. Pero ella sonríe; ha sido una buena tarde en todos los sentidos.

Va a su cuarto para darse una ducha rápida. El ruido del auto le confirma que Ignacio acaba de entrar a la casa. Se apura.

En cuanto reaparece en la cocina, ve a su marido y llega a la conclusión de que él no tiene mala cara pero que, como cada día, sigue ensimismado en su teléfono, atrapado por el trabajo. Todo vuelve a la normalidad en el hogar de la familia Álvarez.

* * *

En la casa Álvarez se respira aire de fiesta. No es para menos: las mellizas cumplen tres años. La galería está llena de globos de colores blanco y rosa. Esos tonos se repiten en la decoración de manteles, servilletas y carteles.

Decenas de niños corren alborotados por el patio persiguiendo a Capitán, que hoy parece haber enloquecido. Marilyn cuenta los minutos deseando que lleguen los payasos que contrató para animar la fiesta. El comentario que la decidió fue que la actuación era tan buena, que los niños se calman en cuanto empiezan la función. Esperará a que ellos lleguen para buscar la torta a la casa de la repostera, una vecina que vive en la misma cuadra. La encargó enorme, de chocolate y frutilla, con una cobertura glaseada en color rosa y blanco.

En los sillones que distribuyó sobre el pasto, en el medio del parque, se ubica la gente grande: los cuatro abuelos, varios tíos, madrinas, padrinos y algunos amigos. Pero Marilyn no puede conversar con ellos; está controlando que Luisa saque las empanadas del horno. Mientras tanto, para ganar tiempo, coloca los sándwiches de miga en varios platitos. Se apura, la gente quiere más comida. Lo mira a Ignacio con la intención de pedirle ayuda. Pero no cruzan las miradas; él también está ocupado, sirviendo bebidas a niños y grandes. Sólo se acercó a ella una vez en toda la tarde para comentarle:

—Estás linda... te queda bien el blanco.

Sonriendo, nerviosa, le dio las gracias. No es común que le diga cumplidos.

Pero eso fue todo, apenas un tímido intercambio al paso. Porque el frenesí de tener tanta gente en la casa no les permitió charlar nada más. Es tiempo de atender a los invitados y de que la fiesta salga bien.

Marilyn mira su imagen en el vidrio de la puerta-ventana que da a la galería. Estrena un vestido corto y sin espalda que muestra su piel bronceada, propio de un verano sin vacaciones pero disfrutado a pleno en casa con pileta. «Así que Ignacio me vio linda...»

La fiesta avanza, los invitados elogian las empanadas, Marilyn charla unos minutos con sus suegros, luego con sus padres. Todos comen, beben, se ríen, la gente está pasándola bien. La tarde es preciosa, agradable, no hace calor ni frío. Y sentados al aire libre comparten un momento familiar maravilloso. Pero desde hace unos minutos Marilyn tiembla de ansiedad porque ha recibido un whatsapp en su celular. Es una invitación para ausentarse de la casa. El texto lo escribió él. Marcharse en medio de la fiesta –lo sabe– es una insensatez. No puede escaparse. Podría traerle problemas. Es llevar la situación a un extremo. Es demasiado.

El timbre suena. Son los payasos que al fin arriban a la casa. Debe actuar como anfitriona, recibirlos, mostrarles dónde dejar sus cosas, llevarlos al patio y un largo etcétera. Con la distracción, se olvida de la propuesta que le llegó al teléfono. La fiesta se encarrila. Vestidos con sus trajes multicolores, los payasos logran controlar a los niños; los sientan en el pasto, les sirven gaseosa. En segundos, inflan largos globos de colores que, con certeros movimientos, retuercen hasta darles formas de diferentes animalitos. Coronan la obra con unos trazos de marcador. Entusiasmados, los pequeños hacen cola para recibirlos. Perros salchicha y jirafas hacen las delicias de los chicos.

A continuación, los payasos comienzan su espectáculo de malabarismo y chistes que disfrutan todos los presentes por igual. Porque los mayores, interesados en el show, ampliaron la ronda y se ríen a carcajadas.

Marilyn ve que Ignacio también se ríe y le dice a su padre:

–Son muy buenos. –Y luego, divertido, agrega–: Parece que valen lo que hemos pagado.

Ella lo observa con detenimiento. Él está de buen humor, inmerso en la fiesta, relajado, logró olvidarse del trabajo, algo que siempre le ha costado. «Mejor», piensa Marilyn, que todavía no descarta escaparse a su cita.

Se escabulle rumbo a la cocina con la excusa de buscar bebida, pero en realidad lo que quiere es chequear su celular, ese aparato que funciona como puente hacia la tentación. No hay nuevo mensaje, sólo el de la propuesta, enviado un rato atrás. Mira por la ventanita que da al patio y comprueba que la fiesta sigue su curso, en orden. Piensa en la invitación y la asaltan unas ganas locas de ir. «Un riesgo», reconoce, pero decide correrlo. Él le aseguró que el encuentro será corto, muy corto. Entiende su situación.

—Mary, ¿qué hacés acá, perdiéndote el show? —le dice su madre que entró a la cocina para buscar más servilletas.

—Vine por gaseosa. Además, nadie me necesita. Parece que la fiesta está bajo control.

—¡Es que los payasos son muy buenos! ¿De dónde los sacaron?

Marilyn no responde. Acaba de entrarle un mensaje en el teléfono. Es él, que insiste.

—¿Estás bien, hija? Te noto distraída.

—La verdad, mamá, debo salir un segundo.

—¿Ahora? ¡Nena, tendrías que haberlo previsto! —se queja—. ¿Te faltó bebida?

—No, tengo que buscar la torta.

Es una buena excusa, aunque incluye un problema: la casa de la repostera queda muy cerca.

—Pero si vive acá nomás... ¿Por qué no la trae ella?

—Mamá, después te cuento. ¿Me ayudás durante el momentito que no esté? Fijate que no falte bebida... ¿Puede ser?

—¡Ay, Dios! ¿Y qué alternativa me queda? Andá, andá, dale —dice con resignación—. Pero no te demores...

—No, por supuesto que no... Te juro que me apuro. Mirame las mellizas, por favor.

—Sí, sí... ¡claro!

—Gracias, mami —dice dándole un beso al tiempo que le lanza una mirada a Ignacio. «¿Qué está haciendo?» Charla con sus padres, sus suegros. «¿De qué hablarán?», se pregunta Marilyn. Pero no alcanza a responderse porque debe irse de inmediato.

Busca la cartera y lo espía de nuevo. Sigue enfrascado en su conversación mientras Marilyn, sin avisar, desaparece rumbo a la cochera. Debe sacar el auto.

El encuentro será cerca. Ella le propuso estacionar en un lugar que conoce, tranquilo, cerca de su casa. Lo que hagan tendrá que ser allí, y en media hora. Porque ella le aclaró que no piensa ausentarse por más de ese tiempo de la fiesta familiar. No sería justo. Sus niños son su prioridad. Tampoco debería abandonar a los invitados. Es más: sabe que debería excusarse, posponer el encuentro, pero la tentación de revivirlo es más fuerte. Y esta situación extraña, con el peligro que conlleva, lo vuelve más emocionante que nunca.

Espera que nadie note su ausencia. Arranca el vehículo. Esta vez no pone música para ambientarse; el tiempo corre.

* * *

Se encuentran, se besan con locura, se tocan, se acarician. Y, como siempre, no pronuncian palabra. Hoy la pasión es más intensa que nunca. Allí, dentro de su auto, empiezan a quitarse a los tirones lo esencial para poder amarse. Boca, saliva, lengua, pezones, piel. Posición incómoda y el incendio del reencuentro que perdona todo, hasta las molestias. En el asiento de atrás, gimen. Ella, sentada sobre la falda de él, se mueve acompasadamente, cadenciosamente, ardorosamente… desesperadamente. Inmersa en el placer, ni siquiera percibe que en una de sus rodillas se le está marcando un gran moretón azul. Él tampoco advierte que lleva el brazo tenso y tan mal ubicado que le duele.

Sumergidos en una nebulosa febril, ella se sorprende cuando él le sujeta la muñeca con fuerza. Lo mira con inquietud. ¿Qué quiere? Porque ella lo único que desea es que no se detenga, su cuerpo de mujer le reclama que continúe, que siga, que termine lo que ha empezado. Por ello pagará el precio que sea. Él, sabiéndolo, rebusca en el bolsillo del pantalón que lleva a medio poner una caja pequeña. La abre y aparecen dos pulseras de oro idénticas, lisas por fuera y con un reloj de arena repujado bajorrelieve por dentro. Es obvio que hacen referencia al valor del tiempo. Antes de ponérsela, las manos que recorrieron con premura sus pechos ahora se acercan peligrosamente al anillo de casada. Sus ojos de hombre piden permiso. Entonces, enardecida, aún teniéndolo adentro suyo, se deja llevar y concede la petición.

Él lo retira del anular y luego se quita el suyo. Y así, con las manos libres, primero engarza la pulsera en la muñeca femenina, luego en la suya.

Los cintillos de oro de ambos caen al piso del vehículo, pero a ninguno parece importarle. La pasión es una correntada que se lleva lo que encuentra a su paso. Tres minutos, cinco, o siete. No más. Y ambos respiran con esfuerzo. Los corazones se les van al galope. La locura va terminando, la cordura regresa a ellos.

¡La hora! ¡La hora!

Ella debe irse ya mismo.

Él se acomoda las ropas como puede, se baja del auto.

Es de noche. En el apuro de la despedida nadie se acuerda de los anillos.

Ella se prende el vestido y arranca el coche. Sabe que ambos se deben una conversación, pero este no es el día ni el momento. Quedará pendiente. Deberán hablar porque esta vez han ido más allá de los límites. Los han pasado en demasía. Sus pulseras muestran que lo que acaban de hacer no tiene retorno.

* * *

Marilyn conduce el auto rumbo a la casa de su vecina, la repostera. Está cerca pero se le hizo muy tarde; su madre se lo reprochará. No sabe nada de sus hijos. ¿Y de Ignacio? Hum… Ella aprieta los ojos con fuerza.

Marilyn espera que el cumpleaños no se haya descontrolado, no podría perdonárselo. Menos aún sabiendo la causa.

Quince minutos después, entra apurada a la casa con la torta en brazos. Los payasos se están despidiendo. El griterío de los niños vuelve a tomar fuerza como al principio. Su madre se le acerca, también Ignacio.

—¡Por fin! ¡Qué hermosa quedó la torta!

—¿Por qué demoraste tanto? —protesta Ignacio.

Ella no responde. Sólo lo mira, insolente.

—Los chicos se portaron bien —dice su madre buscando cubrirla.

—¿Te ayudo? —pregunta Ignacio.

—Sí, por favor —responde ella.

La torta es pesada y hay que llevarla al patio. Él toma la bandeja entre sus manos.

Su madre los mira moverse, y dice:

—¡No se olviden de la vela!

La mujer la ubica en el centro de la torta mientras Ignacio sostiene el pastel. Entonces, ella exclama:

—¡Qué hermosas pulseras tienen! ¿Son nuevas?

Ellos se miran cómplices sin saber qué responder.

—¿Ya no usan los anillos de casados? —insiste la mujer. Pero luego, pensando que, tal vez, las cosas no anden bien en el matrimonio de su hija, agrega—: Vamos, que los chicos esperan.

Ignacio, con la bandeja en sus manos, y Marilyn, a su lado, con los fósforos en las suyas, avanzan hacia al patio sonriendo. Afuera todos cantan el «Feliz cumpleaños». Y ellos se sienten un tanto extraños.

Las mellizas soplan la vela. Luego, Marilyn corta la torta y sonríe feliz. Es la primera vez que Ignacio ha unido el mundo de fantasía de sus encuentros con el real. Las pulseras son la prueba de ello. La relación entre ambos mejora. Tal vez, la magia que ella espera, regrese.

ΠΡΑΓΜΑ

PRAGMA

Los griegos aplicaban esta palabra al amor que perdura en el tiempo porque ha madurado. Toma compromiso a largo plazo, ansía una vida compartida. Es común en amistades o parejas que tienen varios años juntos. Si bien es un amor ideal, resulta difícil desarrollarlo porque implica paciencia, tolerancia y entendimiento.

EL AMOR EN LOS TIEMPOS DEL CORDOBAZO

Elena tomó el portarretrato que tenía sobre la cómoda del dormitorio y observó la imagen con detenimiento. La mostraba de pie, sonriente junto a Pedro; ambos, jovencísimos. Claro, cómo no: era la foto de su casamiento, celebrado un año atrás y formalizado únicamente por Civil para no incomodar a ninguna de las familias. La de Pedro, ultracatólica; la de Elena, protestante. Sus creencias, dos extremos en el que cada uno se ubicaba; una diferencia más, entre muchas, que demostraba que los opuestos se atraen. Ella era rubia de ojos azules; él, de cabello renegrido y ojos marrones. Elena, hija de inmigrantes; Pedro, argentino hasta la médula, al punto de que entre sus parientes desconocían hasta cuándo debían remontarse para saber quién había sido el primero en llegar desde España. Elena era tranquila, y se había criado en una familia pequeña conformada por sus padres, ella y un hermano mayor. Pedro era inquieto y tenía diez hermanos. Elena era una muchacha sencilla que sólo quería un hogar donde vivir con ese hombre que amaba, formar una familia junto a él, mientras que Pedro pretendía cambiar el mundo, convertirlo en un lugar mejor.

Acababan de cumplir el primer aniversario. Se habían casado cuando ella tenía dieciocho años y él, veinticuatro. El flechazo de la noche en que se conocieron durante un baile del club de su barrio había sido inmediato entre esa gringuita dulce y hermosa y ese criollo alto y atractivo. El noviazgo fue breve y a los pocos meses, muy enamorados, formalizaron el matrimonio. El padre italiano y la madre checoslovaca no hubieran aceptado otra cosa.

La casa paterna de Pedro era efervescente. Reunirse con la numerosa familia política a ella todavía la amedrentaba, ¡eran tantos! La mayoría de sus cuñados estaban casados y tenían varios hijos. Si se sumaban los primos, en un simple almuerzo de domingo se juntaban ochenta personas. En el patio, bajo el parral, armaban una larga mesa en la que Elena, acostumbrada a los cuatro únicos comensales sentados cómodamente en el delicado comedor de su casa, se sentía intimidada. No se animaba a probar bocado, mucho menos a pronunciar palabra.

Por momentos, ella parecía la parte frágil de la pareja. Sin embargo, la faceta sensible de Pedro mostraba que no era tan así. Una tarde, mientras caminaban por el parque, él le contó que cuando se iba al trabajo a las cinco y media de la mañana, bajo el silencio rotundo de una ciudad que aún dormía, caminando las cuadras que lo separaban de la parada del colectivo, lo solía atacar una tremenda melancolía, un sentimiento de soledad que le dolía y que sólo desaparecía cuando veía la luz prendida del único negocio abierto en todo ese trayecto, la del kiosquito Vivi, donde compraba los caramelos Media Hora y los cigarrillos que fumaba en el descanso. Trató de explicarle a su mujer lo que sentía:

—Elena, veo la luz del negocito y me vuelve el alma al cuerpo. Es una sensación tan linda saberme acompañado, pensar que alguien también se ha levantado temprano y está ahí para venderme los caramelos.

Elena sonreía; no alcanzaba a entender muy bien lo que él decía. Ella, sabiéndose casada con Pedro, nunca se sentía sola.

Ambos eran distintos en todo, hasta en la forma de ver la vida. Pero tenían una pasión que los unía: los libros. A Elena le gustaba leer y a él, escribir novelas. A pesar de su juventud, Pedro ya había ganado algunos concursos literarios. Su padre y su abuelo también conservaban cosas escritas, estaba en la familia. Elena admiraba a su esposo, ojeaba con entusiasmo lo que redactaba aunque las hojas provinieran de esa odiosa máquina de escribir que se lo robaba varias noches de la semana; sobre todo, las del sábado. Como al día siguiente no trabajaba en la fábrica de autopartes, se quedaba escribiendo hasta la madrugada. Era habitual que la Olivetti azul sonara hasta altas horas en la cocina del sencillo departamento donde vivían desde que se habían casado. Ese que le alquilaban por unos pocos pesitos a doña Camila, la madre de Elena, recientemente viuda, porque don Doménico, el padre, había fallecido.

A sus casi veinte años, Elena empezaba a descubrir que la vida estaba llena de contradicciones: aquella pasión que tanto admiraba en Pedro era la misma que le provocaba un cierto enojo. Cuando él se pasaba horas explicándole las ideas que movilizaron en huelga a los franceses hacía apenas un año en ese famoso Mayo francés, ella se sentía atraída por su joven marido. Pero cuando él deseaba que Córdoba reaccionara en el mismo sentido, lo hallaba temerario e idealista. Entonces Elena anhelaba que cambiara, que abandonara sus convicciones, que se volviera un individuo corriente.

Por un lado, admiraba a este hombre poco común que escribía novelas, que esgrimía argumentos sólidos, que hablaba de transformar la sociedad en una más justa, que tenía amigos en Francia, con quienes se carteaba intercambiando ideas. Por otro, envidiaba secretamente a sus amigas, casadas o de novias con hombres convencionales que sólo pensaban en trabajar y progresar. Sobre todo, por esos días en que Córdoba vivía tiempos convulsionados.

Elena dejó la foto del casamiento y tomó otra, la del día en que estrenaron las cadenas mellizas de oro que Pedro, muy orgulloso, había comprado en una joyería de Buenos Aires, cuando aún eran novios. Las medallas tenían grabados sus nombres y cada uno llevaba sobre su pecho el del otro.

Miró la imagen del portarretrato y al cabo de unos instantes la abandonó mientras se secaba una lágrima. La felicidad de esas fotos ya no existía, se había hecho trizas unos días atrás, desde que la ciudad entera permanecía agitada por las protestas de obreros y estudiantes, con Pedro en primera fila, organizando las revueltas. Y ella, que sólo quería un marido para compartir su sencilla existencia; ella, a quien sus padres inmigrantes le habían enseñado que la vida consistía en trabajar duro y no buscarse problemas, ahora se desesperaba porque las manifestaciones callejeras eran peligrosas. Pedro, activista por naturaleza, se había convertido en un entusiasta participante porque entendía que se encontraba frente a la oportunidad que tanto había soñado para contribuir a lograr un mundo mejor. Las ideas que marcaban al mundo en esa década del sesenta habían hecho mella en él a través de la lectura de los grandes pensadores contemporáneos que hablaban de la libertad y los derechos del hombre.

Elena, entreviendo los riesgos a los que se exponía su marido, le había pedido varias veces que abandonara la participación en las revueltas, pero Pedro siempre le respondía sonriendo:

—No va a pasar nada. Quedate tranquila. Si todos nos callamos, esto nunca cambiará.

Con el correr de los días, las primeras conversaciones —apenas intercambios de pareceres sobre el conflicto— derivaron en verdaderas discusiones maritales, como la que tuvieron aquella mañana, antes de que Pedro se marchara al trabajo. Era tan temprano que todavía estaba oscuro cuando ella le exigió a los gritos que no concurriera a la huelga. En la desesperación, amenazó con abandonar el departamento e instalarse en la casa paterna. Pero él, ofendido, guardó silencio por unos instantes hasta que le respondió:

—Cada uno sabe lo que debe hacer en esta vida. Y yo debo pelear por un mundo mejor junto a mis compañeros de trabajo, los estudiantes universitarios y todos aquellos que crean fervientemente en nuestra causa.

Elena, al recordar las palabras, se quebró y volvieron a caerle unas lágrimas. Estaba triste, no sabía en qué podía terminar el reclamo aunque tenía un mal presentimiento. Pero no quería llorar más. Se puso el abrigo sobre su vestido cuadrillé de minifalda, se calzó las botas altas de gamuza color claro y punta cuadrada y salió a la calle. Necesitaba airearse, tomar fresco y conseguir el periódico. Las noticias que se escribían a diario conformaban una intrigante novela en la que cada capítulo contaba una escena sorprendente con final abierto.

Caminó en dirección al puesto del canillita, pagó su ejemplar y, con la urgencia del que no puede esperar, lo ojeó sentada en el banco de la plaza. La tinta le manchó las manos. Los grandes titulares impresos en letras negras no eran alentadores. Entonces lo comprendió: lo que se avecinaba era malo, muy malo.

El encabezado más rutilante anunciaba una gran huelga. Se preveía contenerla con el despliegue policial de todos los destacamentos de Córdoba.

El origen del conflicto se remontaba a principios del mes, cuando el gobierno del general Onganía sancionó la ley que establecía una semana laboral de cuarenta y ocho horas. En varios lugares del país, la norma significaba una notable mejora para los trabajadores, pues incrementaban sus horas de descanso. Sin embargo, en Córdoba, desde 1932, regía el sábado inglés por ley provincial, con una semana laboral de cuarenta y cuatro horas. Resultado: la nueva norma les quitaba cuatro horas de descanso a los cordobeses y los obreros habían iniciado un plan de lucha con movilizaciones y huelgas.

Córdoba, la «Detroit argentina», llamada así por el desarrollo de la industria metalmecánica especializada en la fabricación de automóviles, tenía a sus trabajadores alborotados. Si bien los doce mil operarios de Renault y los once mil de Fiat llevaban la voz cantante, a la protesta adherían empleados de numerosos sectores, como bancario, comercio, administración pública y de las industrias metalúrgica, del vidrio y del calzado, entre otras. El alumnado de la Universidad Nacional de Córdoba también participaría activamente en la huelga. Los líderes estudiantiles habían convocado a unos diez mil jóvenes en las asambleas llevadas a cabo en las diversas facultades.

Uno de los artículos pronosticaba el éxito de la movilización.

Elena cerró el diario y, cabizbaja, caminó hacia el departamento.

Por la tarde, cuando Pedro regresó del trabajo, intentó templar el ambiente dándole un beso a su esposa y charlando con ella, pero Elena fue monosilábica. Entonces, él se limitó a comunicarle que en un par de horas recibirían visitas. Se reuniría con algunos compañeros de la fábrica porque necesitaban hablar de lo que sucedería en la inminente huelga.

Elena preparó café y salió a comprar galletas en el almacén de enfrente, propiedad de don Berto, el español que la había prohijado desde que llegaron al barrio. Ella conocía esa clase de reuniones, largas, bulliciosas, con muchos concurrentes, ninguno de los cuales traía nada de comer. Pero aun así prefería que su departamento fuera el punto de encuentro porque de ese modo podía saber exactamente los movimientos de Pedro. Durante los últimos días, como desconocía qué lugares frecuentaba, se había preocupado escuchando por la radio las noticias sobre las manifestaciones.

El mal presagio comenzó una semana antes. Durante la madrugada había tenido un sueño horrible: Pedro estaba envuelto por un humo negro y denso; y aunque ella manoteaba en el aire para ayudarlo, no lograba sacarlo de la nebulosa. En la pesadilla, se veía a sí misma llorando desesperadamente porque su marido había desaparecido, tragado por esa sucia estela.

Alarmada por el significado del sueño, Elena no se atrevía a ponerlo en palabras para contárselo a él, ni a nadie. Pero estaba segura de que su angustia se relacionaba con los acontecimientos que se abordarían durante la reunión convocada para esa tarde en su casa.

Una hora después, con las galletas dispuestas sobre la mesa, servía café a los diez jóvenes que hablaban de paro y huelga en forma apasionada, incluido su marido.

De pie, apoyada contra la mesada de la cocina, no participaba de la charla; sólo oía. Pero cada comentario la lastimaba como una daga y le daba la certeza de que el peligro rondaría constantemente durante los próximos días. Las jóvenes voces comunicaban detalles:

—Torres, Tosco y Atilio López al fin se pusieron de acuerdo —dijo Aníbal, el muchacho de veintiún años, refiriéndose a los líderes sindicales.

—No puede ser verdad... si Torres es legalista y Tosco, de izquierda —puso en duda otro.

—Pues ha sucedido. Los tres juntos prepararon los pasos a seguir mañana.

—¡Tremendo! ¡Por primera vez en el país se unen los obreros de todas las ideologías! ¡Esto será un Cordobazo!

Cuando el resto de la muchachada oyó la palabra que acababa de surgir, se rio ruidosamente. El vocablo les resultó simpático.

—A las once de la mañana abandonaremos la fábrica y marcharemos hacia el centro, donde se nos unirán las agrupaciones vecinales y las asociaciones políticas que están prohibidas por el gobierno militar.

—¡Seremos muchísimos! También vendrán los treinta mil universitarios que aseguraron que marcharán con nosotros —señaló entusiasmado el Gordo Conci.

—Parece que Erio Vaudagna, el cura párroco de barrio Los Plátanos, ha logrado reunir un gran número de militantes católicos.

—Pues a mí los curas me tienen sin cuidado, lo que realmente me interesa es que participen las chicas... —dijo el Petizo Ruiz sonriendo. Los empleados mercantiles, de comercio y de calzado eran representados, en su mayoría, por mujeres. En contraposición, entre los metalúrgicos sólo había varones.

—En la reunión de ayer conocí a las delegadas bancarias…
¡y son una bomba! —apuntó Pesetti.

—¡Ya era hora de que nos reuniéramos con ellas! Mis preferidas son las manzaneras —dijo el Flaco Pipo refiriéndose a las mujeres que organizarían la actividad barrial durante la huelga y agregó—: Hay una piba del grupito de Alberdi que está divina.

Pedro les dirigió una mirada de censura. En su casa abundaban los cuestionamientos y no podía permitir que, además, Elena se lo imaginara codo a codo con otras mujeres.

El Gordo Conci le pegó un rodillazo al Flaco Pipo, que entendió el mensaje y se disculpó.

—Perdón, perdón, Elena, me dejé llevar —se justificó. Y cuando parecía haber arreglado el lío, agregó—: Es que por fin vendrán chicas.

Conci le volvió a pegar, y el Flaco, desconcertado, lo miró sin saber qué más decir. El Gordo entendía perfectamente la situación de Pedro porque se parecía a la suya: con los días contados para el casamiento, su novia le recriminaba que participara en la protesta; y más desde que supo que concurrirían mujeres. Ese mismo día la chica le había dado un ultimátum similar al que recibió Pedro por la mañana, pero Conci había tomado la decisión de seguir adelante con la lucha. No pensaba abandonar justo ahora que se unían todos los sectores de Córdoba.

—Acabemos con las pavadas. Hablemos de lo importante —reclamó Pedro tratando de aplacar las suspicacias. Demasiado tarde. Elena, que había entendido cómo los estimulaba la presencia femenina en la lucha, le lanzó una mirada fulminante con sus ojos claros. Él carraspeó nervioso pero aun así continuó—: Escuchen, muchachos —dijo captando la atención—, mañana abandonaremos la fábrica y nos uniremos a las dos grandes columnas que marcharán rumbo a la plaza Vélez Sarsfield, donde realizaremos el acto. Una, avanzará por Colón; y la otra, por avenida Vélez Sarsfield.

—Hay que estar preparados. La policía seguramente nos esperará en el centro de la ciudad para darnos guerra —pronosticó el Colorado.

—Estaremos listos —aseguró el Petizo Ruiz.

A continuación explicó que habían fabricado hondas metálicas y recolectado millares de recortes de materiales pesados, bulones y tuercas para ser utilizados como proyectiles. Un verdadero arsenal.

—También tenemos las bombas molotov —dijo Conci. Él y los demás militantes del SMATA se habían entrenado arrojándolas contra las paredes del patio del sindicato.

—Usaremos bolitas de rulemanes para sembrar las calles y causar la caída de los caballos de la Policía Montada.

—No nos olvidemos de los gatos, che —dijo el Petizo Ruiz sonriendo y agregó divertido—: Miau, miau…

—¿Qué gatos? —preguntó Elena al oír los maullidos que hacía el Petizo. Por primera vez participaba en la conversación. No podía creer lo que escuchaba.

—Los michifuces callejeros que juntamos entre los muchachos, Elena, para dispersar a los perros policía.

Otra vez el desparpajo fue general cuando descubrió las marcas de los arañazos que tenía en las manos y los antebrazos. La situación les parecía graciosa. El Petizo había pasado la noche entera reuniendo los animales junto a otros compañeros. A pesar de la gravedad de lo que estaba por acontecer, cierta inocencia propia de su juventud les permitía sonreír.

Elena movió la cabeza de un lado a otro y, resignada, se sumó con una sonrisa.

—Recuerden que el sistema de comunicación entre barricadas será mediante golpecitos en las líneas telefónicas.

—Sí, como si fuera un telégrafo. Eso se le ocurrió a Tosco.

Elena escuchaba y las manos le temblaban: bombas, represión, policía, perros. Miles y miles de personas y su amado marido allí, en medio de ese caos organizado. Pedro era lo único que le importaba. Había sido educada así, para cuidar y querer a los suyos, para preparar una comida rica y mimar a su hombre, para formar juntos una familia. Su instrucción no contemplaba cambiar el mundo ni lidiar con oscuros presagios como el que le hacía doler el alma desde que había soñado con el humo negro.

Unas horas después, el grupo se marchó y el matrimonio se quedó solo. Elena preparó pastel de carne para la cena. Cuando estuvo listo, puso la mesa y lo sirvió. Mientras comían, los ánimos se fueron distendiendo.

—¡Uy, qué rico! Me encanta cómo te sale —la elogió Pedro.

Llevaban un rato de charla y comida cuando inevitablemente tocaron el tema candente.

—Qué idea la de juntar gatos… —comentó Elena.

—Sí, ¿viste? —reconoció Pedro sonriendo y tradujo en palabras el deseo de su corazón—: Ojalá que mañana salga todo bien.

Elena lo miró y se atrevió a decir lo que le quemaba en el interior:

—¿Y si yo te pidiera que mañana no vayas?

—Sabés bien que no puedo. Ya me comprometí.

—Pero ¿y si te rogara?

—No, Elena. Es mi obligación estar presente. Toda Córdoba se ha unido. Por primera vez en la historia de este país se logra algo así.

—¡Que vayan todos, pero vos no!

—No me hagas esto.

—Vos no me hagas esto a mí… a nosotros —susurró Elena comenzando a llorar.

Pedro se puso de pie y se dirigió hacia la puerta. Con el picaporte en la mano, anunció:

—Me voy a dar una vuelta, a fumar un pucho afuera. No quiero seguir peleando.

Elena permaneció sentada, cavilando, hasta que recogió la mesa, lavó los platos, los secó y los guardó en la alacena. Cuando terminó, miró el reloj: eran las diez y media y Pedro todavía no había vuelto. Supuso que se había reunido con alguno de los muchachos. Esa noche debían estar todos alborotados. Decidió acostarse.

Un rato después, en la cama y con la luz del cuarto apagada pero despierta, lo oyó regresar y ducharse. Luego se metió entre las sábanas junto a ella y le preguntó:

—¿Dormís?

—No.

—Elena, yo te amo —dijo rotundo.

—Yo también te amo —respondió.

Ella sintió cómo él la abrazaba por detrás y le llenaba la cabeza de besos.

Luego de unos minutos de caricias, hicieron el amor con pasión.

¿Por qué las cosas no podían ser más fáciles? ¿Ser un hombre y una mujer que se amaban y nada más? El mundo estaba loco, pensaba Elena. Y otra vez recordó el negro presagio.

Media hora después, Pedro respiraba rítmicamente y ella también se dormía, pero llorando. Había estado a punto de contarle su secreto, pero como no estaba segura, no quería pasar por una manipuladora que usaba la información para conseguir que no fuera a la huelga. Elena tenía un atraso de unos días y cabía la posibilidad de que estuviera embarazada, aunque la causa también podía atribuírsela a los nervios vividos durante la última semana.

Evitaría descubrir su presunción hasta que no fuera un hecho consumado. Tampoco diría nada sobre el mal presentimiento. Ella era así, introvertida, se guardaba sus emociones para sí misma; él, en cambio, tenía que contar lo que sentía. Una diferencia más que venía a sumarse a las otras.

* * *

Esa mañana Pedro se levantó más temprano que nunca. Pero ella, que siempre lo acompañaba y le preparaba el desayuno, se demoró en la cama.

—¿Estás bien, Elenis?

—Sí..., bueno, no.

—¿Qué pasa?

—No vayas... —pidió. Otra vez el miedo taladrándole las entrañas.

—Ay, amor... ¿Recordás que te conté lo del Mayo francés, que los estudiantes salieron a la calle, que los trabajadores los apoyaron, y cómo cambió todo después de eso?

—Sí, ya sé, me lo dijiste. París estornuda, toda Europa se resfría y América se engripa.

Pedro sonrió. A la famosa frase, él le había agregado el efecto sobre el continente americano y ella lo había memorizado.

—También te conté lo de Tlatelolco, en México —agregó Pedro.

—Eso ni me lo nombres. ¡Fue una matanza!

—Pero no tengas dudas: las cosas se consiguen luchando. No te preocupes, que me cuidaré. Además, hoy no pasará nada malo.

Pedro tomó el café apurado y salió a la calle luego de darle un beso en la boca a su mujer.

Elena se quedó afligida. Tal vez debería haberle contado de su atraso. Si después resultaba falso, al menos hubiera logrado que desistiera. Aunque no estaba tan segura de su convencimiento.

Enseguida prendió la radio; lo mejor sería mantenerse informada.

Eran las once cuando las noticias comenzaron a ser preocupantes. Los trabajadores habían abandonado sus tareas y empezaron la huelga. Organizados, entonando cánticos, se dirigieron al centro en dos grandes corrientes. La formación de la enorme columna de Luz y Fuerza había sido la señal para que los estudiantes universitarios, que simulaban caminar, se sumaran, al igual que los miles de metalúrgicos y mecánicos provenientes de las fábricas autopartistas.

Para impedir que semejante multitud se acercara al centro, la policía comenzó a reprimirla con gases lacrimógenos. Pero los trabajadores, que estaban preparados, resistieron desde las barricadas con piedras, bombas molotov y fogatas; los vecinos los ayudaban con los elementos contundentes acumulados en casas y azoteas. Los manifestantes seguían adelante y a su paso se les unían otros miles.

Las principales columnas se habían formado con los obreros que partieron en colectivos desde las fábricas automotrices ubicadas en la periferia. El traslado había sido posible gracias a la orden del sindicato de choferes de buses que mantuvo el servicio sólo para los huelguistas. Con Elpidio Torres a la cabeza, se habían reunido unos cinco mil obreros. La muchedumbre iba precedida por una gran cantidad de motos que le abría el camino. Al costado de la avenida, rumbo al centro, se habían colocado miles de molotov, miguelitos y piedras. El primer combate fuerte con la policía se produjo en la Ciudad Universitaria; allí, organizados en grupos de veinte, los manifestantes habían resistido y ganado. Esos pequeños pelotones tenían autonomía para actuar y mapas que les marcaban los puntos donde debían volver para concentrarse.

Elena, sentada junto a la radio, escuchaba las noticias y se restregaba nerviosa las manos en el delantal sin saber qué hacer. Pero a las doce y media, cuando oyó que el número de heridos ascendía a cientos, y que había muertos, decidió salir de su casa. Cruzó la calle y fue directo al almacén de don Berto. Pensó que quizás él y su esposa contaran con información y comentarios de la clientela, pero sólo sabían lo que decía la radio. Permaneció con ellos escuchando la narración del *speaker*, que, a esa hora, informaba que los policías de la Montada huían asustados mientras disparaban sus armas de fuego. La difusión del asesinato del sindicalista Máximo Mena, que integraba la columna de los metalúrgicos que provenían de la planta de la IKA, generó una profunda indignación y provocó que más gente abandonara sus casas y acompañara a los obreros en son de protesta. Toda Córdoba estaba en la calle. El rugido creciente que provocaban los cánticos que se acercaban desde los barrios para sumarse a la protesta se unía a los tiros y las explosiones de las bombas.

Pero nada los intimidaba y, en pocos minutos, más de treinta mil personas acompañaron a los quince mil militantes. La ciudad, en llamas y a los tiros, parecía a punto de explotar.

En pocas horas, la policía había agotado su provisión de gases lacrimógenos y el combustible para los vehículos. Hacia el mediodía los uniformados se replegaron y se refugiaron dentro del Cabildo, frente a la plaza San Martín. Las noticias advertían que en la retirada habían detenido a varios manifestantes que permanecían encerrados e incomunicados en los viejos calabozos.

Para esa hora, cerca de ciento cincuenta manzanas que abarcaban buena parte del oeste de la ciudad habían sido tomadas por los huelguistas. En cada esquina los manifestantes daban batalla desde las barricadas.

El interventor de la provincia, desesperado, con el pueblo sublevado y en pie de guerra, decidió pedir auxilio al Ejército. Según el *speaker*, los soldados llegarían a las cinco y media de la tarde.

La esposa de don Berto miró a Elena y le preguntó:

—Hijita... ¿Y de Pedro todavía no sabe nada?

—No —dijo al borde de las lágrimas.

—Yo le sugeriría que vaya a la casa de su madre —propuso la mujer al percibir la desazón de la chica.

—No hay transporte —respondió Elena.

—Pues, andando. La llevaré. Son cuarenta cuadras. No nos pasará nada —dijo el hombre.

—Como los manifestantes tomaron el control, los combates han cesado —explicó la mujer, que repetía lo que la radio acababa de informar.

El hombre cerró el local y en pocos minutos los tres se subieron a su automóvil. Mientras avanzaban, comprobaron que la ciudad se hallaba bajo un extraño clima.

Córdoba estaba en poder de los cincuenta mil manifestantes que contaban, además, con el apoyo incondicional y la simpatía del resto de la población. Los sublevados habían asaltado y quemado objetivos simbólicos: casi todas las comisarías, el Círculo de Suboficiales del Ejército, las oficinas de la empresa estadounidense Xerox, las concesionarias de automóviles Técnicor y Citroën, la Aduana, dependencias provinciales, como el Ministerio de Obras Públicas y la agencia recaudadora de impuestos, la sucursal Avellaneda del Banco del Interior, la sede de Gas del Estado y la confitería Oriental, lugar de reunión de la clase alta cordobesa.

Llevaban más de treinta locales comerciales quemados cuando el incendio de la Xerox, que amenazaba con extenderse al edificio vecino, hizo que los manifestantes se calmaran, llamaran a los bomberos y ellos mismos garantizaran la seguridad con una guardia de estudiantes subidos a la autobomba.

En los barrios, sin embargo, la realidad era diferente aunque se respiraba la calma tensa. Los detalles de los acontecimientos sólo llegaban a través de la radio o de algún vecino intrépido que contaba lo que había visto en el centro.

En una bocacalle, Elena y el matrimonio alcanzaron a ver desde el auto cómo los dueños de una casa les proveían alimentos y agua a dos hombres apostados en una barricada. También observaron cómo un grupo de mujeres pintaba en las paredes la leyenda EL PUEBLO AL PODER.

Cuando llegaron a una zona alta, distinguieron una gran cantidad de humaredas negras. La ciudad estaba ardiendo.

Con disimulo, Elena se secó las lágrimas. Era el mismo humo negro denso que había visto en aquel horrible sueño.

El ruido del motor le llamó la atención a Camila y se asomó para ver de qué se trataba. Cuando divisó a los ocupantes del vehículo que se había detenido en la puerta de su casa, salió a recibirlos. Don Berto y su mujer saludaron y regresaron al negocio. Madre e hija se fundieron en un abrazo y de inmediato fueron al grano:

—Mirá, Elena, si no sabés nada de Pedro, tenés que buscarlo a don Marinelli.

—¿El que les vendió el departamentito?

—Sí, él tiene contactos en el poder. Puede averiguar algo de Pedro.

—Iré, no se me ocurre qué otra cosa hacer.

—¿Y cómo sigue lo otro? —preguntó Camila señalando el vientre de Elena.

—Hum… tengo la casi certeza de que estoy embarazada.

—¿Lo sabe Pedro? ¿Al fin se lo dijiste?

—No, todavía.

—¡Pero, Elena, deberías habérselo contado!

—No encontré el momento, mamá. No quería que él sintiera que lo extorsionaba con el embarazo para evitar que fuera a la huelga.

—¡Ay, hija, hija…! —Camila le dio un beso en la cabeza y agregó—: ¿Comiste algo?

—No.

—Entonces, lo mejor es que te cocine unos fideos con manteca porque en tu estado no podés andar con el estómago vacío. Luego nos vamos a ver a Marinelli.

Elena asintió.

Un rato después, ambas partieron rumbo a la casa del hombre. Sería el primer paso en la larga e infructuosa búsqueda de información sobre el paradero de su esposo, ese triste peregrinaje que la mantendría en vilo. Porque en el living de la vivienda de Marinelli supo con claridad que si Pedro no regresaba al hogar, ella debería buscarlo por su cuenta. Marinelli les prometió que él intentaría averiguar entre sus amistades de la fuerza policial, pero le advirtió que la situación presentaba una complejidad inusual, difícil.

* * *

Concluida la diligencia, Elena regresó a su casa. No quiso pasar la noche en la de su madre porque temía que Pedro volviera y ella no estuviera para recibirlo. Aún no sabía nada de su marido. Acostada en la cama, escuchaba la radio alumbrada por la luz de una vela. El sindicato de Luz y Fuerza había cortado el suministro eléctrico. Afuera, en la calle, también reinaba la oscuridad. Los militantes decidieron que la ciudad quedara en penumbras y durante la tarde, con el apoyo de los vecinos, se dedicaron a romper todas las bombitas del alumbrado público.

En la radio comentaban que la gente abría sus casas y aportaba víveres a los hombres que sostenían las barricadas. Se decía que la idea entre los obreros y los estudiantes universitarios era prolongar la resistencia, sin enfrentar al Ejército. Por ese motivo habían decidido organizar una férrea defensa que demorara la recuperación de la ciudad por parte de las fuerzas militares y, de ese modo, evitar la represión desmedida. Las noticias actualizaban la cantidad de heridos, pero no precisaban la de muertos que, seguramente, también habría crecido desde la mañana. Elena seguía atenta a cada palabra del locutor cuando le pareció oír que golpeaban la puerta de calle. De un salto se puso de pie y abrió de inmediato sin siquiera reparar en el peligro. Algo en su interior le decía que podía ser Pedro.

Se trataba de don Berto.

—Niña, sólo quería preguntar si tiene noticias de Pedro.

—No —dijo y rompió en llanto.

—Ay, pequeña, no se preocupe, ya aparecerá.

—En la radio acaban de informar que hay muchos heridos en el Hospital San Roque. Mañana iré temprano.

—Pues también he oído que en las comisarías tienen unos mil detenidos —dijo el hombre sin aclarar que, además, había cuerpos en la morgue. No quería preocuparla—. Si precisa que le demos una mano, Elena, no dude en llamarnos. Ahora, con su permiso, me iré, que es peligroso estar en la calle. ¡Vaya lío! El gobierno militar ha determinado el toque de queda hasta las seis y media de la mañana aquí y en Rosario.

—Lo sé, dicen que están autorizados a dispararle a cualquiera que se encuentre fuera de la casa en esos horarios. Gracias, don Berto, por venir... –reconoció Elena. Sabía que, ante una eventualidad, podía contar con él y su esposa.

Tras cerrar la puerta, volvió directamente a su cuarto y se metió en la cama. Intentaría dormir. Si estaba embarazada, pensó, debería cuidarse un poco. «Mañana será un día duro», vaticinó. En cuanto amaneciera, se presentaría donde pudiera recabar información sobre Pedro... sindicato, comisarías, hospitales... Y si nadie conocía su paradero, no tendría más opción que apersonarse en... la morgue. Ella también había oído lo que don Berto no se atrevió a decirle.

Entre las sábanas, los fantasmas que la atormentaban no la dejaron dormir. Las horas pasaban y el sueño no venía. Desde su ventana se observaba el resplandor que generaban en el cielo el centenar de fogatas que ardían en distintos puntos de la ciudad. También oía disparos lejanos. Las ráfagas probablemente fueran de las ametralladoras de los militares; los sonidos secos, dispersos, imaginó, serían de los rifles de los manifestantes.

«¿Dónde estará Pedro?», se preguntó. «¿En una barricada? ¿Herido en un hospital? ¿En un calabozo? ¿Empuñando un arma?» Elena recién concilió el sueño a la madrugada, cuando la metrópoli pareció calmarse por fin.

* * *

Eran las ocho cuando se despertó y lo primero que pensó fue: «¡Dios mío, Pedro lleva veinticuatro horas desaparecido!». Se levantó de un brinco y sintió unas fuertes náuseas que la acompañaron durante un largo rato. Jamás le había pasado nada semejante. Era evidente que cursaba las primeras semanas de embarazo. Los síntomas, sumados al atraso, le daban la certeza. Descompuesta, se vistió y salió rumbo al Hospital San Roque armándose de paciencia; debía cubrir a pie las largas cuadras del trayecto porque el transporte público no funcionaba. En el camino descubrió nuevas frases pintadas en las esquinas que

conocía desde niña. Las consignas rezaban: ESTE BARRIO ESTÁ OCU-
PADO POR EL PUEBLO, SOLDADO, NO DISPARES CONTRA TUS HERMANOS,
MUERA LA DICTADURA. También comprobó que los manifestantes
aún seguían en las barricadas. El clima de Córdoba estaba completamente enrarecido. La ciudad permanecía oscura y extraña.

Para cuando llegó al hospital, no le resultó fácil dar con
información; la ocultaban, la retaceaban; dilataban cualquier
respuesta. Debido a los acontecimientos del día anterior, el personal se encontraba sobrepasado por la demanda de familiares
que, como Elena, exigían saber si un hermano, un hijo o un
padre eran pacientes del hospital. El mutismo se imponía por la
presencia de oficiales del Ejército que, armados hasta los dientes,
caminaban por los pasillos del sanatorio. Ni nombres de heridos,
ni datos de los muertos caídos en combate. Silencio de hospital.

Finalmente, una médica se apiadó de Elena y constató que
el nombre de su esposo no se encontraba en la nómina de los
heridos internados en ese nosocomio. Mientras se marchaba
lamentándose del tiempo valioso que había perdido, no pudo
evitar escuchar el diálogo de dos mujeres jóvenes que se encontraban ante el mismo dilema. Después de presentarse, hizo
causa común con Flavia y Marta y se dirigieron hacia el Hospital
Rawson con la esperanza de encontrar a sus maridos, ausentes
desde el día anterior. Por el camino, las mujeres la pusieron al
tanto de la nueva noticia: a las cinco de la tarde comenzaba el
toque de queda. Nadie podría permanecer fuera de su domicilio desde esa hora hasta las seis de la mañana. Por lo tanto, si
pensaba buscar a Pedro, debería hacerlo con premura porque
la jornada sería corta.

El gobierno militar anunció que sería estricto con la medida
debido a la desobediencia observada el día anterior con miles
de civiles en las calles, protestando, reclamando y manifestando
su descontento con cánticos y pancartas. No soportaría suble-
vaciones de ninguna clase. Los soldados habían logrado abrir
un paso a través del barrio Alberdi, que era una de las zonas
más revoltosas, para establecer así una vía de tránsito directo

desde el centro hacia los cuarteles. Los obreros y estudiantes estaban bien organizados y el Ejército tenía serias dificultades· para retomar el control total de la ciudad.

Las tres mujeres llegaron al Hospital Rawson y el recibimiento fue similar: poca información, parientes desconcertados, muchos soldados, largas horas de espera. Pero Flavia tuvo suerte. Después de trajinar dos horas por los pasillos, descubrió que su esposo se hallaba allí muy golpeado y con dos heridas de bala en el cuerpo. Elena y Marta la dejaron junto a él y prosiguieron su búsqueda. Pasarían por el Hospital de Clínicas. Pero después de una extenuante caminata, a pocas cuadras del edificio, se toparon con un vallado. La zona estaba cercada y el hospital, dependiente de la Universidad Nacional, acababa de ser desalojado por el Ejército, que detuvo a unas trescientas personas. La muchedumbre que se agolpaba en las vallas comentaba que un centenar sería llevado a juicio sumarísimo por tribunales militares. De esa manera, las dos mujeres se enteraron de que el Ejército juzgaría y condenaría con rapidez a los insurrectos detenidos entre los que podrían encontrarse sus esposos.

Indecisas aún, sin saber cómo retomar la búsqueda, el silbido de las balas las obligó a correr en sentido contrario al centro porque en las inmediaciones, en el corazón del barrio Clínicas, se había desatado un nuevo combate. Un grupo de cien estudiantes se había trabado en lucha con el Ejército por el control del hospital escuela.

* * *

Eran las tres de la tarde cuando Elena y Marta hicieron un alto en una esquina. Al verlas, un vecino atento quiso saber cómo se encontraban y les contó que habían abatido a un supuesto francotirador que operaba desde el Hotel Sussex pero luego se constató que se trataba de un turista que se había asomado a la ventana de su habitación. Esa muerte insólita se sumaba a los sucesos de las últimas horas: el peregrinaje, el humo, la estampida, los detenidos, los juicios, las calles militarizadas. Elena estaba impresionada, triste, cansada. Le molestaba el bajo vientre; se sentía mal.

—No doy más, estoy dolorida —le comentó a su compañera.

—Caminamos muchísimo. Demasiado para tu estado.

—No podemos hacer otra cosa.

—Lo mejor será que cada una regrese a su casa.

Marta tenía razón. En ese desorden no encontrarían a sus esposos. Faltaba poco tiempo para las cinco, hora en que regiría el toque de queda, y Elena tenía un largo camino hasta su departamentito. Se despidió de la muchacha con un abrazo, el infortunio las había hermanado. Vencidas, emprendieron el regreso. Cada una tomó para su lado. Sin saber si alguna vez se volverían a ver, Marta le había contado que tenía veintitrés años, estaba casada con un obrero metalúrgico, tenía un hijo de dos al que había dejado con su suegra y vivía en el barrio Alta Córdoba.

* * *

Mientras recorría el trayecto que la llevaba a su departamento, Elena se cruzó con algunas barricadas que aún seguían de pie, sostenidas por los obreros que contaban con el apoyo de los vecinos. Se acercó a los manifestantes para preguntarles por su esposo, pero nadie tenía datos que le sirvieran. Los rostros de los hombres eran duros y llenos de preocupación. Pensó que Pedro, en este violento juego de ajedrez, era una pequeña pieza que sólo le importaba a ella.

Durante el resto del día, los grupos continuaron llevando adelante actos de ataque relámpago, pero cada vez con más dificultades.

Elena llegó a su casa con lo último que le quedaba de energía. La humedad que sentía entre las piernas le preocupó. ¿Acaso le había bajado la regla? Se fijó. Apenas eran unas gotas. Necesitaba descansar y comer algo.

Se hizo un té con leche y se lo tomó recostada en la cama mientras comía unas galletas. Descansaría a la fuerza porque el malestar y el toque de queda le impedían continuar su pesquisa. ¡Cómo le gustaría comunicarse con su madre! Pero era imposible; ninguna tenía teléfono.

Estaba tan extenuada que se quedó dormida sin siquiera derramar una lágrima.

Sobresaltada, se despertó a las cuatro de la mañana. Fue al baño y comprobó que la pérdida se había detenido. Las manchitas que notó por la tarde seguramente habían sido fruto del esfuerzo del día. Descalza, sola y con la luz apagada del departamento, miró por la ventana alta y descubrió que a lo lejos todavía seguían ardiendo algunas fogatas. También se oían tiros, pero menos que la noche anterior.

Se acostó y se quedó muy quieta en la cama pensando en el hijo que esperaba. ¿Conocería a su padre? ¿Y si había muerto en la revuelta, como se lo había anticipado la pesadilla del humo negro? No podía quitársela de la cabeza, pero debía sacar fuerzas y proseguir. La vida que albergaba bien lo valía. Si continuaba deambulando y pasando nervios, podía perder al bebé, lo único −tal vez− que le quedaría de Pedro. Llevaba cuarenta y ocho horas sin noticias de él. Si la tragedia golpeaba su puerta, debería enfrentarla. Se tapó la cara y rompió a llorar. Hacía días que lagrimeaba a cada rato, pero hizo un esfuerzo y se compuso, pensando que la congoja tampoco sería buena para el niño.

* * *

Dormitó hasta las seis. Luego prendió la radio y escuchó las últimas noticias. El Ejército aún no lograba tomar el control absoluto de la ciudad, aunque iba despejando las barricadas y colocando puestos de guardia que garantizaban su mando.

El locutor comentó que desde las ventanas de los edificios del centro les lanzaban a las tropas militares todo tipo de elementos, como si se revivieran las invasiones inglesas. Los ataques de los manifestantes continuaban, espaciados y con menor intensidad.

El número de presos y heridos variaba según la fuente. Trascendían las identidades de los más destacados, pero a los muertos no los nombraban.

Elena giró la perilla para buscar otra emisora en el dial. En esta, el presentador comentaba que durante la noche, luego de una dura y recia resistencia estudiantil, las autoridades habían logrado recuperar el control del Hospital de Clínicas de la Universidad Nacional de Córdoba. En el centro ya no se registraban protestas. Los tribunales militares se hallaban trabajando en pleno, enjuiciando a los detenidos. Al menos quince varones, entre los que se encontraban los líderes del movimiento, habían sido juzgados y condenados a cumplir prisión en cárceles militares. Agustín Tosco, ocho años; Elpidio Torres, cuatro.

A continuación, la radio informó que en unas horas se haría presente en Córdoba el comandante en jefe del Ejército Argentino, general Alejandro Agustín Lanusse, para comprobar el estado de situación y realizar declaraciones a la prensa.

Otro locutor leyó el comunicado conjunto emitido por las dos CGT, en el que denunciaban el proceder criminal y represivo de las llamadas fuerzas del orden, declaraban Día de Duelo el lunes 2 de junio y, además, decretaban una nueva huelga de treinta y siete horas.

Elena supuso que el control militar traería cierta paz, pero comprendió que el descontento continuaría y, a juzgar por lo que escuchaba, los obreros no cejarían en su lucha, que contaba con el apoyo popular. Pero a ella ya nada de eso le importaba; lo único que deseaba saber era dónde estaba Pedro. Hizo una oración por él, y se quedó dormida.

* * *

Antes de que el reloj diera las doce del mediodía, la despertaron unos fuertes dolores en el bajo vientre que renovaron su temor por el curso del embarazo. Casi al mismo tiempo, golpearon a la puerta. Afligida pero esperanzada, abrió. Era su madre. Llegaba justo cuando más la necesitaba porque sentía que, entre su malestar físico y sus pesimistas presagios sobre Pedro y su embarazo, se desmoronaba emocionalmente.

Doña Camila le exigió que se metiera en la cama y fue a la cocina a prepararle de comer. En el dormitorio, luego de alcanzarle la bandeja con el almuerzo, mientras acomodaba los almohadones, le contó:

—Hija, esta mañana Marinelli vino a casa. Le dijeron que circula una lista con los nombres de los detenidos, los heridos y… los muertos. Es confidencial, el Ejército no quiere hacerla pública, pero él averiguará y a la tarde me dará las noticias.

—Mamá… ¿y si Pedro… ha muerto?

—Dejá de imaginar esas cosas horribles… Ahora tenés que pensar exclusivamente en el bebé porque lo demás está en las manos de Dios y no en las nuestras.

Camila permaneció un par de horas junto a su hija hasta que consideró prudente marcharse. Con el abrigo sobre los hombros y la cartera en la mano, explicó:

—Quiero estar en casa cuando llegue Marinelli. Además, Elena, todavía rige el toque de queda.

—¿Cómo me avisarás?

—No lo sé. Quizá le pida ayuda a don Berto… ya veré.

* * *

Elena pasó la siesta y la tarde esperando noticias con el camisón puesto y en pantuflas. La radio emitía una programación especial, dedicada a reconstruir paso a paso la rebelión obrera y estudiantil.

Se recordaba a la población la vigencia del toque de queda.

Los negocios seguían cerrados. Era imposible conseguir pan, leche y alimentos esenciales.

A las once de la noche, Elena seguía en la cama muy preocupada y, sin saber qué hacer, contabilizó las horas que llevaba sin tener noticias de Pedro. Pronto serían tres días.

Su madre no se había comunicado. Quizá Marinelli no tuviera información para ofrecerle. O el toque de queda le había impedido movilizarse.

Deseaba que amaneciera, que llegara el nuevo día con buenas novedades.

No podía esperar. Se levantó, se calzó las pantuflas y caminó hasta la cocina; necesitaba hacer algo o se volvería loca. Se preparó un té.

Sentada en el comedor, vestida de camisón, escuchó el motor de un auto. Le llamó la atención; el silencio de la calle en las últimas horas era absoluto.

¿Realmente había escuchado la frenada de un vehículo que continuó su marcha enseguida? Prestó atención, expectante, y sus oídos captaron el goteo de una canilla, el ladrido de un perro… unos pasos… el picaporte.

Se levantó asustada. A estas alturas, ya no esperaba a Pedro.

Entró en pánico.

Se acercó a la puerta y del otro lado oyó la voz conocida y querida, aunque tan baja y enronquecida, que, por un momento, dudó.

—Elena, soy yo. Abrime.

—¡Dios! ¡Pedro!

Abrió y cerró con rapidez, como si temiera que alguien pudiera volver a arrebatarle a su marido. Allí, contra la puerta, rodeados de los muebles amarillos del comedor que habían comprado en cuotas cuando se casaron, se abrazaron con fuerza durante un largo rato. Lloraban.

Cuando al fin lograron desprenderse y se observaron, ella descubrió que Pedro lucía delgado, demacrado y sucio. En el brazo derecho llevaba un gran vendaje. Tras las manchas de sangre de la tela blanca se adivinaba una herida profunda. Parecía de bala.

A Elena las palabras le salieron a borbotones.

—¿Dónde estabas? ¿Te duele? ¿Qué pasó? Te juro que pensé lo peor...

—Ya estoy acá y es lo que importa...

Ella volvió a abrazarlo. Él no olía bien, pero a Elena no le importó.

—Tengo cosas que contarte —dijo ella.

—Yo, también...

* * *

Mientras Pedro se bañaba, Elena le preparó una polenta, que devoró después en pocos minutos. Famélico como estaba, hubiera comido pan duro o lo que fuera que su esposa le hubiera puesto sobre el plato.

Levantaron la mesa y, urgidos por descansar, se metieron entre las sábanas para fundirse en un nuevo abrazo, frente a frente, pero sin verse. La luz estaba apagada; y ellos, desnudos, se decían «Te quiero» de todas las formas posibles: con palabras, acariciándose, restregándose los pies.

Ella descansaba su cabeza sobre el pecho de Pedro. Él le besaba la frente. Y serenos, en la penumbra del cuarto del departamentito, ambos abrían por primera vez su corazón sobre lo ocurrido durante los días en que no se habían visto.

—Si estoy acá, Elena, es gracias a Marinelli. Él logró que me soltaran.

—Fuimos a verlo con mi madre y nos aseguró que averiguaría cuál era tu situación. Pero como las horas pasaban sin noticias y había muertos... pensé lo peor...

—Casi me muero...

Ella apretó fuerte los ojos mientras le acariciaba el pecho.

No quería pensar más en esa terrible posibilidad. Sus manos, sin querer, tocaron la medalla melliza.

—¿Y esto? —preguntó. Al tacto, la medalla de Pedro se sentía irregular, machacada—. ¿Qué pasó?

—Es una larga e increíble historia.

—Contame… —pidió Elena.

Entonces, él le relató todo lo sucedido el primer día de la huelga.

Cuando la columna en la que él marchaba fue atacada por la policía, los obreros se defendieron con tanto ímpetu que los agentes, asustados, dispararon sus armas de fuego. Pedro fue alcanzado por una bala, a la altura del pecho, pero el proyectil dio en la medalla y cambió su trayectoria, incrustándosele en el brazo. Herido, fue llevado al Hospital Misericordia, donde le extrajeron la bala, lo vendaron y lo pusieron a disposición del Ejército. Más tarde, fue preso. Marinelli logró que lo liberaran.

Elena lo abrazó. El retorno de su esposo era un milagro. Pero ella también tenía otro milagro para contarle, el de la vida nueva que albergaba en su vientre. Se lo dijo suave, al oído, como un secreto. Él se quedó en silencio hasta que Elena lo oyó llorar; y en medio de las lágrimas se besaron e hicieron el amor, agradecidos a la vida que los había reunido de nuevo.

Luego, en la tranquilidad de la noche, Pedro le confió que había tomado una decisión: no se expondría a los peligros, en adelante defendería sus ideas a través de sus textos, de sus novelas.

Elena se secó las lágrimas. Nunca había llorado tanto como en esa semana. ¡Pero su marido al fin le decía lo que ella tanto había esperado! Él reconocía que la militancia se podía conjugar con el arte, que a través de la escritura encauzaría sus inquietudes sociales y políticas.

—Pedro, ¿por qué has cambiado de parecer?

—Un hijo lo cambia todo.

—Pienso lo mismo, debemos cuidarnos para él.

—O para ella… —terció Pedro.

—Si es nena —señaló Elena—, no tenemos nombre… Así que mejor que sea un varón.

Siempre habían dicho que si llegaba un hijo se llamaría Pedro, como el padre y el abuelo.

—¡Pero tenemos nombre de nena! —dijo Pedro.

—¿Y cuál es?

—Vivi.

—¿Viviana? No sé, me gusta más Sandra. ¿Por qué ese nombre? —preguntó Elena.

—Es el nombre del kiosquito que prende la luz a la madrugada, cuando me voy al trabajo.

—¡Cierto! Vivi… Puede ser, ya veremos. Aunque todavía me gusta más Sandra.

En la oscuridad del cuarto, Pedro soñó con los ojos abiertos que, quizás, algún día, esa hija o ese hijo contaría cómo Elena y él vivieron el amor en los tiempos del Cordobazo.

Comentario de la autora

Este relato está dedicado a mis padres, Elena y Pedro; y a ese kiosquito en cuyo honor llevo mi nombre. Sólo me he tomado la licencia de cambiar ciertos detalles para contar la historia con coherencia.

ΑΓΑΠΕ

ÁGAPE

Los griegos aplicaban esta palabra al tipo de amor incondicional y reflexivo, cuyo objetivo es lograr el bienestar del ser amado. Se trata de un amor altruista; una combinación entre *eros* y *storgé* que, a diferencia de otras clases de amor, se desprende del deseo sexual y romántico para volverse generoso, compasivo y empático. Los sentimientos de su dador son desinteresados y la entrega, incondicional.

Algunos filósofos griegos extendieron el significado para designar el amor hacia la humanidad y la verdad. También como forma de definir la vocación hacia una actividad en particular.

DOS AMORES EN UNO

Gilda estacionó el auto frente a su casa. Se bajó, lo rodeó y le abrió la puerta a su esposo, que iba en el asiento del acompañante. Él le sonrió.

—Se nos cambiaron los roles... ahora la que me abre la puerta sos vos.

—Me gusta hacerlo. Me da la posibilidad, aunque sea un poquito, de devolverte las atenciones que me hiciste en los últimos años...

Él la miró a los ojos con agradecimiento y se bajó del vehículo con esfuerzo. Iván siempre la había protegido mucho, pero la vida se les había trastocado desde que empezó con las sesiones de quimioterapia. Mejor dicho: desde la fatídica tarde en que el doctor Gómez les comunicó el cruel diagnóstico de su enfermedad. El tratamiento era realmente horrible y lo peor: no estaba dando los resultados esperados.

No bien entraron a la casa, Gilda acompañó a Iván al dormitorio y lo ayudó a acostarse en la cama matrimonial. Debía tratar de dormir un poco, le haría bien. Ella lo tapó con el edredón, le dio un beso en la frente y caminó hasta la puerta. Antes de cruzar el umbral, le escuchó decir:

—Amor, no te olvides de que hoy viene la gente de la empresa que construirá el saloncito.

Ella exhaló un suspiro largo.

—Ay, Iván, no me gustaría tenerte preocupado por la obra justo ahora. ¿Estás seguro de que querés que nos metamos a edificar?

—Claro que sí, nuestro hijo necesita ese salón. Y yo no voy a estar preocupado, sino todo lo contrario. Mi hermano se encargó de buscar la empresa que lo construirá y aseguró que nos ayudará, que nos dará una mano.

—Ya sé. Pero si lo hacés sólo por Tomi, por favor, pensá que él y los chicos del grupo pueden ensayar en otra casa —argumentó Gilda, en un último intento por convencerlo.

—Siempre ensayaron acá… y vos sabés bien que en los otros lugares no tienen suficiente espacio. Además, cuatro semanas pasan volando —comentó en alusión al tiempo estimado que demandaría la obra.

—Está bien, quedate tranquilo —dijo Gilda sabiendo que la guerra estaba perdida.

La pasión que Tomi sentía por la música se la había transmitido su marido. Desde chiquito se la había inculcado llevándolo a las clases de piano, guitarra y canto. Él se había hecho cargo de esa área, y de tantas otras. Debía reconocer que Iván había sido un gran compañero a la hora de educar a Tomás, que, con sus diecisiete años, prometía ser un gran músico. Era brillante tocando varios instrumentos y componiendo canciones. Desde hacía un año tenía su propia banda con la que ensayaba en el living de la casa. A pesar del bochinche que hacía el grupo, a ellos nunca les molestó. Es más: alentaban a la banda todo lo que podían. Pero desde que a su marido le diagnosticaron el cáncer, Gilda consideró que lo mejor sería suspender los ensayos. A Iván le daba mucha pena la situación, por lo que había contratado una empresa para que construya un saloncito separado del cuerpo principal de la casa donde Tomi pudiera ensayar tranquilo, en el día y a la hora que quisiera. «Pensemos en los muchos usos que podremos darle en los años venideros», le había dicho a su mujer para convencerla y de inmediato decidió buscar gente idónea para proyectarlo.

—¿Querés algo más? —le preguntó Gilda. La quimioterapia no era fácil aunque su marido la soportaba con entereza.

—No, nada… sólo decirte que te amo.

—Lo sé. Y yo te amo a vos.

—Mirá, Gilda…, si algo me pasa, vos tenés que seguir adelante… ¿Entendés?

—Ay, no hables así…

—Yo te quiero de una manera buena, no egoísta. Haría cualquier cosa para que vos y Tomi estén bien. Cualquier cosa… pero, bueno, la vida me mandó esto.

—No hace falta que me aclares qué clase de amor nos tenés.

—Grabátelo, Gilda: te quiero. Y aunque alguna vez ya no esté aquí, mi amor por vos seguirá presente.

—Yo también te quiero… Y no seas tonto… No te pongas a pensar tonterías. Intentá dormir un rato. El médico dijo que lo mejor era descansar.

Para Iván, la situación resultaba difícil. No sólo porque sentía dolores en el cuerpo, sino que sufría otros, peores, los del alma. La vida se le iba y cada pensamiento era una despedida.

Gilda, que sentía lo mismo, se puso de pie y fue rumbo a la puerta. Deseaba que Iván no se diera cuenta de su desesperación, no quería sumarle otra tortura. Aunque estaban tan unidos que era difícil que él no se percatara de su desánimo. Salió del cuarto y, apoyada contra la puerta, cerró fuerte los ojos. No quería llorar pero estaba a punto de hacerlo. La voz de su hijo que entraba a la casa la trajo de nuevo a este mundo:

—Ma, ya volví. ¿Cómo le fue a papá?

Tomi llegaba del colegio, y venía a salvarla de la tristeza. Él era un adolescente y ella, quisiera o no, debía seguirle el ritmo.

—Bastante bien —dijo componiéndose y ensayando su voz normal. ¿Para qué amargarle el día?

—Afuera está la gente que va construir el salón. Están midiendo. Me dijeron que querían hablar con vos.

—¿Ya llegaron los de la empresa constructora?

—Sí, ma.

—Dios mío, la verdad es que me parece una locura ponernos a edificar…

—¿Por qué, ma…? Ese quincho nos va a servir a todos…

hasta para vos será útil. Pensá que con los chicos seguiremos tocando ahí y que cuando yo termine el cole, también podré estudiar sin molestarlos. Además, papá está contento de hacerlo.

Su hijo tenía razón. Tomi mantenía la cuota de normalidad que a ella, en las últimas semanas, le estaba faltando. Su mente joven recibía más fácilmente el compás que le dictaba la vida, empujándolo a seguir adelante. A ella, a sus cuarenta años, le costaba más. Era difícil aceptar que el hombre que la había acompañado tanto tiempo se apagara poco a poco. Tan dolorosa era la situación que por momentos Gilda sentía que su propia vida se detenía junto a la de Iván. Agradecía tener a Tomi cerca, si no quién sabe qué hubiera pasado con ella. Probablemente se hundiría en el hueco negro de la depresión. A veces la vida se presentaba tan extraña que definitivamente la convertía en inverosímil.

—Mamá, ¿qué hay de comer? —preguntó su hijo al tiempo que sonaba el timbre de calle.

Sorprendida, Gilda miró hacia la puerta.

—Ya te dije, ma, es la gente de la empresa constructora. Un señor quiere hablar con vos.

—Ah, cierto. Dejame que los atienda y después cocino algo, así almorzamos los dos juntos.

Ella sabía que su marido no podría comer nada.

—Dale, me voy a jugar a la Play un ratito porque más tarde tengo que estudiar. Avisame cuando esté la comida.

Tomi se fue rumbo a su cuarto. Ella caminó hacia la puerta de calle.

Y la abrió...

Y la abrió...

Y la abrió...

—Hola... vengo por la construcción... —escuchó Gilda decir al hombre que tenía enfrente.

Al oírlo, ella tuvo la certeza: era él. La voz, aunque sonaba temblorosa, seguía idéntica.

Federico Fabrizzi tenía algunas canas en sus sienes, menos

pelo, líneas alrededor de sus ojos claros, pero seguía igual de delgado y de alto.

—Gilda, sos vos...

—Sí...

—No lo puedo creer, no sabía que en esta casa... —dijo sorprendido. Jamás hubiera imaginado encontrarse con ella en esa vivienda a la que llegaba para realizar su labor.

—Tampoco sabía que vos...

—Vine por la obra.

—¿El saloncito?

—Sí, soy arquitecto y trabajo para la constructora que...

—¿Arquitecto? Pensé que te habías recibido de abogado —lo interrumpió. Llevaba muchos años sin noticias de Federico. La última fue que se había recibido. Y como mientras fueron novios él estudiaba Derecho, había dado por sentado que de abogado.

—No. Cursé hasta tercer año de Derecho. La carrera no me gustaba, ¿te acordás? Lo hacía por mi papá.

—Tu papá... —dijo ella llena de remembranzas. Recordaba bien cómo ese hombre se había opuesto a la relación que mantenían. Más de una vez había deslizado que no estaba a la altura de su hijo. ¿Cómo olvidar que don Fabrizzi le había cortado el teléfono espetándole que su hijo no quería saber más nada de ella?

—Mi viejo murió hace cuatro años. El estudio jurídico lo atiende mi hermano, el más chico. ¿Te acordás? Él sí se recibió de abogado.

—Ay, cómo pasaron los años... En esa época apenas era un niñito.

—Sí, mucho tiempo —remarcó y, observándola detenidamente, agregó—: Pero vos estás igual...

Ella sonrió y comentó:

—No te creo.

—¡En serio! Tu pelo, tu figura... Sos la misma.

Gilda no se iba a poner a explicarle que su cabello castaño

tenía canas que escondía desde hacía varios años con tintura. Y que si ahora estaba tan delgada era porque la enfermedad de Iván la obligaba a ir de acá para allá todo el día.

La situación era extraña. ¿Qué decir? ¿Cómo tratarse? Ella no se sentía cómoda navegando por temas personales. Estaba por cambiar drásticamente la conversación preguntándole sobre el proyecto del saloncito, pero él le ganó de mano.

—¿Al fin estudiaste lo que querías?

—¿Profesorado de Inglés? No pude. Me casé, tuve un hijo.

—Me imagino.

Federico se arrepintió de su pregunta. Era un recuerdo amargo entre ellos. La principal recriminación de su padre hacia el noviazgo giraba, justamente, en torno a que Gilda no estudiaba. Pero claro, aunque se ilusionara con perfeccionar su inglés y hacer carrera en la docencia, no podía. Desde que llegó de la provincia de Corrientes, el mismo año en que se conocieron, había tenido que trabajar. Se mantenía sola y alquilaba un cuartito en una pensión céntrica.

—¿Querés pasar? Por favor, entrá… ¿Te sirvo un café…?

—No, está bien. Sólo vine a organizar ciertos asuntos… Herramientas, materiales, baño químico… También cuestiones de seguridad… Como te comenté, estaré a cargo de la dirección de la obra durante un mes y quiero que los muchachos trabajen cómodos.

—Sí, por supuesto.

Otra vez el molesto silencio mientras continuaban de pie en el umbral de la puerta.

—¿Querés tomar algo fresco?

—No, no. Pero necesito consultarte un detalle con respecto al plano.

—Entonces, pasá… No me vas a mostrar los papeles en la calle.

—Tenés razón. Gracias.

Mientras ingresaba a la sala, Federico comentó:

—¿Sabés? Por este trabajo me contactó la gente de la pinturería grande que está en la esquina, sobre la avenida. Creo que el dueño se llama Claudio Guzmán...

Parecía que Federico necesitaba justificar su presencia, como si temiera que ella sospechara que había ido a buscarla. Era tan extraño que hubiera llegado a ella de esa manera.

—Sí, es mi cuñado. Él y mi marido son los dueños del local —aclaró Gilda.

—Ah...

—Mi esposo no anda bien de salud y Claudio nos está ayudando con este proyecto.

—Uf... espero que se mejore. Bueno, te muestro y me decís qué opinás. Nos surgió una duda con las ventanas y cuando preguntamos, la gente de la pinturería nos indicó que lo habláramos directamente con ustedes.

—Entiendo. Contame.

Federico extendió sus papeles sobre la mesa del comedor y durante diez minutos se dedicó a explicarle pormenores de la obra. Ella, titubeante, en tono nervioso, le ofreció algunas indicaciones necesarias. Finalmente, se dio por satisfecho:

—Bueno, perfecto. Entonces quedamos así.

—Creo que sí. Por lo menos, lo planeamos de este modo con mi marido —señaló Gilda un poco alterada.

Después de escuchar la palabra «marido» por enésima vez, a Federico se le hizo imposible callar la pregunta:

—¿Hace mucho que te casaste?

—Sí —respondió. Y evitando precisar el año, rápida, le preguntó—: ¿Y vos?

—Yo nunca me casé —contestó Federico y permaneció callado. Luego de una pausa incómoda, sonriendo, agregó—: Se ve que me pegaste fuerte.

Gilda hizo como si no lo hubiera oído. ¿Qué responder a semejante comentario si había sido él quien nunca volvió a hablarle, quien desapareció de la faz de la tierra? Sólo deslizó:

—Qué raro que no te hayas casado...

—Bueno, tan raro no soy, tengo una hija de diez años.

—Una nena...

—Sí, fruto de una relación fallida.

Gilda posó su mirada sobre un *render* 3D mientras buscaba cómo desviarse del escabroso tema. Se hallaba a punto de esbozar una pregunta sobre la conveniencia de desplazar unos centímetros una ventana, pero Federico no la dejó porque, apoyando con fuerza las dos manos sobre el plano que estaba sobre la mesa, la miró a los ojos y le dijo sin preámbulos:

—Perdoname, Gilda..., que salga con esto después de tantos años, pero quisiera saber por qué nunca más me hablaste. No tengo reproches, sólo me gustaría saber.

La tenía justo enfrente, a la distancia apropiada para que respondiera a esa pregunta que lo había carcomido por años. La sorpresa tiñó el rostro de Gilda. Jamás hubiera esperado esa pregunta.

—¿Que yo no te hablé más...? ¡No me digas eso, si fuiste vos el que se borró!

—Yo no me borré. Te busqué y en la pensión me dijeron que te habías mudado.

—Claro, pero eso pasó después. Lo decisivo fue que nunca te presentaste a nuestra cita el día que, según vos —hizo una pausa, tomó aire—, íbamos a comprometernos.

—¡Nooo...! No es así. Yo te esperé con los anillos.

—¡Mentiras!

—¡Carajo, Gilda! Estuve tres horas en la plaza con los anillos en la mano.

—¿En la plaza? ¡Si me pediste que te pasara a buscar por tu edificio!

—Sí, pero ese día dejé dicho en casa que te avisaran que nos reuniríamos en la plaza de siempre. Esa mañana yo había discutido con mi viejo, y no podríamos vernos ahí. Ya sabés cómo era él.

—En tu casa me dijeron que no estabas. Y cuando quise saber a qué hora volvías, tu papá me pidió que no te hablara más.

—¿Y le creíste así de fácil?

—No, claro que no. Regresé a buscarte. Pero como esa semana habíamos discutido... Y cortamos después de esa gran pelea, bueno, lo que me decía tu viejo no me sonaba descabellado.

—¡Pero si después de esa discusión fue que te prometí que compraría los anillos! Además, Gilda, podrías haber vuelto a mi casa y no volviste. O al menos haberme hablado por teléfono.

—Ya te dije que lo hice. Pero cada vez que llamaba, tu papá me decía que no querías atenderme, que habías salido... Una vez, incluso, me dijo que estabas estudiando con una chica... ¡Qué sé yo...! ¡Mil excusas!

—Yo tengo otra versión de lo que pasó. Cuando fallaste a la cita y no aparecías por ningún lado, te busqué en la pensión donde vivías y me aseguraron que te habías mudado. No lo podía creer y tuvieron que mostrarme el cuarto vacío para convencerme. No sabía dónde ubicarte.

—¡Eso ocurrió luego!

—Gilda, te esperé hasta que me cansé.

—Federico, yo te busqué varias veces en tu casa. Primero me decían que no estabas. Después me daban más y más pretextos... hasta que una tarde salió tu mamá y me dijo que te habías ido a Europa. ¿Para qué insistir? Entonces, decidí no buscarte más, ya no soportaba las evasivas y las mentiras. En el medio tuve que dejar la pensión. Finalmente conocí al que hoy es mi marido y me casé. Enseguida nos mudamos a Corrientes, donde vivimos un par de años. Al tiempo volvimos y acá estamos —remató Gilda intentando anclar su historia en el presente. Regresar al pasado la ponía muy nerviosa. Aunque él no lo supiera, ella tenía buenas razones para alterarse.

Federico, que parecía querer continuar revolviendo aquellos tiempos de noviazgo trunco, acotó:

—Es verdad que mis viejos me mandaron a Europa durante un año. Y que de allá regresé como nuevo. Nuestro amor contrariado había pasado a segundo plano y me centré en estudiar Arquitectura, que era lo que realmente quería.

—Yo te busqué —insistió ella.

—Y yo te esperé —retrucó él.

La desazón pintaba el rostro de Gilda. No podía ser verdad lo que él decía. Ella, que lo había amado con locura; ella, que había desesperado por encontrarlo; ella, que...

La voz de Tomás la sacó de sus cavilaciones.

—Mami, papá se despertó y te llama. —Luego, mirando al desconocido, agregó—: Hola, ¿cómo estás?

Ella los vio observarse y parpadeó nerviosa.

—Por favor, decile a papá que ya voy.

—¿Sos de la empresa que va a construir el quincho? —preguntó Tomi.

—Sí... —afirmó Federico dejando en manos de Gilda si quería aclarar o no que se conocían de antes.

—Ma, ¿le explicaste que queremos puerta-ventanas anchas para entrar y sacar los equipos sin problemas?

—Sí —confirmó ella apurada. Deseaba sacar a Tomi de inmediato de la sala.

—¿Las quieren a todas así? —preguntó Federico y añadió—: Porque vos, Gilda, me acabás de comentar que sólo dos son puerta-ventanas.

—Bueno, tres... Es lo mismo, Federico, después lo arreglamos —protestó ella.

—Dijimos todas, mamá, y son varias —comentó su hijo asombrado por la familiaridad con que se trataban ese hombre y su madre.

Gilda se percató y le aclaró:

—Hijo, Federico es el arquitecto que dirigirá la obra y un amigo de hace muchos años. Nos conocemos casi de niños.

—Ah, sos de Corrientes —dedujo Tomi.

—No, de Buenos Aires —aclaró rápidamente Federico.

—Pensé que eras de allá porque mamá vivió en Corrientes cuando era chica.

—Bueno... no éramos tan chicos cuando la conocí.

—«Chicos»..., es una forma de decir. Éramos muy jóvenes —se

defendió ella. A estas alturas, lo único que deseaba era acabar cuanto antes con la conversación.

—Sí. A tu mamá la conozco desde hace mucho tiempo... Por lo menos —calculó Federico—, diecisiete o dieciocho años.

—Mi edad. O sea que ya se conocían cuando yo nací.

Él miró a Tomi durante unos instantes. Entonces, observó lo que antes no había visto: el chico tenía su mismo color de ojos —claro, muy claro—, ese celeste agua que se repetía en sus hermanos y que venía de su padre y de su abuelo italiano del norte. Tomi era alto, desgarbado, al estilo de los hombres de su familia. Una duda se clavó en su interior.

—Hijo, decile a tu papá que iré en cuanto me desocupe. Yo me encargo de comentarle al arquitecto sobre las aberturas.

—Ma, explicale bien, eh... —alcanzó a decir el chico mientras se marchaba bajo la mirada atenta de ambos.

Gilda y Federico, solos, frente a frente, se estudiaron en silencio.

Él habló primero:

—¿Tu hijo tiene diecisiete años?

—Sí.

Otra vez el silencio y las miradas inquisitivas hasta que Federico susurró:

—¿Acaso ese chico es mi hijo...?

—¡Nooo...! —respondió terminante.

—No me mientas, Gilda. Sí, es mi hijo. ¿Por qué no me dijiste?

—No lo es.

—Esos ojos... ¡Son idénticos a los míos! ¡Y a los de mi padre y a los de mi abuelo!

—Por favor, Federico, no grites —pidió Gilda bajando la voz y cerrando la puerta que comunicaba la sala con el resto de la casa.

—Entonces, no me mientas.

—No tenés derecho a exigirme explicaciones de nada. ¡De nada! ¿Sabés? Me podés causar un grave problema.

Federico se quedó callado durante un rato y luego señaló:

—Lo sé… perdón. No gritaré más. Pero, por favor, decime si el chico es hijo mío y me voy. No te meteré en ningún lío. Únicamente necesito saberlo. Es algo demasiado importante.

Gilda lo miró. Para bien o para mal, las cartas estaban echadas. Ese mediodía el destino les había urdido un encuentro del que ya no sería fácil zafarse.

—Fallaste a la cita en la que, supuestamente —remarcó—, nos íbamos a comprometer. Una semana antes habíamos discutido… y peleamos tanto que cortamos. Todo pasó de repente… vos nunca me respondías el teléfono. Te hacías negar. No estabas en ninguna parte del maldito Buenos Aires. —Gilda se detuvo. A punto de llorar, respiró profundo y siguió—: Te fuiste a Europa, y yo descubrí que estaba embarazada… Cuando lo supe, no sabía qué hacer y, desesperada, me mudé.

Las palabras le salían a borbotones, la lastimaban. La transportaban a un pasado doloroso.

—No podés haber hecho esto… callarte todo este tiempo. No contarme.

—¿Y vos a mí sí? Me casé con un hombre que se hizo cargo de mí desde el primer día que me conoció. Él me aceptó con un bebé de brazos y lo crio como si fuera su propio hijo. Nunca le dijimos a Tomi que no era su verdadero padre —suspiró largo y agregó casi como un ruego—: Así que no abras la boca. Te lo pido por favor.

—No lo haré. No soy tan cabrón. Pero…

Dejó la frase en suspenso. No se animaba a terminarla.

—¿Qué? —lo increpó ella.

—Deberías haber insistido, buscarme, cruzarme por la calle… Yo no me borré, te esperaba.

—¡Otra vez con lo mismo…! Yo estaba sola y tenía que salir adelante con un hijo a cuestas.

—Mis padres tuvieron mucho que ver con lo que pasó. Ellos boicotearon nuestra relación.

—Tal vez… pero ya no hay nada que pueda repararse —completó con la mirada perdida. Comenzaba a calmarse.

Federico pensó que ella tenía razón. Esa época había quedado lejos, muy lejos. Todo había cambiado. Ellos dos eran otros y había un chico de diecisiete años de por medio que podía salir lastimado.

—Mirá, Gilda, vendré a tu casa durante este mes, no lo puedo evitar, pero prometo molestarte lo menos posible. Y de más está decirte que no abriré la boca.

Ella sintió paz y lo miró satisfecha.

—Gracias...

—No pasa nada.

—Mi marido está muy enfermo y no quiero darle ningún disgusto.

—Tranquila. Si hay alguien en este mundo a quien no quiero dañar es a vos. Te amé demasiado, sólo que lamento haberme perdido de disfrutar a nuestro hijo.

—Yo también lo lamento...

—Siempre quise un varón —dijo con una triste sonrisa.

Ella le devolvió otra igual.

—Me voy... —expresó él bruscamente.

—Te acompaño hasta la puerta.

De pie, en el porche, se miraron y se dieron un abrazo nervioso, emotivo, extraño. La mujer a la que tanto había amado y de la que nunca supo más nada hasta ese mediodía estaba aquí, frente a él. Y acababa de decirle que juntos habían tenido un hijo. Le temblaban las piernas. Ella también estaba conmocionada. Acababa de encontrarse con el padre de su hijo, el muchacho al que tanto había querido en otra época.

Tenían mucho por hablar. Pero este no era el lugar ni el momento. Ya diría la vida si alguna vez podrían responderse las preguntas que brotaban a borbotones.

Desde el interior de la casa, Tomás llamó a su madre, que entró secándose una lágrima. No le quedaba muy claro si la derramaba por Federico Fabrizzi, ese amor que había perdido años atrás, o por Iván Guzmán, el amor que estaba próximo a perder.

Jamás había imaginado tener que enfrentarse ese día a semejante encrucijada. Reencontrarse con Federico partió su existencia en dos. Pensó en contarle a su esposo la extraña coincidencia ocurrida ese mediodía. Pero desistió. No quería que nada lo preocupara.

Cuarenta días después

Tomi ingresó apurado a la casa. Sus amigos llegarían en unas horas porque a la nochecita inaugurarían el salón. Sus padres propusieron reunirlos para hacer un brindis informal. El matrimonio estaba contento; sobre todo Iván, verdadero promotor del proyecto. El arquitecto Fabrizzi, cumplido el plazo y de acuerdo con lo estipulado, entregó la llave de la edificación terminada y desde entonces Gilda y Tomás se dedicaron a decorarla y ultimar detalles; querían que estuviera completamente lista para el día de la pequeña reunión familiar.

–Mamá, la mesa en el saloncito quedó divina.

–Sí, a mí también me gusta. Ahora, Tomás, llevá la bebida, que tus amigos deben estar llegando.

El chico sostuvo las botellas de gaseosa en sus manos, y aclaró:

–Puse el silloncito en la punta para que papá esté cómodo.

–Habría que agregarle los almohadones azules. Viste que él siempre necesita recostarse, si no le duele el cuerpo.

–Ya mismo los llevo.

Tomi se marchó y Gilda se dedicó a cargar una bandeja completa con sándwiches de miga. Los adolescentes comían mucho, ella lo sabía bien. Esa noche, si sumaba a los adultos invitados, como su cuñado Claudio y la esposa, dos amigos de Iván y una de ella, más su suegra… ¡serían más de diez!

Conociendo su decisión inquebrantable para concretar la obra, Gilda sabía que su esposo disfrutaría al verla terminada y a los chicos reunidos allí. Por esa razón, había organizado con esmero cada detalle de la pequeña inauguración. Quizá fuera el último acontecimiento familiar en el que Iván podría participar activamente. Su enfermedad avanzaba sin tregua y ellos, como familia, se preparaban para lo peor. De sólo pensarlo quiso llorar, pero se controló. Hoy era un día feliz, no lo sabotearía. Cuando llegaran los malos momentos ya vería de dónde sacar fuerzas. Rehusaba adelantarse a los hechos, pero resultaba inevitable anticiparse al desenlace. No lo soportaba. El dolor era intenso.

* * *

Una hora después el saloncito bullía de voces juveniles y rock. Tomi, tan contento y agradecido con su padre, cada diez minutos iba y le daba un nuevo abrazo. Iván, sentado en el silloncito rodeado de almohadones azules, se lo devolvía con una sonrisa; luego continuaba charlando con los parientes y amigos, incluido el arquitecto Fabrizzi, que un rato antes se había presentado en la casa para traerles un *champagne* de regalo y se terminó quedando al festejo por insistencia del propio Iván. En el momento en que quedó solo y cerca de Gilda, le dijo en voz baja: «Perdón... Te juro que quise irme pero tu esposo fue muy insistente y no me atreví a desairarlo. Si me marchaba, quedaba como maleducado». Ella sólo había asentido con la cabeza.

La charla entre los presentes era animada, distendida. Todos la disfrutaban, salvo Gilda, que, nerviosa, controlaba las reacciones. La aterrorizaba que alguien pudiera descubrir el llamativo parecido entre su hijo y el arquitecto a cargo de la construcción del saloncito.

Pero una vez que pasaron los primeros treinta minutos se dio cuenta de que no tenía de qué preocuparse. Los invitados estaban inmersos en el mundo de la charla y el festejo. Sólo una vez, al cruzar la mirada con su cuñado, Gilda notó con qué nivel de detalle los observaba a ella y al arquitecto. Enseguida descartó esa preocupación; en primer lugar, porque estaba consciente de que la habitaban fantasmas que sólo ella percibía y, más importante aún, porque nadie mejor que Claudio para saber cuánto amaba a Iván; en varias ocasiones su cuñado la había visto claudicar por la enfermedad.

La noche avanzó y Gilda se relajó por completo. Federico y ella no habían vuelto a hablar desde el mediodía del reencuentro hasta este momento. Durante la construcción, sólo se cruzaron en dos oportunidades; ambas, mientras él daba instrucciones a los peones y apenas se habían saludado desde una prudente distancia. Esa noche, por primera vez, volvían a conversar y lo hacían con normalidad frente a todos. Ella lo oía hablar y se llenaba de remembranzas, le recordaba a aquel muchacho que había conocido y que tanto había querido en el pasado lejano.

Seis meses después

Gilda entró al café y al divisar a Federico en una mesa esperándola advirtió que las piernas le flaqueaban. Pensó que no sería capaz de sentarse frente a él, así, como si nada. Por momentos la abrumaba un ridículo cargo de conciencia, fruto de que todavía se sentía casada con Iván a pesar de que su marido ya no habitaba este mundo. Federico había propuesto el encuentro para conversar en detalle sobre lo que había ocurrido entre ellos dieciocho años atrás. Sentían la necesidad de aclarar los malentendidos. Ella aceptó reunirse después de escuchar cómo Federico había perjurado que no interferiría en su relación con Tomás. «Que él sea mi hijo, muere conmigo. Quedate tranquila», prometió.

—Hola, pensé que ya no venías —dijo él.

—La verdad es que casi no vengo —se sinceró—. Esto es muy difícil para mí.

—Tranquila. Es una simple reunión para conversar sobre aquellos chicos que alguna vez fuimos.

Gilda se sentó frente a él.

—Te traje algo —dijo Federico extendiendo un sobrecito de papel de regalo.

—¿Qué es?

—Abrilo.

Ella rompió el papel y del interior apareció un pequeño anillo de plata. Sencillo, finito, con un trébol de cuatro hojas.

—Para que esta vez tengamos suerte. Acabo de comprarlo en la joyería de acá a la vuelta, esa que tiene un nombre raro, Zafiros en la piel.

Conocía el lugar, su esposo le había comprado varios regalos allí. Era inevitable no recordar a Iván, todavía se lo encontraba en cada pensamiento.

—No tenías que haberte molestado —le dijo Gilda metiéndose otra vez en el presente. Le hacía bien vivir el hoy.

—Me gustó comprártelo. Además, te lo debía, ya que nunca pude darte los anillos de compromiso.

Gilda sonrió. Era un bonito detalle por parte de Federico.

Pidieron un cortado, luego otro, y otro más. Porque allí, en esa tarde primaveral, sentados en la mesa del bar, comenzó una charla que duraría casi cuatro horas. Los dos tenían mucho por aclarar; un mundo por contar, casi la mitad de dos vidas.

Fue inevitable hablar de los malentendidos que tuvieron, de la inefable participación de don Fabrizzi, de lo que sucedió realmente, de cuánto se habían querido. Y luego, de lo hermoso y maduro que era Tomi para su edad. Parecía que se inclinaría por estudiar Arquitectura. También conversaron de la partida de Iván, del dolor que aún la perseguía. Gilda le contó que era parecido al que había sentido cuando creyó que él la había abandonado. También rescató el carácter de Iván; reconoció que había resultado una gran compañía para ella, un excelente marido. Agradeció la ayuda que les brindó Claudio durante el último año, presente y atento a las necesidades de su hermano. Federico relató, entonces, que el cuñado había sido precisamente quien llegó a la empresa constructora buscándolo.

—Fue extraño porque no nos conocíamos, y creo que él no

tenía referencia de mis trabajos. No sé. Hay miles de estudios de arquitectura, constructoras, tipos capaces de levantar unas paredes... El asunto es que, de alguna manera, me exigió que dirigiera la obra, que me encargara en persona. Y fue taxativo: quería que tratara directamente con él porque su hermano no podía.

Gilda escuchaba con atención esta parte del relato. Una sospecha comenzaba a carcomerla: si lo que decía Federico era verdad, entonces, ella e Iván habían estado mucho más unidos de lo que habían creído. Su marido la conocía mejor que nadie, y los detalles que relataba Federico la llenaban de asombro. Quería salir corriendo para averiguar si lo que estaba descubriendo era verdad.

* * *

Esa noche, cuando Gilda apagó las luces del auto, repasó la extensísima conversación con Federico y pensó, con un sentimiento ambiguo, que se había sentido viva. La charla con ese antiguo amor había cambiado algo en su interior, como si después de la muerte de su marido entendiera por primera vez que el pasado era un tiempo que no podía confundirse con el presente; y que el futuro todavía valía la pena. La compañía de Federico la había ayudado a acomodar y a poner en su sitio cada uno de los tres tiempos. Pasado, presente y futuro para ella, al fin, comenzaban a ocupar cada uno su lugar.

En la puerta del café, mientras se despedían, él había renovado la invitación: «¿Almorzamos el próximo sábado?». Al principio ella se negó pero terminó aceptando.

Esa noche, al regresar a su casa, Gilda colgó el abrigo en el perchero de la entrada y de inmediato se dirigió al cuarto de Tomi. Quería saber qué hacía. Lo espió con disimulo; jugaba a la Play. Suspiró aliviada; percibía cómo mejoraba día a día tras la pérdida de su papá. Lo saludó con un beso y luego se fue a su cuarto con el teléfono inalámbrico en las manos.

—Al fin —dijo en voz alta.

Deseaba hacer esa llamada desde que Federico, café mediante, le había relatado algunos detalles significativos. Cerró la puerta de su habitación buscando tranquilidad. No quería interrupciones. Lo que estaba por averiguar era crucial.

Sentada en la punta de la cama, marcó el número de su cuñado. Necesitaba hacerle una pregunta que le quitara de una vez la duda que le quemaba el alma desde la tarde.

Claudio atendió, la saludó y conversaron sobre el fin de semana, momento que se volvía cuesta arriba, más difícil de sobrellevar en la soledad de la casa.

—¿Están bien vos y Tomi? ¿Segura?

—Sí, sí... Te dije que no me pasa nada, quedate tranquilo. Te llamé porque necesito que me contestes algo.

—¿Qué cosa?

—¿Me prometés que me vas a decir la verdad?

La pregunta lo sorprendió, pero respondió sin vacilación.

—Sí, Gilda, claro. Ya sabés cómo somos los Guzmán.

Él tenía razón. Claudio e Iván siempre habían actuado con tanta honradez que lindaban con la ingenuidad. Sin más vueltas, le preguntó:

—¿Por qué contrataste a Federico Fabrizzi como arquitecto para construir el salón? —Se produjo un silencio del otro lado de la línea. Gilda insistió—: ¿Por qué él y no otro? ¿Fue casualidad o vos fuiste a la empresa buscando ese apellido?

Como si fuera una descarga del teléfono, oyó cómo su cuñado exhalaba un suspiro ruidoso. Y luego de tomarse unos segundos, dijo con suavidad:

—No vale la pena que te engañe...

—Contame todo, por favor.

—Busqué a Federico Fabrizzi porque Iván me pidió especialmente que lo rastreara. Removí cielo y tierra hasta que di con él. No fue fácil encontrarlo. Y cuando le conté que era arquitecto, a Iván se le ocurrió lo de construir el saloncito.

—¿Qué?

—Sí, Iván encargó esa obra. E insistió en llevarla adelante cuando vos dudabas o le decías que no era el momento, bueno, porque quería que ustedes dos se encontraran.

—¿Por qué…? —preguntó Gilda. Precisaba oír esa respuesta aunque descontaba cuál era.

—Él no quería dejarte sola, se preocupaba. Suponía que cuando él ya no estuviera, Gilda, sufrirías demasiado. Y como sabía que con ese hombre habían tenido una historia importante… decidió reunirlos —concluyó.

Gilda lo oía y lloraba. Iván la conocía mejor; más que ella a sí misma. Por eso le había preparado el camino, porque sabía que sin él se hundiría en la tristeza. La frase que Iván pronunció en un momento de entereza vino clara a su cabeza y la compartió con Claudio:

—¿Sabés qué me dijo una vez después de una quimio? «Mirá, Gilda, si algo me pasa, vos tenés que seguir adelante. Yo te quiero de una manera buena, no egoísta. Haría cualquier cosa para que vos y Tomi estén bien. Cualquier cosa… Grabátelo, Gilda: te quiero. Y aunque alguna vez ya no esté aquí, mi amor por vos seguirá presente.»

Gilda lloraba desconsolada. Su cuñado también.

Charlaron un rato más sobre lo que acababa de descubrir y cortaron.

Ella, más calmada, se puso el pijama y se metió en la cama mientras pensaba que Iván, como siempre y aun ausente, la cuidaba. No, no se había equivocado. Porque Gilda miró el anillito del trébol y pensó: «Dos amores en uno».

El almuerzo del sábado la entusiasmaba, le inyectaba un torrente de vida en medio de la pena. Pensó en el rostro de Federico y el corazón le latió con tal fuerza que no pudo menos que asombrarse.

ΑΠΗΡΟΔΙΣΙΑ

APHRODISIA

Afrodita (Venus, para los romanos) es la diosa del amor, la belleza y la sexualidad. Según el poeta griego Hesíodo, nació cuando Cronos cortó los genitales de Urano y los arrojó al mar; desde las *aphros* (espumas de mar) surgió Afrodita. Por metonimia, *aphrodisia* es como los griegos llamaban al placer del amor sexual; también podía significar «seducción», «atracción», «belleza» y «encanto».

LA OBSESIÓN

Ese mediodía Carlos se escapó de la oficina con un pretexto. Le avisó a su secretaria que necesitaba salir para hacer unos trámites. Le pareció la mejor excusa para no dar explicaciones. A veces, a un jefe le cuesta más practicar el anonimato que a un empleado. Podía comprar las entradas por Internet. Lo sabía. Y además, que por una módica suma se las llevaran a su despacho. Pero había algo excitante en el hecho de ir personalmente hasta el teatro para adquirirlas. Tal vez, sentirse cerca de la artista que adoraba, pisar el mismo lugar que ella trajinaba cada noche, mirar su foto pegada en la puerta, imaginarla subiendo esos escalones.

Hacía dos semanas que iba a verla actuar los días jueves, viernes, sábado y domingo. Asistencia perfecta durante las últimas ocho funciones. Pero no se cansaba. Le pasaba algo extraño con esa mujer. Lo atraía tremendamente, le encantaba, lo fascinaba. La primera vez vio la obra con amigos; el resto, solo, porque a ninguno lo deslumbró tanto como a él.

Eso no era normal. ¿Acaso su fascinación estaba relacionada con la mística de saberla actriz? Nunca había salido con una artista. Su primera esposa era contadora; y la segunda, abogada como él. ¿O la atracción estaba relacionada con el largo año transcurrido desde el último divorcio? Tal vez, simplemente, iba siendo tiempo de volver al ruedo para buscar pareja. No tenía respuesta a sus preguntas, pero allí se encontraba, otra vez, en la boletería del teatro, comprando entradas para el espectáculo que ya se sabía de memoria. Sin embargo, tenía que rendirse ante lo evidente: Camille Le Parc se había convertido en su obsesión.

* * *

El telón ha caído, el público todavía aplaude a rabiar. Pero Camille, que salió tres veces a saludar, no volverá a aparecer. Sus pies, que calzan tacones muy altos, la llevan directo a su camarín. Por el camino, algunas personas que trabajan en el teatro la saludan, la felicitan. Ella sólo les sonríe. Necesita soledad. Siempre es así después de una buena función. La fama ha venido de golpe a llamar a su puerta. Tanto que la deseó y, ahora que la tiene, se asusta. Sabe que este teatrito ya no la cobijará porque pasará a trabajar en otro mucho más grande e importante, en ese con el que sueñan todos los artistas. La propuesta que recibió esa semana la tomó por sorpresa. Siente algo de temor, aunque sabe que debería estar agradecida, porque ella no olvida que hace casi seis años se fue de Argentina buscando vivir mejor, con mayor libertad, y que, instalada en París, la vida idílica que había soñado nunca se hizo realidad. Debía cantar y bailar en bares de mala muerte y soportar por público sólo hombres borrachos. La fortuna quiso que un productor argentino la viera y le propusiera volver. Ella, harta de ese peregrinaje, aceptó regresar y empezar a trabajar en ese pequeño teatro porteño. Pero su show resultó tan exitoso que se le abrieron las puertas del mundo de la actuación, esas que le permitirán pasar al futuro promisorio que le hacía sentir vértigo.

Sabe, también, que ese malestar es parte de lo mismo, porque ella es quien elige a la soledad de la que a veces reniega. Tiembla al pensar que por exponerse a los medios periodísticos o asistir a reuniones sociales alguien podría reconocerla y saber quién es en realidad. Se fue a Francia por esa razón, pero regresó. Y eso tiene un precio. En París nadie se hubiera interesado por saber quién era; pero aquí, en su país, el mundillo del espectáculo es diferente. Buenos Aires aún es una aldea gigante que adora los chismes. Se siente un poco preocupada, intuye que la fama traerá notas en revistas importantes. Esta misma semana le harán un reportaje, y no sabe hasta cuándo podrá esquivar lo ineludible.

Camille se quita el vestido de terciopelo rojo con el que cantó y bailó la última canción, se pone una bata de satén y comienza a peinar su cabello oscuro. Es el único ritual de belleza que realiza en el teatro, porque se maquilla y se desmaquilla en su casa cada noche. Es muy coqueta; no puede presentarse ante nadie sin rímel, labial ni rubor. Su cabello es largo, lacio, brillante y le llega hasta la cintura. Para tenerlo así debe cuidarlo con dedicación, al igual que su cuerpo y su piel. Todo es sacrificio si se quiere estar bella. «Pero es el precio», piensa. Y lo paga con gusto.

Mientras se quita los aros dorados con los que actuó, se mira en el espejo con detenimiento. Tiene claro que sus ojos verdes enormes y esa belleza exótica son su fuerte. Y que, junto con su voz, que despliega sobre el escenario, la hacen especial.

Se toma muy lentamente el vaso de whisky que se hace dejar servido en el camarín para cuando la función ha terminado y busca relajarse. Recién se marchará del teatro en media hora, o más. Será cuando el muchachito que apaga las últimas luces le avise que no queda nadie.

—Señorita Le Parc… —la llaman del otro lado de la puerta.

—Sí…

—Tengo algo para usted —dice Mariela, la vestuarista.

Camille imagina de qué trata: lo mismo que le llega cada noche desde hace dos semanas. Abre la puerta y allí está: una docena de rosas blancas. Con la misma tarjeta:

Para Camille, con toda mi admiración.
Repito mi invitación para cenar en el restaurante Cruz de Palermo.
Tu eterno admirador,

Carlos

Más abajo, la frase del día:

«Todo lo que siempre más he querido está al otro lado del miedo.»

George Addair

Cada noche, una diferente. Toma la tarjeta y la guarda en el bolsillito de la cartera con las demás que fue recibiendo. Tiene ocho. Les da una ojeada. Al hacerlo, se tienta, saca algunas al azar y las relee.

«El mundo es redondo y cualquier lugar que puede parecer el fin, tal vez sea el principio.»

Ivy Baker Priest

«La vida no te está esperando en ningún lugar, te está sucediendo. Si buscas un sentido en otra parte te pierdes de vivirla.»

Osho

«No dejes que los ruidos de las opiniones de los demás acallen tu propia voz interior.»

Steve Jobs

Todas las citas le encantan. Son poderosas. Transmiten una sensibilidad que le genera ganas de conocer al hombre que las envía. No son las rosas blancas, ni la invitación para cenar en un sitio elegante, son las frases que elige lo que lo vuelven interesante a sus ojos y le provocan curiosidad.

—Alguna vez aceptaré —piensa en voz alta, deseosa de abandonar los temores que siempre la acompañan.

Se saca la bata y se pone ropa de calle, unos jeans azules y un suéter blanco. Ya no se escuchan ruidos por los pasillos, lo que significa que va siendo tiempo de marcharse a su casa. Se calza el abrigo de paño azul con botones dorados y toma la cartera. Está a punto de salir cuando vuelven a tocar la puerta. Es Mariela nuevamente. Le abre.

—¡Camille, doble porción! —dice y le entrega otra docena de rosas.

Ella mira la tarjeta y no lo puede creer. «¡Es mi eterno admirador! ¡Y me envía otro ramo la misma noche!»

—¡Qué hombre tremendo! ¿Está afuera todavía? —pregunta con esa tonada porteña que se afrancesó durante su larga estadía parisina.

—No, dejó esto y se fue. Dijo que, como siempre, te espera en Cruz.

Camille se anima y por primera vez pregunta:

—¿Cómo es?

—Lindooooo…

—¿Y de edad?

—Un poco más grande que vos.

Camille especula: «Tendrá cuarenta».

Mariela la mira pero no agrega nada más y se retira. La chica, como todos los que trabajan en la sala, ha aprendido a ser reservada con Camille Le Parc, mujer de pocas palabras, que ríe poco y a la que no le gustan las bromas. Es sensacional cantando y bailando, pero el resto de su vida permanece bajo una nebulosa. En este mundo egoísta a nadie parece importarle demasiado. Lo determinante es que como artista genera trabajo para muchos y que con su espectáculo le hace ganar dinero a los productores.

Camille coloca el ramo en el florero del camarín junto al otro que recibió temprano. Luego guarda la última tarjeta en el bolsillo de su sacón y a los pocos minutos está en la calle de la nocturna y helada Buenos Aires. Es un invierno frío. Caminando con zapatos bajos y vistiendo el abrigo azul y jeans es una mujer corriente que no se parece ni una pizca a la diva que actúa sobre el escenario. Camina con apatía y cierta tristeza. Una noche más que va sola a su casa para continuar viendo una serie cualquiera en Netflix. Se mete las manos en los bolsillos y palpa la tarjeta. Una cuota de locura y temeridad le hace pensar: «¿Y si voy a Cruz?».

–No –le contesta su otro yo interior, entablando una conversación con ella misma.

–Pero quiero ir.

–Entonces, andá y metete en problemas.

–No me pasará nada. Sólo quiero conocerlo.

–Te vas a meter en líos, ya lo verás. Y perderás lo que venís consiguiendo hasta ahora.

–No y no. Quiero ir.

–¡Andá!

Su yo osado ha ganado la partida.

Da la media vuelta y camina en sentido contrario.

* * *

Al ingresar al restaurante Cruz, Camille siente el subidón de adrenalina. Tanto, que la preocupación por saberse en jeans y zapatos bajos se le olvida por completo. Tras una breve espera, la conducen hacia la mesa donde Carlos Fuentes la mira sorprendido. No la esperaba. Sobre todo, después de que ella ha ignorado sistemáticamente cada una de sus invitaciones. Ahora que la tiene enfrente, no puede creerlo.

Se observan nerviosos mientras hacen las presentaciones del caso. Él la mira. Vestida así, informal, como una chica común, también le resulta hermosa. Le falta el toque glamoroso, pero tiene clase. Sin embargo, todavía lleva bastante maquillaje. Las primeras frases de la charla recaen sobre él. Camille es bastante callada, casi tímida. No concuerda con la personalidad arrolladora que irradia desde el escenario. «Muchos artistas son así», reconoce Carlos, a modo de explicación. En realidad, lo vuelve loco esa manera suave de hablar, con ese acento peculiar fruto de sus años en París. Ambos piden el mismo plato: cordero a las finas hierbas. Y así descubren la primera coincidencia: es la comida preferida de ambos. La conversación va adquiriendo ritmo: que «Me alegra que aceptaras mi invitación», que «Sos muy insistente», que «Gracias por las rosas», que «Me encantan las frases», que «Soy un fanático de los pensamientos profundos… Y también de tu show».

Carlos le cuenta que trabaja como CEO de una importante empresa de maquinarias para el agro. Ella, que regresó hace un año después de vivir casi seis en Le Marais, en un típico piso compartido habitado por artistas llegados de distintos rincones del mundo. Él le relata que tiene cuatro hijos, dos de cada mujer con la que estuvo casado. Ella se calla, relata muy poco de su vida personal, pero se explaya hablando del show, de París, de cómo es vivir allá como extranjera. Toman *champagne*. De postre piden un tiramisú para compartir, pero casi no lo tocan; es apenas una excusa para extender la noche. Aun así, la velada llega a su fin. Carlos le ofrece llevarla hasta su departamento pero ella se niega.

Allí en la puerta de Cruz, en pleno Palermo, luego de despedirse, la ve subirse a un taxi y desaparecer en la noche. Ante la repentina ausencia, se da cuenta de que está más obsesionado que nunca con esa mujer hermosa y callada. Porque su introspección −apenas quebrada en algunos momentos de la cena−, más sus ojos verdes, y esa independencia que mostró al rechazar su oferta de acercarla al departamento, lo empujan a querer saber más de Camille Le Parc. Mientras maneja el auto en dirección a su casa, no puede parar de pensar en ella. Lo entusiasma una promesa: mañana cenarán en el mismo lugar.

* * *

Es lunes. Hace más de una semana que Carlos y Camille se juntan todas las noches para cenar en Cruz. Son habitués del local. Se sientan en una mesa discreta del fondo. Es la que Carlos reserva con el *maître*, porque desde que una pareja de comensales le pidió a la Le Parc sacarse una foto con el celular, y luego un grupo de amigos pretendió una y otra más, a él le pareció sensato ubicarse en un lugar menos expuesto del restaurante. Ya la conoce lo suficiente como para saber que el acoso la amedrenta.

Han repetido el encuentro de la primera noche en casi todas sus formas: mismo restaurante, misma mesa, misma comida y hasta el mismo *champagne*. Pero hoy no será igual por varias razones. Cenarán en otro lado. Carlos eligió Aldo's, en San Telmo. Y lo más importante: luego beberán una copa en el departamento. Es una iniciativa de Camille, que lo invitó.

Carlos está contento, sabe lo que eso significa. Lo estuvo esperando desde la primera cena, es la luz verde que le indica que pasarán la noche juntos. Porque si bien se dieron besos apasionados y algunas caricias fueron osadas, no ocurrió mucho más. Ella se le escurre como agua entre los dedos cada vez que la intimidad avanza. Camille es una mujer especial. Da la impresión de haber atravesado una situación fuerte que la marcó, que le dejó secuelas. Carlos empieza a intuirlo. Une partes de conversaciones que vienen a su mente y arma el rompecabezas.

—Así que te divorciaste dos veces… Es mucho —dijo ella.

—Sí, pero no me quejo, uno aprende de las equivocaciones.

—Es verdad, aunque a veces querría no haber aprendido, para no sufrir —se quejó Camille.

—El pasado es estiércol que hay que usar sólo para abonar el presente —respondió Carlos, que, versado en divorcios, ya ha hecho las paces con sus viejas vivencias.

—Me gusta tu mirada de la vida.

—Fueron años de psicoanálisis —se ríe él, y agrega—: Pero vos nunca me hablás mucho del tuyo.

—Algún día te cuento todo de golpe.

—Dale. ¿Cuándo?

—El lunes. Después de cenar, vamos a casa, tomamos algo y hablamos.

—Está bien, pero nunca te olvides de que el pasado no es lo

importante –recalcó para que sepa que no se lo echará en cara por más oscuro que sea.

–Me alegra que pienses así. Yo creo lo mismo. Sólo que a veces nos marca demasiado.

–¿Sabés qué creo? Que la vida es como conducir un vehículo: el presente y el futuro son el parabrisas. Hay que manejar mirando todo el tiempo a través del vidrio de adelante. El pasado es el espejo retrovisor. Cada tanto, das una mirada para atrás. Para conducir bien hay que estar atento a lo que viene sin descuidar los laterales ni la retaguardia. Pero no se puede manejar una vida mirando todo el tiempo por el retrovisor, sería desastroso. Sólo hay que dar una miradita esporádicamente, cuando se necesita.

Carlos sabe que, en muchos sentidos, Camille es misteriosa; lo tiene muy claro. Pero ¿qué hacer, si esta mujer lo tiene encandilado? Podrían decirle que ella asesinó a alguien, y no le importaría. Camille le gusta a rabiar. Y a estas alturas, la verdad, cree estar enamorado. Tanto es así que, como este lunes será «la noche», decidió hacerle un regalo que quede como recuerdo. Fiel a su estilo, se inclinó por una joya. «Son perdurables, eternas. Nos sobreviven», pensó para justificar la elección.

Ese mediodía, Carlos se escapó otra vez de la oficina. Contento, recorre las diez cuadras que lo separan de Zafiros en la piel. Nunca compró nada allí, pero optó por dirigirse a la galería porque en la joyería del shopping a donde va siempre lo conocen bien. La alhaja que desea comprar es cara y las empleadas del negocio de confianza, con los años, se han hecho amigas de sus dos ex esposas. Y prefiere mantenerlas alejadas de cualquier atisbo de chismerío. Siempre le gustó regalarles alhajas a sus mujeres e hijos. Cuando se trataba de un aniversario, bautismo o cumpleaños, sin dudas, era el mejor obsequio.

Tras unos minutos de caminata, entra en Zafiros en la piel. El lugar es grande y descubre que tiene suficiente variedad. Conforme con la elección del negocio, está seguro de que encontrará lo que busca. Desde que la conoció, Camille se ha convertido en una obsesión. Y esta noche quiere que sea especial en todas las formas posibles. «Tal vez sea el comienzo de una larga relación. ¿Y si se convierte en mi tercera esposa?», pensó sonriendo.

La empleada, una chica rubia, de lindos ojos y caderas generosas, lo atiende. Le muestra aretes, anillos y cadenas. Pero a Carlos nada lo convence. Hasta que ella capta con su ojo experto que quiere algo caro y que no desea hablar de la destinataria de su compra. Así que sin pedirle ciertos datos que facilitarían su labor, resuelve mostrarle lo mejor que tiene: un collar delgado de oro y platino con esmeraldas.

—Lo quiero —dice Carlos sin dudar—. Es lo que buscaba.

La empleada sonríe, satisfecha por su osadía. Envuelve el paquete primorosamente con papel blanco y moño de tela negra, mientras él le entrega la tarjeta de crédito al dueño del local, un hombre mayor al que se le ilumina el rostro con el monto de la adquisición.

Carlos guarda el paquete en el bolsillo y sale a la calle contento. Esta noche es la gran noche. Ha planeado regresar temprano a su casa; quiere disfrutar con tranquilidad los momentos previos a la velada.

* * *

Camille entra al restaurante y desde la puerta busca a Carlos con los ojos. Él, que la ha descubierto, la mira arrobado. En lugar de los habituales jeans, esta noche trae un vestido negro apretado que muestra su figura y exhibe sus pechos desbordantes. Calza unos tacos altísimos de charol que la hacen más esbelta que nunca. Lleva el cabello recogido en un peinado casual del que se le escapan algunos mechones. Se le acerca, ve su rostro luminoso. Es evidente que esa noche no actuó. No tiene el cansancio marcado en el rostro como después de una función. Hoy vino directamente desde su casa.

Sentados en una mesa del lujoso restaurante, ambos disfrutan del momento. La cena es deliciosa y transcurre maravillosamente. «Elegir un sitio nuevo fue una buena idea», piensa Carlos, que hoy ve a Camille mucho más suelta que nunca. Está seguro de que esta noche nada detendrá su encuentro íntimo, nada. Ella está especialmente exultante. Él le susurra al oído la frase «Todo lo que siempre más he querido está al otro lado del miedo», y ella responde tocándole el muslo bajo el mantel de la mesa. La noche sube su temperatura. Entonces, Carlos le advierte que tiene una sorpresa para ella creando la atmósfera propicia para que la expectativa crezca con el correr de las horas. Ha decidido que le entregará el collar cuando estén solos, en la casa de Camille. Ella sonríe huidiza. A veces parece como si tuviera temor de sí misma.

Las horas pasan sin que lo perciban. Cuando terminan la comida y el vino, ordenan la cuenta sin pedir postre. De pronto, sienten urgencia por estar a solas.

* * *

Media hora más tarde, Carlos toma una copa de *champagne* mientras observa el departamento de Camille. Lo encuentra muy distinto del suyo, que es enorme y desborda de fotos de su vida. Este, pequeño y austero, es lindo; tiene detalles de buen gusto, aunque carece de retratos, de instantáneas felices.

«¿Quién es ella? ¿Qué esconde de su pasado?», se pregunta.

Apenas llegaron, él intentó hablar de su pasado, pero ella se escabulló.

—Te prometo hablar… pero más tarde. Primero, lo primero… —dijo mientras lo besaba febrilmente.

Carlos no necesitó más para convencerse.

—Primero, lo primero —repitió y se dejó llevar.

Tras los besos, Camille le pide que la espere. «Sólo un momento», prometió. Con un movimiento rápido, logra desprenderse del juego amoroso y se retira por unos instantes a su cuarto para ponerse una ropa interior especial para él. Y Carlos, ansioso, excitadísimo, la aguarda sentado en el silloncito del living con el vaso en la mano. En cuanto aparezca le dará el regalo. Se regodea al saber que al fin escalará esas piernas largas que tantas veces miró con deseo durante las funciones. Al fin conocerá lo que esconde ese escote. Porque aunque algo ha visto, ha sido poco y ha tenido que adivinar el resto. Por ejemplo, el color de sus pezones. Logra imaginarlos y los desea con locura, como a ella toda.

En el equipo de música suena Amy Winehouse. Camille la eligió para crear un clima intenso y descontracturado. Carlos la reconoce. La vio actuar en el Pizza Express Jazz Club de Londres, antes de que se hiciera famosa, cuando sólo era soporte de Jamie Cullum. «Camille y Amy se parecen», piensa. «Ambas son una incógnita.» Las melodías, ese ambiente a cabaret, esa dicción especial. Carlos sabe que tienen gustos parecidos.

Entre canción y canción, se produce un silencio y él alcanza a oír el sonido del atomizador de un perfume.

Transcurren unos segundos y el aroma ajazminado de fragancia importada llega al living. Y por detrás, Camille. La imagen lo sorprende. Ella tiene puesto un pequeño camisón de raso color manteca, cortísimo, muy escotado. Sus pechos desbordan los finos breteles. En los pies se ha dejado los tacos altos de charol. «Buena elección», piensa Carlos, con el resto de cordura que le queda. Está desesperado por hacer suyo ese cuerpo que encuentra tremendamente sexy. La canción «You Know I'm No Good» entra en su clímax y ella, que es una bailarina excelsa, comienza a moverse sensualmente; tanto, que Carlos olvida el regalo. Danza para él. Y sus ojos, hipnotizados, siguen la figura extremadamente sensual enfundada en ese camisón claro.

Camille hace un movimiento veloz con las manos y se suelta el pelo que llevaba recogido. Renegrido y sin ataduras, ahora se desliza hasta la cintura. Cuando deja caer la cabeza hacia atrás, le hace cosquillas en las nalgas. Carlos lo adivina sobre el satén color manteca y se estremece. De golpe, ella, como si considerara que fue suficiente, se planta y deja resbalar un bretel… luego, el otro. Y entonces, esos pechos que vienen despertando su lujuria, aparecen firmes ante él. Los pezones son rojos, pequeños, como los imaginó. Camille es perfecta. Él se pone de pie, mete la mano en el bolsillo. Quiere darle el collar, colocárselo y tocar la piel de esos senos sublimes.

Sus dedos, aún dentro del bolsillo, toman la caja para sacarla y entregarla justo cuando Camille deja caer su camisón. La tela de satén claro se resbala y la prenda queda completamente tendida en el piso poniendo el mundo de Carlos patas para arriba en un solo segundo. Porque lo que ve no encaja con Camille. Lo que ve no encaja con su dulce voz, ni con su piel suave, ni con su aroma femenino. No encaja con la mujer hermosa por la que él, en ese momento, muere de amor.

Porque Camille no es ella.

Camille es él.

Un hombre.

Ante la imagen inesperada, la mano de Carlos quedó petrificada en el bolsillo, apretando el paquetito blanco de moño negro que contiene la joya que adquirió en Zafiros en la piel, ese regalo que todavía no sabe si entregará.

Se siente estupefacto, paralizado. Su cuerpo y su alma están a la espera de la resolución que dicte su cerebro. Todos sus paradigmas se despedazaron ante la imagen. Esa figura lo hiere, lo desconcierta, lo mata y lo resucita. Porque Camille no es Camille.

Aprieta la caja hasta arruinarla.

Los ojos verdes que le descubrieron su secreto lo miran inquietos. Aguardan una respuesta que él todavía no sabe dar.

ΠΗΙΛΑΥΤΙΑ

PHILAUTIA

Los griegos aplicaban esta palabra al sentimiento de amor que se tiene para con uno mismo. Muy necesario para poder dar amor a los demás, pero que, exacerbado, es narcisismo, vanidad y obsesión hacia el propio ser. Dos caras opuestas del amor propio: la sana y la enferma.

LUNA

Luna Echevañez sale de la oficina de la productora y camina las dos cuadras que tiene hasta llegar al lugar donde estacionó su automóvil. Está contenta, acaba de firmar un importante contrato que le permitirá empezar con su propio programa de televisión. Después de una década de trabajar como modelo, ahora, a sus veintinueve años, ha alcanzado la meta que perseguía. No es para menos, su hermoso rostro de exóticos ojos color miel y nariz respingada está en varias publicidades importantes de la vía pública, sumado a que no hay revista que hoy en día no quiera un reportaje con ella.

Camina despacio y con cuidado. Lleva botas bucaneras color rojo de taco altísimo y las veredas de Buenos Aires están desparejas. Pero no le molesta; sabe que ese calzado junto con los jeans apretados alarga todavía más sus esbeltas piernas. Por lo tanto, bien vale la pena sufrir la incomodidad. Satisfecha, durante el trayecto notó cómo los hombres giran para admirarla.

Apenas vislumbra su auto, una obra en construcción la obliga a descender a la calle y seguir por el asfalto. «¿Los albañiles me reconocerán? ¿Me gritarán algo?» Su interior acepta el reto y buscando confirmar lo que sabe de sobra, se acomoda el largo cabello castaño que le llega a la cintura y acentúa su andar sensual. Sus caderas se mueven acompasadas mientras ella pasa. Desde el primer piso los hombres exclaman:

—¡Lunaaa! ¡Diosa!

—¡Vení conmigo, mami, que yo te voy a cuidar! ¡Dejalo a ese musculoso…! ¡Es un idiota que no te sabe querer!

No sólo la reconocen, sino que están al tanto de su vida privada, como casi todos en la ciudad. En los medios y en las redes se comenta que su novio le ruega volver, después de que ella lo dejó por infiel.

Luna sonríe. ¡Qué sabrán! ¡Cómo le gusta inventar a la gente! Se mete en el auto. Pero antes de arrancar, busca su teléfono. No lo ha mirado ni una sola vez durante la hora que estuvo reunida en la productora y quiere controlarlo. El aparato estalla de mensajes: le recuerdan que en un par de horas debe asistir a un evento, los *sponsors* le dan instrucciones, sus amigas arman planes para el fin de semana. También hay dos inesperadas invitaciones masculinas. Lee con beneplácito las propuestas, y se dice que las aceptará siempre que no sean para esa noche. Hace un mes que cada sábado repite la cita y no la cambiaría por nada del mundo. El sábado por la noche es sagrado.

Guarda el celular y arranca el vehículo. Mientras se mira en el espejo retrovisor decide que irá al evento peinada así, tal cual está. Más tarde pasará por la peluquería, quiere verse impecable para la velada que la espera.

* * *

En el evento de una importante firma de autos que se realiza en un salón de la avenida Libertador, Luna se dedica a hacer lo que hace muy bien: conversa, se saca fotografías y recomienda la marca. Lleva puesto un vestido minifalda color piel, muy sexy, con sus bucaneras rojas. El conjunto muestra su cuerpo perfecto, trabajado a diario en el gym durante horas. A pesar de que los mozos le ofrecen una y otra vez bocadillos, Luna no los prueba, como tampoco las bebidas servidas en las copas; sólo toma agua mineral. Cuida su figura. Faltan pocas horas para que llegue la noche y quiere estar impecable.

En el salón, los fotógrafos la siguen durante una hora y ella disfruta de hacer su trabajo. Pero apenas decae la actividad, aprovecha para salir del local y escapar del gentío; no quiere llegar tan cansada a su compromiso de la noche. Todavía debe pasar por la peluquería y, luego, darse un baño de inmersión para que su piel luzca aterciopelada.

* * *

Por suerte, el local de su estilista queda cerca y en media hora está conversando con Marcelo, su *coiffeur*, que la atiende con diligencia. Ella es su mejor y más famosa clienta, la que marca tendencia. Atiende a decenas de mujeres que vienen pidiendo que les haga el corte que innovó con Luna la última vez que lo visitó. No falla: le desmecha el pelo un martes y el viernes tiene el tendal de mujeres pidiendo el desmechado. ¡Si la chica hasta puso de moda las pecas! Las suyas son naturales, pero las más jóvenes se las pintan para semejarse a la Echevañez.

—Lunita, ¿te hago el lacio de siempre, verdad? —pregunta el hombre mirando el cabello femenino de ese tono castaño tan particular. Es su color natural, por eso tiene el brillo extremo que la caracteriza.

Él sabe que para Luna los sábados por la noche son muy importantes. Desde hace un mes, intenta peinarla con el esmero que ella exige.

—Hum… no sé… —responde indecisa mientras mira su imagen en el espejo.

—¿Querés un recogido? —se anima a proponer el estilista. De todos modos, no cree que acepte. Sospecha que su cita de los sábados es informal, casi podría asegurar que se trata de un nuevo amor. Se rumorea que ha terminado la relación de casi un año con el que era su novio, un actor conocido del medio. Pero eso no es un problema: ella tiene a la mitad de los hombres de la ciudad tras sus curvas, y Marcelo, como buen confidente de sus clientas que es, sabe a ciencia cierta que fue Luna quien dejó a su pareja, aunque por ahí se diga lo contrario.

—Marce, no da para un recogido. Necesito que me hagas algo más casual.

—¿Entonces?

—¿Y si me hacés unos rulos con la buclera? —propone ella, convencida de que debe innovar. El lema es: reinventarse para enamorar.

—Dale. Buena decisión. Te van a quedar divinos.

Se le iluminan los ojos y muestra esa sonrisa blanca, pareja, dulce y tierna que la hizo famosa y que es su fuerte a la hora de posar frente a las cámaras.

Conversan un rato sobre los enormes carteles que inundan el centro con su foto. Pertenecen a la reciente campaña publicitaria de una reconocida marca de champú. Luna le da detalles de la producción general. El *coiffeur* aprueba el resultado: salió hermosa.

En una hora, Marcelo termina su trabajo y con un guiño le desea suerte para la noche. Ella le agradece con una sonrisa, pero no le da ni una gota de información sobre qué hará. Él se queda rumiando —«Seguro que es un millonario casado o un superfamoso»— y no abre la boca. Sabe bien que Luna puede conquistar a quien se le dé la gana.

Luna sale a la calle y camina unos metros disfrutando del movimiento de su cabello hasta que una señora que lleva de la mano a una niña la reconoce, la saluda y le pide que se saquen una foto con el celular. Luna acepta sonriente, posa y luego sigue apurada su camino. No quiere que nada la detenga. La cita es inminente.

* * *

Desde que llegó a su departamento, Luna se dedicó a acomodar el dormitorio porque allí, como cada sábado por la noche, tendrá lugar la acción que aguarda con creciente deseo durante el resto de la semana. Ha quitado de la cama el acolchado que usa a diario y lo ha reemplazado por uno nuevo de color blanco con bordados azules que compró hace un par de días.

Mira el ambiente con sus detalles y lo encuentra perfecto. Entonces, se relaja y comienza a llenar la bañera. Mientras tanto, pasa por la cocina y toma una manzana de la frutera. No quiere mirar mucho, ni abrir la heladera; teme tentarse y comer algo indebido. Se promete a sí misma que mañana tomará un nutritivo y copioso desayuno.

Una hora después sale de la bañera, se pone la bata y, sin quitarse el broche con el que se recogió el pelo para no arruinar los rulos, se ubica frente al espejo y se maquilla. Usa los pinceles con pericia y esmero. Se coloca delineador líquido haciendo una larga línea que realza sus ojos pardos, usa mucho rímel negro y un labial color rojo sangre, que, en rostro de morocha de labios gruesos y sensuales, queda perfecto. Los maquilladores profesionales suelen comentarle que se parece a Monica Bellucci. Claro, cuando la actriz italiana era joven, porque si ahora se midiera en belleza, está convencida de que le ganaría, piensa Luna en un rapto de vanidad.

Cuando termina de colocarse polvo en los pómulos, va al cajón de la cómoda en busca de lo más especial que se pondrá esta noche. Sus manos extraen con cuidado una caja de terciopelo negro de la joyería Zafiros en la piel. La abre y allí reluce una gargantilla de oro blanco con un gran zafiro colgando en el centro. Es un regalo que le hizo un caballero hace un tiempo, y decide que ha llegado el momento de estrenarla.

Se quita el broche del pelo y luego se coloca el collar. Se saca la bata y se pone un conjunto de ropa interior color azul, igual al de los bordados del cubrecama. Así, de pie, frente al espejo, se observa con detenimiento. La imagen es impecable, sensual. Sabe lo que su figura causará en los ojos a los que apunta esta noche, y se regodea al pensarlo; se queda allí, durante unos minutos, observándose: su boca carnosa y roja, el pelo largo y sedoso cayéndole con ondas sobre la espalda; su cintura pequeña, sus pechos firmes y enormes entre los que descansa el zafiro del collar. Se mira con satisfacción y se calza los tacos altos. El reloj le marca que debe apurarse, ya es la hora.

Se tiende en la cama y ensaya una postura sensual que incluye un dedo en la boca, luego prueba otra, y otra más. Controla su imagen desde el gran espejo que hizo colocar en el cuarto y que cubre completamente una de las paredes. Al final, se decide: elige la que la muestra recostada y boca abajo. Es la que mejor hace lucir sus atributos.

Entonces, con la parsimonia propia de un ritual profundo, y el movimiento de un protocolo insondable, toma en sus manos el teléfono celular y enciende la cámara. Antes de dispararla, cierra los ojos y se concentra: «Que salga bien, que salga bien… Que salga hermosa». Luego los abre y con el cuerpo lleno de adrenalina inicia la cita del sábado por la noche, esa que ella disfruta más que ninguna otra. Porque nada se le parece, nada la iguala. Esa es la razón por la que no acepta invitaciones, ni se reúne con nadie. Es más: es la causa por la cual tuvo problemas con su novio, que derivaron en la ruptura. Así lo decidió: este momento es sagrado, le da demasiado placer y no lo cambiaría por la compañía de ningún hombre. Y si un novio no entiende la importancia de su ceremonia, entonces, no le sirve como pareja. A otra cosa.

En el cuarto se escucha una sucesión de clics que muestran que la sesión fotográfica está en su plenitud.

Luna empieza con la posición boca abajo; recostada y levantando la mano, logra una selfie perfecta de su magnífico trasero. Luego ensaya una postura de frente, y otra de perfil. Quiere una que ilumine su boca, busca alguna que luzca sus senos. Tiene exactamente cuarenta minutos para sacar varias fotos, optar entre ellas y colgar las elegidas en las redes sociales, porque es la hora en la que la gente le dará mayor cantidad de *likes*. Luna se posesiona buscando su mejor costado. Disfruta tanto mirando su silueta en el espejo que, por momentos, entra en una especie de éxtasis. Pone toda su energía y su libido en esta actividad.

Clic. Una, dos, diez, cien fotos. El gran espejo muestra la

hermosa figura femenina restregándose solitaria contra el acolchado blanco. Clic. Ciento una, ciento dos...

Fin: cuarenta minutos, doscientas fotos, un suspiro.

Luna se sienta en la cama y cambia de rol por completo, debe elegir entre todas las imágenes que acaba de sacar. Las mira y es dura con la autocrítica. Para los ojos de cualquier mortal, ella luciría perfecta en casi todas, pero no para su mirada implacable: en esta tiene panza, esta salió oscura, acá el brazo parece deforme, en esta el pelo no brilla lo suficiente, y así.

Al fin, acuciada por el tiempo, elige las tres imágenes que considera mejores. Mira el reloj, debe colgarlas ya mismo. Es el momento exacto para hacerlo. Mueve sus dedos con rapidez y de inmediato las imágenes de belleza extrema inundan las redes sociales.

Todo su ser queda expectante. ¿Lo logrará? ¿Conseguirá los miles y miles de «Me gusta» que se propone? Pasan unos segundos y los *likes* comienzan a aparecer uno tras otro.

Al verlos, sonríe y se relaja. Lo ha logrado otra vez, igual que el sábado pasado. Y que el anterior. Mientras suspira, con devoción aprieta el teléfono como si fuera una mano amada que la guía.

Luego, apoyando el aparato contra su pecho, se tiende en la cama; toma una almohada y apoya la cabeza, está exhausta, pero se tienta y sin poder resistirse se da una última mirada en el espejo; acomoda los brazos, el zafiro sobre su pecho se aprecia mejor así. Satisfecha con lo que ve, al fin cierra los ojos. No quiere dormirse, todavía necesita controlar un rato más los *likes*. Sin embargo, el cansancio la vence y la mente se le escapa sin su permiso, se va muy lejos de allí, se marcha a lugares bonitos, a reuniones con personas interesantes, a sitios con diversión para jóvenes.

La respiración rítmica de Luna muestra que se ha dormido profundamente. El espejo refleja en plenitud su rostro hermoso, su cuerpo esculpido y perfecto. Pero esa noche el cristal también exhibe la otra cara de la realidad, porque allí, sobre la cama, se encuentra tendida una mujer sola, tal vez, la más hermosa de la ciudad, pero sola, con el celular en la mano durante un sábado por la noche mientras afuera, en la calle, la actividad bulle febril, invitando al deleite compartido.

Por la ventana, entran las voces de un grupo de chicas y chicos que pasan caminando, riendo, disfrutando la noche. Pero Luna no las escucha; tampoco los ve. Ellos se divierten y Luna duerme, mientras su imagen circula por Internet fascinando a todos.

MANIA

MANÍA

Los griegos aplicaban esta palabra para el amor obsesivo o posesivo basado en la dependencia y manipulación. Los franceses lo llaman *amour fou*, que se traduce «amor loco». Tiene que ver con la obsesión del amor producto de un desbalance entre el *eros* y la *philia*. La manía se caracteriza por la intensidad e intimidad pero también por celos, inseguridades y violencia. Es una forma de amor caracterizada por la codependencia y baja autoestima en las personas que lo experimentan, lo que se manifiesta en la urgencia de atención y aprobación.

¡SÓLO HAZLO!

Eran las siete de la mañana cuando Lucía se despertó y lo primero que vino a su mente fue la conversación que había mantenido la noche anterior con su novio, que, inesperadamente, le propuso que se fueran a vivir juntos. Repasó la charla y sintió un nudo en el estómago. Estaba arrepentida de haber aceptado. No era que a Rolo no lo quisiera; todo lo contrario: lo quería y mucho. Sin embargo, tenía miedo de que la relación empeorara con la convivencia. Debían, por lo tanto, solucionar el problema antes de instalarse en la misma casa.

Caminó hacia la cocina y por el pasillo vio que en el cuarto de sus padres no había luz. Dormían. Afuera estaba helado; y aún no amanecía. Si ella se levantaba tres horas antes de presentarse en el trabajo era sólo porque debía prepararle la bendita vianda a Rolo. Se lo había prometido y no podía zafarse del compromiso. «¡Cómo no me negué! Yo solita me metí en este baile…», pensó mientras abría la heladera y sacaba la espinaca para la tortilla.

Siempre era igual: aceptaba y luego se arrepentía. Una vibración interior le decía «No», pero su boca la contradecía. Rolo

Comentario de la autora

«¡Sólo hazlo!» es la continuación de mi *nouvelle* «¡Sólo hazlo!», que fue objeto de una experiencia inédita de escritura en tiempo real que Emecé realizó junto a Google y OnlyIf. Los invito a leerla a través del enlace https://bit.ly/LibroVivo o bien escaneando el código QR que aparece en la contratapa. Es un regalo para ustedes, mis lectores.

tenía el poder de convencerla con una maniobra poco sutil pero efectiva: generarle culpa. Cuando afloraba ese sentimiento, asestaba el golpe y ella, despojada de argumentos, accedía a las peticiones más estrafalarias. Absurdas, caprichosas. Por ejemplo, el color azul de pelo. No le gustaba; jamás lo hubiera elegido, pero como a Rolo se le antojó un parecido con Touka Kirishima, la camarera del dibujito japonés, ella terminó tiñéndoselo de ese tono.

Un mes antes le había pedido que le preparara una vianda sana porque necesitaba bajar de peso y aumentar la musculatura. Al principio, Lucía se negó exponiendo razones elementales: que ella no era nutricionista, que apenas si había probado sin suerte la dieta de la luna, que no podría cumplir a diario con la demanda porque su trabajo de moza en el bar El Trébol le insumía más horas que las que él pasaba como vendedor en la casa de deportes, que... «Hay empresas que brindan menús especiales...», sugirió como último recurso. Pero fue en vano.

Rolo rogó:

—Yo no sé cocinar; vos sí y muy bien —esgrimió—. Además, sos mi novia... ¿No te preocupa mi salud? Sabés que para mi trabajo es importante estar presentable. En una casa de deportes, el físico es fundamental.

Remató su *acting*:

—Vos no me ayudás porque no me querés lo suficiente.

La última frase surtió el efecto buscado y no tuvo más remedio que cocinar para él. Mientras hervía la espinaca y batía los huevos, meditaba que la vianda engrosaba la larga lista de peticiones que Rolo le había formulado durante el año que llevaban de novios. Las había caprichosas: «Haceme vos los resúmenes, que sos más rápida. Así me recibo antes de profesor de Educación Física y nos podemos casar». O: «Durmamos con la ventana abierta porque si no me asfixio». Entonces, ella hacía malabares para tener listos los resúmenes, cocinar las viandas y cumplir con sus propias obligaciones. Y encima se moría de frío cuando dormían juntos. Porque si no acataba sus deseos, él asumía que no lo quería.

Otras de las exigencias de Rolo ingresaban a la lista en la categoría «horribles». Cómo olvidar la tarde que fueron al Parque de la Costa y Rolo pretendió que se subiera a la montaña rusa. «¡Dale, no seas tonta!», insistía. Como ella no accedió, se enojó tanto, que no le habló durante una hora. «Venimos a divertirnos y me dejás solo en los juegos. Creo que me lo hacés a propósito porque querés que cortemos.» Y entonces ella, para demostrarle que no era así, tomó coraje y se trepó al carrito, cerró fuerte los ojos y se dejó llevar aunque las piernas le temblaban y el vacío en el estómago la ahogaba.

Un episodio similar había sucedido durante las vacaciones que se tomaron en las sierras de Córdoba, donde convivieron por primera vez por espacio de dos semanas. Rolo le había pedido que lo acompañara a correr todas las mañanas por el camino de montaña. Para ella, que era sedentaria −y por más bonito que fuera el paisaje−, levantarse y trotar a la par de su novio le resultó una tortura. Pretendió quedarse en la cama con una afirmación irrefutable −«Estamos de vacaciones»−, pero Rolo se quejó: «Me dejás siempre solo». Y una vez más, somnolienta y desganada, Lucía cedió y se levantó de la cama.

Ciertas exigencias, incluso, rozaban lo sádico. En ese mismo viaje a Córdoba, cada vez que se metían en la piscina del hotel, Rolo le pedía que se tirara del trampolín como él. Muerta de miedo, Lucía se excusó mientras pudo hasta que, cansada del «¡Dale! Hacelo por mí. Te juro que te va a gustar», subió al trampolín y se lanzó. Le costó caro. Salió del agua en estado de shock. Tosiendo, acomodándose el traje de baño, se tendió enojada en la reposera. Se cubrió la cara con el toallón. Rolo se acercó y le descubrió el rostro para llenarla de besos mientras le decía «Te amo» decenas de veces. El resto de la tarde fue muy amable y la trató como a una reina. Ante tanta demostración de cariño, Lucía prefirió olvidar el episodio para no arruinarse las vacaciones con una pelea.

La situación la tenía cansada. Rolo necesitaba constantemente pruebas de amor y, lo peor, ella se sentía en la obligación de dárselas. La sucesión de episodios de esta naturaleza la agobiaban y le daba la certeza de que él estaba enfermo. Y, a su modo, ella también.

El *modus operandi* era siempre el mismo:

Rolo realiza una petición insólita.

Lucía se niega a cumplirla.

Rolo se enoja, monta una escena y amenaza con acabar la relación porque —afirma— ella no lo quiere.

Corolario: Lucía concede la petición inicial.

¿Por qué aceptaba? ¿Por qué, si quería rehusarse, al final terminaba cediendo? Quizá, porque valoraba su fidelidad; pese a ser un joven muy atractivo y buscado por otras mujeres, sólo tenía ojos para ella.

Consentir sus peticiones era enfermizo —lo sabía bien—; pero aun así, sucumbía. No podía negarse.

Cuando Lucía estaba a punto de terminar la tortilla, su madre apareció en la cocina, la saludó y preparó café.

—No se puede creer que estés cocinando a esta hora. ¡Qué amor que le tenés a ese chico!

—Será... —respondió. No tenía ganas de empezar una discusión. En varias oportunidades su madre se había manifestado en contra de la relación con Rolo.

La mujer, que tampoco quería pelear y comenzar mal el día, besó a su hija en la cabeza y, sabiamente, cambió de tema.

—¡Ah, nena, menos mal que me acordé! Para el casamiento de tu prima tengo pensado ponerme el collar y no lo encuentro... ¿Me lo podrías buscar, por favor, así me lo pruebo con el vestido y los zapatos?

—¿Qué collar? —preguntó Lucía temblando. Sabía perfectamente a qué se refería su madre, pero nunca se había atrevido a contarle que se lo habían robado.

—¡Cuál va a ser! ¡El de tu abuela! Te lo presté hace muchísimo para la fiesta del trabajo de tu novio... Como no lo tengo entre mis cosas, supongo que estará entre las tuyas. ¿Me lo buscás, entonces?

—Sí, sí... Después te lo doy.

—Dale, por favor, buscalo y dejámelo en la cómoda —pidió su madre y se dirigió al dormitorio con una bandeja para despertar a su marido.

Lucía respiró aliviada; ya no seguirían hablando del escabroso asunto. Faltaban unas semanas para la fiesta de su prima, lo que le daba cierto margen para juntar coraje y contarle la verdad. Cuando se lo robaron había estado tan apenada por la situación que intentó que le confeccionaran uno igual. Sin embargo, tras una larga pesquisa por distintas joyerías, debió desistir porque los precios eran elevados. En Zafiros en la piel, que estaba cerca de su trabajo, incluso, se lo habían presupuestado, pero la cantidad era prohibitiva para su bolsillo. Con pesadumbre aceptó que estaba completamente fuera de sus posibilidades encargar una réplica del collar que su abuela trajo de España cuando llegó a la Argentina, huyendo de la Guerra Civil. La joya se había perdido para siempre.

Al pensar en eso, recordó las circunstancias: el robo se había producido, justamente, por culpa de una de las ridículas peticiones de Rolo, una de las primeras. En ese momento lo achacó a la mala suerte. Pero ¿cómo anticipar que era el inicio de un comportamiento enfermizo?

Si esa noche no le hubiera hecho caso, tendría el collar. Si hubiera detenido a tiempo las extravagantes demandas... Lucía revivió aquella cena de fin de año en que Rolo la presentó como su novia ante los compañeros de la empresa. Dado que la fiesta era formal, vistió *strapless*, tacos altos, y fue peinada de peluquería. Por esa razón había tenido la maldita idea de pedirle el collar a su madre. Hacia las doce de la noche, cuando el festejo terminó, salieron contentos rumbo a la avenida; la habían pasado muy bien. Mientras avanzaban lentamente hasta que apareciera un taxi, un hombre que caminaba en sentido contrario se dio vuelta para admirarla. Los dos sintieron la intensidad de la mirada ajena.

—Me encanta caminar del brazo con vos y lucir lo hermosa que sos —dijo satisfecho—. En lugar de tomarnos un taxi, me gustaría que disfrutemos de la noche caminando... ¡Y que todo el mundo se dé vuelta para vernos!

Ella, halagada, le había seguido la corriente hasta que, dos cuadras después, cuando los árboles crearon una penumbra peligrosa, sugirió:

—¿Y si nos tomamos el próximo taxi que pase? Ya es muy tarde.

—Lucía, quiero caminar con vos del brazo. La noche de verano está preciosa. Me encanta que me miren con vos al lado. Por favor, ¿me podrías dar el gusto?

—No sé... —dijo, pero la duda se le esfumó al pasar junto a una pareja de jóvenes. Entonces pensó que no tenía nada que temer—. Tenés razón: la noche está hermosa.

—Claro, no te preocupes, hay gente en la calle.

—Sí, sólo que esta cuadra me pareció oscura —respondió cubriéndose el escote con el chal plateado.

—Relajate... Con más de treinta grados... No hace falta que te tapes —dijo mientras retiraba el chal y le besaba el hombro.

—Me da miedo —protestó ella. Vestían de fiesta y, a esa hora y en la calle, llamaban la atención.

—Lucía, ¿no confiás en mí? ¿O lo ponés de pretexto porque no querés estar a mi lado?

—Nooo —contestó ella completamente a la defensiva.

Rolo lanzó dos reproches más y Lucía, por temor a que malinterpretara su actitud, decidió olvidarse de los miedos que la acechaban y aceptó caminar a su lado, como le pedía.

A poco de andar, apenas tres cuadras, dos muchachos los sorprendieron en una esquina y, acorralándolos a punta de navaja, se llevaron los celulares, la billetera de Rolo y el collar de la abuela.

Lo que Lucía tanto había temido, finalmente, ocurrió. Rolo, con desazón, le pidió disculpas de todas las formas posibles. Se desgarró en justificaciones y ella lo entendió como un hecho fortuito: el azar los había puesto frente a dos ladronzuelos y eso no era culpa de nadie.

Por ese entonces, hacía poco que salían. Pero ahora que había pasado el tiempo, le quedaba claro que el robo había sido fruto de la relación enfermiza que mantenían. Rolo exigía y ella, invariablemente, consentía.

Lucía terminó el café que le había preparado su madre, puso la tortilla en un recipiente y se fue a su cuarto para cambiarse. En una hora entraba en El Trébol, el bar donde trabajaba.

Mientras se abrigaba, contabilizó cuántas situaciones similares había vivido y concluyó que no era casualidad: Rolo la extorsionaba. Cuando pretendía que ella actuara a su antojo, directamente la chantajeaba. A veces, lo disimulaba bajo maneras amables, con palabras cariñosas, con gestos de caballero. Pero en ciertas ocasiones, como cuando le pedía que no usara polleras cortas o blusas escotadas, recurría a artilugios bastante menos amables que ella prefería evitar dándole el gusto.

Recordaba perfectamente sus frases: «Lo hacés a propósito porque querés ponerme celoso», «Yo no te importo», «Si no te interesa lo que yo siento al respecto, será porque no me querés». Claro, después venían momentos buenos y ambos olvidaban la contrariedad.

* * *

Lucía y Rolo se hallaban sentados en un banco de la plaza, cerca del local de deportes. Acababan de ver el departamento que un amigo desocupaba; se los había ofrecido porque consideraba que sería una buena oportunidad para que ellos lo alquilaran.

—¿Y…? ¿Te gustó el depto? —preguntó Rolo con su hermosa sonrisa.

—Sí, es lindo —reconoció Lucía. Cruzó las piernas y se acomodó el vestido *hippie* para no verse obligada a mirarlo a los ojos.

−¿Qué decís? ¿Lo alquilamos o no?

−Pensémoslo mejor.

−¿Pero querés o no querés que nos mudemos juntos?

−No sé...

−Ya me parecía que ibas a salir con algo así...

−Es muy rápido... Y... −estiró la duda−: No sé si estamos preparados.

−Yo sí lo estoy. Pero es evidente que vos no. ¿Y sabés por qué? Porque ya no me querés como antes. Últimamente estás rara.

−¡No digas eso!

−Es la verdad. Bueno, si lo que buscás es que nos dejemos, decime y listo.

−Ay, Rolo, no seas extremista. Por supuesto que te quiero y claro que nos vamos a mudar, pero dejame ver cuándo. No me apures con lo del departamento −suplicó y comenzó a besarlo.

Por un instante, Lucía temió que Rolo siguiera la discusión pero el contacto físico lo distrajo y, sentados en el banco de la plaza, se besaron durante un rato.

Al fin él hizo un alto y le dijo con su dulzura tan característica:

−Chiquita, no seas tonta... vamos a ser felices, te lo prometo.

Ella lo miró y los besos continuaron. Una cosa llevó a la otra y las caricias subieron de tono. Él le metió la mano debajo del vestido.

−¡Pará... que estamos en la calle! −lo frenó Lucía.

−¿Y qué...?

−Que pasa gente.

−Yo no veo a nadie.

−¡Pará...! −insistió Lucía.

−Te quiero hacer el amor acá, en la plaza.

−Estás loco.

Él le besó el cuello, volvió a meterle la mano debajo del vestido *hippie* y le susurró:

—Mi amor, dale... Esto tiene adrenalina, me encanta la situación.

—A mí no me entusiasma para nada.

—Hacelo por mí. Dame el gusto. ¿Me querés o no me querés?

—Sí, te quiero, pero no insistas. No voy a hacerlo.

—Claro que sí —dijo él intentando sentarla en su falda mientras se desabrochaba el jean.

—No, dije que no.

—¿Qué pasa? Ya no sólo no querés que vayamos a vivir juntos, sino que ahora tampoco me deseás...

Ella, muda, seguía observándolo sin saber qué hacer. Por primera vez dudaba. Él agregó:

—Ya sé, entendí. Cuando el amor se acaba, se acaba...

Entonces Rolo la soltó.

Lucía miró a su alrededor. Parecía que todas las personas del mundo habían desaparecido. Y aunque no fuera así, sus ojos no le hubieran dejado ver otra cosa porque en su mente la decisión estaba tomada de antemano. No podía tolerar que Rolo creyera que no lo amaba.

Se sentó en la falda de su novio y comenzó a moverse acompasadamente rogando que nadie los viera. Lo único que les faltaba era ir presos por escándalo en la vía pública.

* * *

Eran las once de la mañana del viernes y el bar El Trébol rebosaba de actividad en el horario de mayor movimiento. Todos los clientes pedían o esperaban, el servicio o la cuenta.

—Lucía, dos cafés livianos para la mesa siete.

Ella escuchó la voz del encargado del bar y volvió en sí. Estaba ensimismada, agobiada por sus pensamientos. Rolo le acababa de mandar un whatsapp contándole que había señado el departamento que habían visitado días atrás. Se encaminaban hacia la convivencia con demasiada velocidad para su gusto.

Las dos veces que Rolo la vio titubear terminó montando una escena, haciéndola sentir culpable con los consabidos «No me querés».

La presión era extrema. Lucía no daba más. Debía encontrar la forma de parar la manipulación o explotaría.

Luego de una larga deliberación, resolvió que no se dejaría avasallar; todavía no se sentía preparada para vivir con él. Se lo diría; y en adelante, no cedería a sus peticiones extorsivas. O daría por terminada la relación de novios. Claro que había que ver si le daban las fuerzas.

—Luci, la pareja de la mesa dos reclama un tostado —le avisó Sol, otra de las mozas del local y amiga—. El hombre dice que te lo pidió hace mucho.

—¡Ay, me olvidé!

—Nena, estás fatal hoy.

—Sí, sí, lo sé. Pasa que Rolo me vuelve loca.

—Ya te dije lo que tenés que hacer con Rolo.

Lucía le respondió con una mueca compungida. Sol pensaba igual que su madre. Y que Natalia, su mejor amiga. Reconocía que las tres tenían razón, pero no sabía cómo ponerle punto final a las presiones. Pese a los buenos consejos de sus amigas, no era fácil enfrentarse a Rolo. Ellas hablaban; Lucía escuchaba, asentía. Sin embargo, ninguna vivía en carne propia las tortuosas exigencias seguidas de manifestaciones de amor sincero ante las que caía rendida inexplicablemente.

—Señorita, por favor, ¿me indica dónde está el baño? —le preguntó una mujer.

Al oírla, Lucía sintió que la cabeza le estallaría. La situación con su novio le provocaba un profundo malestar. En los últimos días Rolo la presionaba con la convivencia; encima, su madre pretendía que apareciera la joya de la abuela. «Nena, mañana es el casamiento de tu prima y todavía no me devolviste el collar», insistía por celular.

Lucía atendió dos mesas más y veinte minutos después las voces del bar fueron mermando. Poco a poco la calma volvía al lugar. Se acercaba el mediodía y el local entraba en sosiego. Las mozas de El Trébol suspiraron aliviadas.

—Por suerte, ya no queda casi nadie. Pensé que hoy nunca llegaba la paz —le dijo Sol a Lucía.

—Sí —contestó distraída y se sentó en un rincón para controlar su celular.

Tenía varias notificaciones: correos, mensajes, clima, tuits... Pero lo primero que miró fue el whatsapp de Rolo. Le había enviado una foto de dos tazas con un texto y varios corazoncitos: «Las compré para desayunar juntos en el departamento».

—¡Dios! ¡Este hombre no va a parar nunca! —exclamó Lucía en voz alta. Y ella misma se respondió—: No, salvo que vos lo pares.

Otro mensaje era de su madre: «Lu, en tu cuarto no encontré el collar por ningún lado. ¿No lo habrás perdido, no? Porque me muero».

A lo de Rolo venía a sumarse lo del collar y ambos problemas tenían un mismo origen. ¿Qué solución darles? La cabeza se le partía.

El encargado se le acercó y le dijo:

—Lucía, afuera hay una chica que pide por vos.

—¿Qué? ¿Quién?

—La pelirroja de pelo largo que está sentada en una de las mesas de la vereda pregunta por vos.

Lucía la miró de lejos. No la conocía. Suspiró cansada y se aproximó con la bandeja en la mano. Quizá se tratara de una clienta que había venido otras veces y que quería ser atendida por ella y no por otra de las mozas.

Cuando le extendió la carta, supo que la conocía aunque no recordaba de dónde. El rostro le era familiar, pero no lo asociaba con ese larguísimo pelo rojo.

—Te mandé llamar porque necesito hablar con vos. ¿Podés sentarte? —preguntó la pelirroja.

Lucía dudó. «¿Qué quiere esta mujer?» Miró dentro del local y constató que no hubiera clientes.

—Bueno, pero sólo un ratito... Estoy trabajando... Si entra

gente, tengo que atenderla −aclaró. Luego, sentada en la punta de la silla, agregó−: Decime... ¿qué necesitás?

La pelirroja se quitó el abrigo. Una remera colorida dejó al descubierto un escote más que generoso y Lucía pensó: «Lolas recién operadas. ¿De dónde la conozco?». Porque hasta la voz le sonaba familiar...

La chica buscó su cartera y la abrió.

−No voy a dar vueltas. Tengo algo para vos −comentó y del interior sacó una bolsa negra de plástico del supermercado.

Sorprendida, Lucía miró cómo la abría y le mostraba el contenido sin sacarlo al exterior. ¿Acaso era...? Se inclinó un poco para ver mejor. Ya no tenía dudas. Era.

−¡Dios mío! −exclamó incrédula−. Es el collar de...

−Sí, de tu mamá.

−¿De dónde carajo...?

−Te pido que no preguntes. Solamente pensá que yo vengo a ser algo así como una Robin Hood.

−¿Robin Hood? −preguntó Lucía sin entender.

−Claro, el justiciero de Nottingham. Tomá, es tuyo −anunció la pelirroja extendiendo la bolsa negra.

−¿Qué? ¿Me lo estás dando?

−Sí.

−Pero... ¡¿por qué?!

−Te dije que pensaras en mí como un Robin Hood, sino no lo vas a poder entender. Una vez me contaste que te lo robaron, yo lo encontré, lo recuperé y te lo traje.

−¡Mierda! −soltó Lucía mientras dudaba en tomar la bolsa. Temía que se tratara de un juego, una cámara oculta o quién sabe qué. Era irreal.

−Me hubiera gustado quedármelo, pero...

−¡No puedo creerlo!

−Creelo: es tuyo −aseguró la pelirroja−. Ahora tengo que irme...

La chica dejó la bolsa sobre la mesa, tomó el abrigo y se puso de pie. Lucía reaccionó rápido.

—¡Ya sé de dónde te conozco...! Pero con ese color de pelo no me daba cuenta.

La pelirroja la observó durante unos segundos, como midiéndola.

Lucía, incorporándose, continuó:

—Sos la que me atendió en la joyería Zafiros en la piel... la vez que fui a consultar por...

—Una réplica del collar... —completó mientras observaba el cabello azul intenso de la moza.

—¡Me parecía! —exclamó Lucía.

—Ahora que sabés quién soy, podrás armar el resto de la historia.

Lucía quería decirle lo que la gente murmuraba, pero no se atrevía.

Tiempo atrás, el robo de la joyería ubicada en uno de los locales de la galería que estaba cerca de El Trébol atrapó a la clientela del bar como una novela. Por esos días, era habitual que en las mesas se repitiera lo que se decía por ahí, que la empleada y el orfebre, hombre de confianza del negocio, eran los principales sospechosos. Pero, con el paso de los días, se diluyó el interés por el caso y los vaivenes de la investigación. De pronto Lucía recordó un comentario: «No será el robo del siglo, pero la chica se hizo humo. No la encuentran por ningún lado».

—Ya sé lo que estás pensando. Y te advierto que es verdad —dijo la pelirroja.

—Macarena... ¡sos Macarena!

—¡Te acordaste de mi nombre!

—Sí... pero lo que quiero saber es cómo y por qué me trajiste el collar.

—Muy simple: el dueño de la joyería compraba alhajas robadas. Era una mala persona en todas las formas que te puedas imaginar.

—Ajá... —musitó Lucía que empezaba a comprender un poco más.

—Dicen que el que roba a un ladrón tiene cien años de perdón. Era un riesgo venir, pero acá me ves. Hice lo que tenía que hacer.

—Me imagino. Gracias...

Lucía empezaba a entender el trasfondo del gesto generoso. Quería preguntarle detalles, saber más: ¿había robado otras alhajas?, ¿por qué no habían logrado atraparla?, ¿cómo lo hizo? Pero se calló. En las manos, dentro de una bolsa de supermercado, tenía su milagro. No podía arriesgarse a perderlo por una frase equivocada; era mejor mantener la boca cerrada.

—Me costó mucho tomar la decisión —reconoció Macarena.

Lucía al fin se atrevió a preguntar:

—¿La decisión de dármelo? ¿O la de...? —calló. No se animaba a pronunciar la palabra «robar».

—Todas... Desde planear mi salida de Zafiros en la piel y ocultarme, hasta, incluso, buscarte, venir al bar, darte el collar... Cada paso me costó mucho, pero tenía que darlos.

La charla terminaba. Macarena se colgó el bolso al hombro.

—¡Esperá! —Lucía la detuvo—. Una última pregunta...

—¿Cuál?

—¿Cómo hiciste...? Porque a veces, aunque sabés que tenés que tomar una decisión, no te sale actuar así de fácil.

—No hay un secreto. Sólo lo hice. No tengo una fórmula. ¿Por qué? ¿Estás en algún atolladero personal?

—Sí, y estoy paralizada.

Macarena supuso que la chica de pelo azul quería largarse del bar, renunciar a ese trabajo y no se animaba. Jamás hubiera imaginado que había un novio llamado Rolo que la atosigaba. Decidió darle un último empujón para que reuniera valor.

—¿Conocés esas zapatillas famosas que tienen el lema *Just do it!*?

Lucía se quedó pensando por unos instantes hasta que dijo:

—¿Sólo hazlo? —preguntó traduciendo al español. Había esperado una respuesta más compleja.

—Sí.

—¿Así de simple?

—Claro, lo que hay que hacer, se hace. Y punto.

—*Just do it!* Sólo hazlo —repitió Lucía intentando que la expresión se le hiciera carne.

Macarena se marchó con una sonrisa. Lucía permaneció de pie junto a la mesa. En las manos tenía el collar. Que la joya hubiera vuelto a ella era un hecho maravilloso; sentía que era la señal que estaba esperando para tomar la decisión correcta.

Entró al salón llena de desconcierto y también de agradecimiento. El bar se le antojó diferente; hallaba el ambiente más sereno; su vida, más liviana; la realidad, más clara; las decisiones, más sencillas. Guardó la bolsa dentro de su mochila; luego, sacó el celular y grabó un mensaje de voz: «Rolo, no te enojes, pero debo decirte algo muy importante. Y vas a tener que respetarlo porque es mi decisión».

Mientras lo completaba, a una cuadra del bar El Trébol la pelirroja se subió a un vehículo alquilado. «Vamos», le dijo al hombre que estaba al volante, y acarició al perro que llamaban Fido. Los tres compartían una larga y emocionante historia. Acababan de concluir el capítulo de Lucía.

ΣΤΟΡΓΕ

STORGÉ

Los griegos aplicaban esta palabra sobre todo al amor que sienten los miembros de una familia entre sí, siendo el mejor ejemplo el de padres e hijos, aunque también puede aplicarse a otras personas. Es un amor duradero que implica compromiso y se desarrolla de forma lenta y gradual basándose en el cariño.

LAS MONEDAS DE ORO

Jamás en la vida encontrarán ternura mejor,
más profunda, más desinteresada, ni verdadera,
que la de vuestra madre.

Patrona
Honoré de Balzac

NOEMÍ Y LAS MONEDAS

Sanlúcar de Barrameda, año 1509

«¡Pobre mi señora María! ¡Ser la nuera de Cristóbal Colón es demasiado para cualquier mujer!», meditó Noemí mientras caminaba apurada por las callejuelas de Sanlúcar. Se había demorado en el castillo cosiendo un mantel y temía llegar tarde para los rezos de la nona en la iglesia de Nuestra Señora de la O, ese templo mudéjar que ella tanto amaba, erigido sobre los restos del viejo alcázar, allí por el 1360, en tiempos de los infieles.

Lo que estaba por acontecer en su vida y en la de María, su joven señora, ameritaba mucha oración. Le pediría a Dios por ambas. En esta oportunidad, las dos tenían problemas y desafíos por enfrentar. Porque su patrona estaba pronta a embarcarse rumbo a las Indias, ese continente que había descubierto su suegro, Cristóbal, quien había fallecido dos años atrás dejando gran parte de su legado en manos de su hijo Diego Colón, esposo de María.

En un primer momento, Noemí había decidido acompañarla, como venía haciéndolo en los últimos años. Pero algo impensado había cambiado sus planes. Inesperadamente, a sus treinta y dos años, se había quedado embarazada de Juan Giménez, el pescador que la cortejaba desde hacía un par de meses. Sabía que él era un hombre demasiado rústico y elemental para alguien como ella, que pertenecía al séquito de sirvientes del castillo. Muchas cosechas habían recogido desde que dejaron de llamarla «doncella». Pero claro: en Sanlúcar, y a su edad, ya no era fácil conseguir un buen pretendiente. Si no fuera por ese embarazo —que cambiaría su estado—, ella ya era considerada una solterona.

Se daba cuenta de que su suerte y la de su señora se hallaban atadas, pues si no se hubiera instalado en el castillo de Sanlúcar para servirla, jamás hubiera conocido a su novio, que vivía en el villorrio.

El destino de María Álvarez de Toledo y Rojas de Colón terminó arrastrando al de Noemí Vélez. Los acontecimientos habían transcurrido como un torbellino. En primera instancia, don Cristóbal Colón buscó una princesa portuguesa para unirla en matrimonio con su hijo Diego; sin embargo, como al rey Fernando de Aragón y Castilla le disgustó la idea de que un miembro de la familia Colón —su delegado en las Indias— uniera su sangre al poder portugués, propuso que su sobrina nieta, doña María, se casara con don Diego. Si bien el enlace fue arreglado, los esposos se entendieron y entre ellos surgió un sentimiento amoroso, el que animaba a María para zarpar junto a su marido con el propósito de establecerse en el Nuevo Continente para gobernar como virreyes. Alojados en el castillo, planificaban el viaje desde hacía meses. Los barcos en los que partirían en breve estaban apostados en el puerto de Sanlúcar, muy cerca de allí.

La travesía comenzaría en dos semanas y transformaría a María en la primera mujer de la realeza en viajar e instalarse en las nuevas tierras de la Corona. No iría sola; también se embarcaría un grupo de señoras de alcurnia para casarlas con los hombres que ocupaban cargos de poder. Las elegidas, a su vez, irían acompañadas de un séquito de doncellas, damas de honor y sirvientas que trabajarían a sus órdenes tras formalizar los convenientes matrimonios. En síntesis: fletarían un barco colmado de mujeres, las valientes que aceptaron la tremenda aventura.

En cuanto supo que estaba embarazada, Noemí intentó contarle la novedad a doña María y anunciarle que no iría con ella en el viaje. Pero tenía dificultades para echarse atrás porque la señora contaba con sus servicios. Además, durante los años que permaneció bajo su abrigo, siempre había sido justa, la trataba bien, no le hacía faltar nada y le daba un lugar privilegiado entre los demás sirvientes. Hasta la había llevado al festejo del cumpleaños del rey Fernando, cuando la reina Isabel aún vivía. María, como miembro de la familia del monarca, compartía los eventos con la realeza. Noemí nunca olvidaría ese día. Se hallaba instalada en la cocina con las otras sirvientas cuando la reina apareció con dos de sus doncellas pidiendo ayuda como una simple mortal. La larga cola de su vestido de seda rosa se había roto al engancharse con el pie de bronce de un candelabro. Noemí, que sabía coser, de inmediato se arrodilló ante Isabel y, sin atreverse siquiera a mirarle el rostro, tartamudeando, le dijo que si quería podía ayudarla en el trance. En minutos, mediante agujas e hilo y la pericia de sus manos, el problema fue resuelto. Al final de la fiesta, a través de uno de sus pajes, la soberana le hizo llegar diez monedas de oro en retribución por la ayuda brindada. Noemí las atesoraba tanto por su valor económico como por haber venido de las manos de la reina.

Al momento, la vida de Noemí se dividía entre algunas escasas actividades personales, como eran los encuentros con su novio, y muchas jornadas dedicadas por entero a su señora María. Por esa razón, todavía no había podido hablar con Juan del embarazo. Llevaba más de una semana sin verlo. Desde el inicio de la relación y durante los meses de verano solían encontrarse al atardecer, en la arboleda cercana a la Puerta del Mar. Era un lugar solitario donde, al bajar el sol, podían hacer el amor sin que nadie los viera. Pero en los últimos días, entre la actividad frenética del castillo y que Juan no había pasado a buscarla, no se habían visto. Planeaba dirigirse al caserío donde su novio le había dicho que vivía. La urgía verlo y contarle de su estado. La situación la tenía alterada, y a eso se sumaba que su señora, a quien tanto quería, no sabía todavía que ella no la acompañaría a las Indias.

La maraña de pensamientos la tenía tan obnubilada, que se

sorprendió al verse frente a la iglesia. Subió los tres escalones e ingresó al recinto. El silencio del lugar le dio paz y le auguró que sus preocupaciones se resolverían.

Se arrodilló y rezó la oración de la Misericordia; se puso en las manos del Altísimo. Tras unos minutos, como si Dios la guiara, lo decidió: regresaría al castillo para saber si requerían de sus auxilios; luego, se dirigiría al caserío donde vivía Juan. No podía seguir esperando.

Se tomó un momento para pedir por su señora. La culpa por no acompañarla la torturaba. María de Colón se establecería en esas tierras lejanas, lo que no sería tarea fácil. Se afirmaba que los aborígenes, alzados en rebeldía, degollaban a los españoles y violaban a sus mujeres. Suponiendo que esas bestialidades no fueran ciertas, su señora tenía por delante trabajo de sobra con la concreción de los diez casamientos planeados, más la puesta en funcionamiento de una casa en esos páramos lejanos mientras ejercía como virreina. Y parir hijos. Y mantener enamorado a don Diego, lo cual importaba –y mucho– porque se decía que era muy común que los hombres afincados en el Nuevo Mundo tomaran por concubinas a varias a la vez, las que daban a luz hijos mestizos para vergüenza de las españolas. Se persignó ante esas infames ideas. Culminó su oración y partió apurada. Quería llegar rápido al castillo para luego tratar de encontrar la casa de Juan, a donde nunca había estado antes. Él le había dicho que quedaba cerca de la Puerta de Jerez; creía saber dónde vivía. La residencia en el castillo era agradable, brindaba lujos y seguridades; su lado malo consistía en habitar un mundo muy distinto al real, casi sin contacto con el exterior. La villa tenía movimientos propios, pero los castellanos permanecían ajenos a la actividad extramuros. Es así que Noemí ni siquiera sabía bien dónde vivía su novio.

* * *

Cuando Noemí llegó al castillo, se dirigió rápidamente a la sala principal, cuyos pisos estaban cubiertos por alfombras y sus paredes, por tapices. La tarde era el momento en que don Diego Colón y doña María se instalaban allí para tomar el té en la mesa grande. Pero por esos días el lugar era la viva imagen de la inminente partida: decenas de baúles repletos de utensilios y ropas se hallaban apilados contra las paredes del gran salón. Las voces del matrimonio Colón mostraban que sus pláticas no versaban de otra cosa.

—Mi señor, tengo pensado crear en las Indias una corte al estilo español, repetir el modelo de cortesanas de España con las damas que llevemos —decía María a su marido.

—Me agrada la idea, pero no será una tarea fácil.

—Usted sabe que el rey apoya el plan. Y en pos de ese proyecto llevaremos a las hermanas Juárez. Todas son bonitas y ya contamos con varias peticiones de los poderosos adelantados radicados en La Española —comentó y pensó que debía acostumbrarse a ese nombre porque así solían llamar a la isla donde se instalarían.

Diego se incorporó y, dándole un beso en la frente a María, le dijo:

—Eres tenaz e inteligente, por eso te elegí como esposa. Ahora me retiro, debo revisar los planos de viaje.

María sonrió y mientras le hacía una reverencia con la cabeza a su marido que se marchaba, reparó en la presencia de su doncella.

—¡Noemí, por fin regresas de la iglesia! Necesito que hables con los sirvientes de la cocina y les des instrucciones sobre los utensilios que llevaremos a las Indias.

—Mi señora, ya están elegidos y apartados. También los manteles que pidió.

—¡Muy bien! —exclamó contenta. De golpe, agregó—: Noemí, ¿ya has entregado el baúl que llevarás?

Al oír la pregunta, la doncella se llenó de culpa. Aún no le había dicho que existía la posibilidad de que no emprendiera la travesía.

—Mi señora, le ruego que me perdone. El equipaje todavía no se halla presto. Pero mañana lo estará —mintió. Intentaba ganar algo de tiempo hasta hablar con Juan.

—Las hermanas Juárez me han dicho lo mismo. Y yo, pues, ya no sé cómo excusarme ante mi pobre marido, que quiere tener las bodegas cargadas lo antes posible.

Noemí había visto los navíos de la expedición en el puerto de Sanlúcar. El porte la intimidaba; nunca se había subido a una embarcación. Pero si Dios la ayudaba y todo salía bien, podría evitar la peripecia.

Tras recibir de la señora algunas instrucciones más sobre la comida que quería servir en la cena, Noemí fue a la cocina y las transmitió. Luego, comprobando que aún le quedaba al menos una hora de luz antes de que anocheciera, decidió partir rumbo a la Puerta de Jerez. Necesitaba dar con Juan, ya no podía esperar un día más. Iría al villorrio, ese cúmulo de casitas pobres fuera de la muralla donde vivían los pescadores más humildes, los jornaleros sin barco. Caminó apurada por las callejuelas arenosas, dejó atrás la Escalerilla de los Perros, luego el convento y la arboleda.

Finalmente, en la zona del caserío comenzó su búsqueda. Preguntó a un hombre que se hallaba sentado en el umbral de su morada si conocía a Juan Giménez; luego, a otros dos que pasaban por el lugar; también a una señora que se acercó para pedirle una moneda. Todos le dieron la misma respuesta: no conocían a ese pescador alto, delgado, de pelo claro y abundante barba apellidado Giménez.

Empezaba a desesperarse porque la noche estaba en ciernes. Pese a la insistente pesquisa realizada entre los pobladores, nadie lo identificaba. «Si no doy pronto con la casa de Juan, tendré que renunciar a mi cometido», pensó. Sin embargo, el grito de una mujer la sobresaltó. De inmediato se sumó otra hasta formarse un coro de madres llamando a sus niños para que abandonaran los juegos. La jornada acababa, oscurecía y debían volver a sus hogares.

De repente, una turba de diez niños que reían y gritaban apareció ante los ojos de Noemí. Al pasar a su lado, repitió la pregunta sin mucha ilusión:

—¿Conocéis a un hombre alto, de pelo claro, mucha barba y pescador, de nombre Juan Giménez?

Uno de los pequeños le respondió:

—¡Sí, es mi padre!

Ella pensó que debía haber un error. No podía ser.

—No creo que hablemos de la misma persona. El hombre que busco no tiene hijos.

El niño se encogió de hombros y siguió su camino junto con los demás.

Noemí estaba a punto de emprender el regreso cuando un presentimiento la obligó a dar la vuelta y ordenar:

—Llévame a tu casa. Tal vez sea tu padre a quien busco. ¿Tienes más hermanos?

—Sí, dos más. Uno pequeño y una niña que aún es bebé.

Noemí tragó saliva. Los metros que caminaron hasta la casilla donde el niño se dirigía se le hicieron eternos. Miraba el polvo que las callejuelas le habían dejado en los zapatos y notaba que la visión se le nublaba. La noche caía sobre sí pero no le importaba. Estaba casi completamente oscuro cuando frente a una desvencijada vivienda, el niño anunció:

—Llegamos. Le diré a mi padre que…

—Sí, llámalo, por favor.

El pequeño desapareció y Noemí espió por la ventana el interior del lugar. La luz mortecina de un candelabro apenas iluminaba el cuartucho donde una jovencísima y humilde mujer cargaba a un bebé con una mano mientras que con la otra revolvía una olla. Unos pasos más allá, un hombre sentado bebía vino. Era rubio, delgado, con mucha barba. Era su Juan.

—¡Dios mío! —exclamó Noemí en un grito sin poder contenerse.

Luego se tapó la boca y así se quedó, con la vista clavada en la imagen que lastimaba sus ojos. ¡Su novio tenía una familia!

Vio cómo el chiquillo puso al corriente a su padre y cómo, al cabo de un momento de desconcierto, el hombre se incorporó para balbucearle algo a su mujer.

Noemí aún no salía de la conmoción cuando, por la puerta, apareció la joven con el bebé prendido al pecho. Debía tener unos veinte años, pero lucía triste y marchita.

—Mi marido pregunta para qué lo llamas. Acabó la faena y está cansado.

—Necesito hablar con él —porfió Noemí.

—Explicadme, señora, y le diré —insistió de mala gana la chica.

—Dile que soy Noemí, del castillo.

La joven la miró con desconfianza y desapareció por la puerta.

Otra vez Noemí espió por el hueco de la ventana y alcanzó a ver que hablaba con Juan. Intentó adivinar el movimiento de sus labios, conocer sus palabras, descubrir un gesto. Pero la luz era tan exigua que apenas si distinguía las figuras. Él no parecía ser el Juan Giménez que ella conocía, no actuaba como el hombre que la había conquistado.

La muchacha traspuso el umbral.

—Me pide, señora, que os diga que hoy está cansado y que mañana os llevará el pescado fresco.

—¿Pescado fresco? ¡Yo no quiero pescado!

—¿Qué deseáis, señora? —preguntó la muchacha.

Noemí, que estaba a punto de hablar con la verdad, observó la tristeza de la chica, la pobreza que la rodeaba y la crueldad de la situación. Su presencia en ese lugar era ridícula, tremebunda, tanto para ella como para la muchacha.

Se preguntó: «En verdad, ¿qué quiero? ¿Que Juan me ame? ¿Deseo que Juan abandone a esa familia para formar otra conmigo?». Lo supo: aunque lo lograra, no valdría la pena. Porque Juan no valía la pena. No, no y no. Se tocó la panza con la mano y concluyó que lo único que importaba era ese bebé que crecía en su interior.

—Decidle a su marido que no me provea más pescado porque lo que tiene para ofrecer está podrido.

—¿Podrido? ¡No puede ser!

—Sólo decidle eso. Él entenderá.

Noemí observó el rostro de la chica. Los gestos le revelaron que acababa de intuir qué ocurría entre Juan y ella. Decidió alejarse sin más explicaciones. Tampoco valía la pena pasar por la humillación de un escándalo. Se despidió:

—Adiós, señora Giménez, que tengáis buena noche.

—Adiós —respondió la joven, perturbada.

Los pasos que Noemí dio hasta el viejo alcázar fueron los más tristes de su vida. Sería madre y su hijo no tendría un padre.

Quince días después

Sola, apenas alumbrada por la luz de una vela, arrodillada en el borde de su cama, Noemí se persignó. Acababa de rezar un rosario completo. La situación no era fácil: estaba embarazada y su hijo nacería en las Indias, lejos de su padre. Zarpaba al día siguiente. Había decidido viajar después de contarle a su señora la verdad, pues doña María, inmutable, le había dicho que no se preocupara, que ella velaría por su embarazo y por la criatura cuando naciera. Sus palabras le habían bastado para embarcarse en la aventura de cruzar el mar y establecerse en el Nuevo Continente. Cualquier otro plan hubiera sido riesgoso, tal vez más incierto aún que partir junto a doña María. Si hubiera decidido quedarse, ¿de qué viviría, con qué medios se sostendría? Sin su señora y sin marido le habría costado mantenerlos a ambos. Al menos, para vivir de la manera a la que se había acostumbrado: con buena comida en la mesa, ropa digna y cama con sábanas limpias. Con la resolución tomada, el baúl cargado en el barco y a pocas horas de partir, sólo le quedaba un detalle por solucionar: necesitaba esconder las monedas de oro con que la reina había agradecido sus auxilios aquella vez y que guardaba con celo para sortear una emergencia.

Eligió el vestido con el que viajaría, uno sencillo de algodón color verde. Era suficientemente suelto y podría seguir usándolo cuando su vientre creciera. Con cuidado, descosió el ruedo y con sus agujas, volvió a hacerlo. En el doblez, entre tela y tela, metió las monedas. Escondidas en el ruedo entraban perfectamente, no se notaban ni emitían sonido. Le pareció una idea perfecta para viajar tranquila; siempre estarían con ella y no tendría que preocuparse por su pequeño tesoro.

Miró su obra terminada y se sintió satisfecha. Luego apagó la vela. Intentaría dormir hasta el alba, aunque creyó que no se lo permitiría la emoción que le provocaba la travesía. En la oscuridad se tocó el vientre y entonces lo sintió por primera vez, como el aleteo de un pececito en su interior. Era su bebé moviéndose. Sonrió y se quedó muy quieta buscando percibirlo nuevamente. Cuando al fin advirtió otro aleteo, exclamó a modo de súplica: «¡Dios, protégelo!». Tenía noticias del riesgo que implicaba realizar el largo trayecto encinta. Por ese motivo, había acordado con doña María callar su estado y revelarlo sólo ante una eventual malaventura. Su señora temía que don Diego no quisiera llevarla si sabía que estaba embarazada. Rogaba no tener que pasar por ninguna contingencia; remediarla a bordo sería siempre más difícil que hacerlo en suelo firme. Pero aun cuando no hubiera problemas, la idea de dar a luz en esas tierras lejanas la atemorizaba. Se dio vuelta contra la pared y esta vez imploró: «¡Dios, hazme valiente!».

Noemí no se daba cuenta de que ella realmente lo era. Su periplo la convertiría en una de las primeras mujeres españolas en arribar al Nuevo Continente. Y, tal vez, la primera en viajar embarazada.

Las Indias, un mes y medio después

Hacía pocas horas que don Diego Colón y su tripulación habían atracado en el puerto de Santo Domingo, recién llegados desde Sanlúcar, España. El descenso de personas y baúles aún era un caos. Los gritos de los hombres dando órdenes inundaban el ambiente. El sol caribeño brillaba en todo su esplendor y el calor apretaba. La desorganización era tal, que pocos de los arribados sabían con certeza qué tarea debían cumplir. Por esta razón, y hasta que los trasladaran a la casa donde residirían, María permitió que sus sirvientes recorrieran el lugar para que se fueran afianzando con la isla.

Después de más de un mes de viaje sobre el agua, Noemí se sentía extraña de pisar nuevamente tierra firme, pero sus pies y sus sentidos lo disfrutaban. Agradecía que su embarazo hubiese marchado bien durante la travesía. Sólo había tenido algunos vómitos que nunca supo si fueron producto de su estado o de los bamboleos del navío. La propia doña María había pasado dos semanas haciendo arcadas, y también muchos hombres.

Noemí marchaba por las calles de la isla con los ojos atentos, quería observarlo todo. La emoción que la embargaba era muy grande. Por un lado, sentía que ese era un sitio muy diferente de su España querida. A cada paso que daba se topaba con los aborígenes, personas de rasgos e idioma tan diferentes a los que conocía. También se encontraba con viviendas erigidas con formas distintas a las que estaba acostumbrada. Sin embargo, descubría que aquí era igual el color marrón de la tierra y que crecían muchas de las especies de plantas que había en Sanlúcar, como también se parecían el azul del cielo y el sonido del mar. Hasta las tiendas que ahora aparecían ante su vista le resultaban similares, porque en La Española acababa de toparse con una feria, semejante al mercadillo que visitaba en Sanlúcar. La suave brisa movía las tolderías bajo las que se guarecían del sol las mercancías exhibidas sobre improvisados mostradores de madera. El humo de los braseros, el tintinear de monedas, el tumulto, la bulla... Concluyó que todos los mercados del planeta se parecían.

En el lugar se vendían desde especias para cocinar –como el ají, que ella no conocía– hasta prendas de vestir. Caminó entre los puestos admirando algunos que tenían collares, utensilios de madera y alimentos nuevos para ella, como el coco, el aguacate y el cacao, del que ya había oído hablar, pues los españoles que habían regresado a Europa aseguraban que era fabuloso. Un poco más allá, los tenderetes de ropa llamaron su atención. Se acercó a mirar uno que vendía prendas para infantes. Por primera vez en su vida le interesaba esa ropa. Al fin y al cabo, en breve ella sería madre y tendría que ocuparse de una criatura. Le dio pena pensar que su hijo aún no tenía ni un solo retazo de paño o terciopelo. Acercándose para observar con detenimiento, entre varias prendas blancas encontró una mantita de color azul que iba cosida en las puntas para introducir dentro al pequeño, como si fuera un vestido cerrado. Tomando la prenda entre sus manos se enterneció. Pudo imaginar a su pequeño hijo dentro de ese tejido azul y deseó comprarla, pero no tenía con qué. ¿Cómo conseguir dinero? Entonces recordó que en el ruedo de su vestido llevaba las monedas de oro que alguna vez le había dado esa reina que ahora le parecía tan lejana. Se apartó del bullicio de la feria y en un rincón alejado se agachó, tironeó un poco del hilo y con una maniobra disimulada logró sacar una moneda.

El tesoro que poseía era muy valioso, y si bien había previsto usarlo únicamente para sortear una contingencia, comprarle la primera prenda al hijo que nacería en el Nuevo Mundo le pareció suficientemente importante. Se acercó al puesto con el metálico en la mano y regateó el precio de la mantita con el malagueño que lo atendía. Tres frases y el negocio quedó cerrado, mientras el vendedor sonreía feliz mirando su ganancia.

Se marchó con la ropita en la mano y una moneda menos en el doblez de su prenda; todavía le quedaban nueve. Aún no sabía dónde estaba ubicada la residencia en la que viviría; tampoco cómo sería su vida en La Española, pero su bebé ya tenía la primera prenda y eso la hacía inmensamente feliz. Poco a poco, empezaba a entender qué significaba un hijo para una madre; para ella ese niño que llevaba en sus entrañas valía más que todo el oro del mundo. La plata, los metales, las joyas... aquello que antes había considerado valioso —como sus monedas de oro— perdía brillo en comparación con esa vida que llevaba en el vientre. Lo que había guardado para una contingencia lo gastaba complacida en esa ropita.

«¡Ojalá sea mujer!», imploró. No tenía modo de saber que su deseo se haría realidad. En su vientre llevaba una niña que nacería en las Indias. Sería criolla y heredaría las monedas que habían cruzado el océano escondidas en el ruedo del vestido de su madre. Y aquí se quedarían, para ser invertidas en el mejor de los bancos, el del corazón.

ISABEL Y LAS MONEDAS

Santo Domingo, año 1649

Isabel hizo una arcada tan fuerte que temió volver a vomitar. Respiró profundo y se aflojó los lazos del largo vestido rosa que apretaban su cintura. Tal vez eso le ayudara a sentirse un poco mejor. Buscando tranquilizarse, observó el horizonte desde el balcón del primer piso. El mar azul que rodeaba la isla de Santo Domingo mostraba todo su esplendor. Pese al malestar, la imagen le devolvió paz. La vista desde su casa era maravillosa. Se consideraba una privilegiada en muchos sentidos. Tenía un marido que la amaba y tres preciosos hijos: los mellizos de cuatro años y la dulce Alba, la mayor, de ocho.

Si bien Isabel se había criado —como sus padres y abuelos— mirando el océano, hacía poco que vivía en ese solar, ubicado en uno de los mejores puntos de Santo Domingo. Para ello, había tenido que mudarse lejos de su familia paterna. Pero el sacrificio valía la pena. La zona era segura porque estaba fuera del peligro de ser atacada por corsarios; y suficientemente alta, lo que le permitía admirar el mar desde las ventanas. Las casas de esa calle tenían techos de estilo romano en madera preciosa con tejas curvas, puertas altas de dos hojas, y jardines internos llenos de flores y plantas medicinales. Y lo mejor del nuevo solar era la gran espacialidad entre las viviendas. No estaban hacinadas, como ocurría en el poblado erigido cerca del puerto. En su hogar, además, tenía comodidades poco comunes: en su cocina se usaban platos de Portugal y candelabros italianos de bronce bruñido. En la sala había muebles españoles, tapices franceses y alfombras persas. Sobre la pared principal descansaba un reloj con péndulo. En la biblioteca se podían encontrar libros llegados desde distintas partes del mundo y un escritorio de madera fina en cuyos cajones guardaba papel y tinta traídos de China. Allí, una vez a la semana, su hija recibía clases impartidas por el cura que venía desde muy lejos sólo para ella. La educación de Alba llenaba de orgullo a Isabel, quien, pese a que sabía leer y escribir, nunca había podido tomar clases. Por ese motivo, había intercedido ante su marido para que la niña recibiera una adecuada instrucción.

Isabel gozaba de un buen pasar. Su familia, perteneciente a la cuarta generación de españoles instalados en el Nuevo Mundo, había logrado progresar trabajando muy duro, cultivándose en las bellas artes, y no mezclando su sangre con la aborigen, pues su ascendencia era completamente europea. Su madre siempre le recordaba que su bisabuela Noemí había sido una de las primeras mujeres en llegar a Santo Domingo, que lo había hecho embarazada y que había llevado una vida muy sacrificada junto al hombre que conoció aquí, un comerciante malagueño con quien había tenido otro hijo. Poco a poco, con el paso del tiempo, la familia supo recoger los frutos producidos luego de años de esfuerzo. Isabel comprendía que era la primera de su linaje en residir en una casa tan hermosa y tan bien ubicada. Sabía, además, que la nueva morada se debía en parte al trabajo de su marido, Pedro, nieto de español igual que ella, al que ese año habían nombrado capataz en uno de los principales ingenios de caña de azúcar de la isla. La tarea era exigente y debía ejercerla con férrea rigidez. Si bien a ella, como esposa, no le hacía faltar nada material, a menudo la privaba de la presencia de su marido, que debía quedarse internado en el ingenio y a quien sólo veía cada quince días. La plantación tenía cientos de esclavos bajo su mando y debían producir lo que el amo estipulaba. De día, los hombres de color trajinaban arduamente en los cañaverales para fabricar el ansiado oro blanco, el azúcar que embarcaban hacia el continente; de noche, dormían apiñados en las barracas húmedas, oscuras y malolientes. Cada año llegaban al puerto cerca de treinta mil esclavos para ser vendidos porque la dura faena en los ingenios azucareros costaba muchas vidas y necesitaban reponerlas para continuar con la febril producción. Vigilar a esos hombres era una tarea muy bien paga, entre otros motivos, porque exigía vivir con ellos.

Para Isabel, sus hijos –sobre todo, Alba– eran una verdadera compañía. Ellos paliaban la ausencia de Pedro, le permitían extrañarlo menos. Pero en algunas ocasiones sentía que lo necesitaba a su lado, como en el momento que estaba atravesando. Isabel estaba enferma. Había comenzado con una fiebre altísima que no cedía. Además, le dolía terriblemente la cabeza y, desde hacía unas horas, también el cuerpo.

Al principio supuso que se trataba de un resfrío o un catarro. Sin embargo, luego de unos días de malestar, era claro que se trataba de otra dolencia, pues había padecido un extraño vómito. La novedad, unida a lo que había escuchado en la calle la última vez que salió de la casa, cuando aún se sentía bien, ahora la alarmaba. En las tiendas no se hablaba de otra cosa que no fuera de la peste del vómito negro, que había matado a mucha gente en las islas vecinas. Por desgracia, comenzaban a registrarse casos en Santo Domingo. Por tal razón había mandado llamar a su esposo con uno de los hombres que visitaba el ingenio. Debió pagarle para que lo hiciera con premura, pero los pobladores estaban tan inquietos con la enfermedad que temía que no cumpliera su mandato por miedo. Estaba sola en la casa, con sus tres hijos. Las dos muchachas que le servían llevaban un par de días sin presentarse a trabajar. Ella misma las había licenciado en cuanto notó que se sentían mal y desinfectó la casa inmediatamente pero temía que las criadas la hubieran contagiado. Ahora que los síntomas recrudecían, conjeturaba lo peor.

Pero ¿qué hacer? ¿Dejar a sus niños solos y salir tras un médico? Sabía que no había ninguno cerca. No quería hacer movimientos que la pusieran en peligro. «Tal vez se me pase

en un par de horas. O llegue Pedro para tomar las riendas»,
pensaba ilusionada.

La tarde era calurosa. Miró las cabecitas rubias de sus hijos
que dormían la siesta. Acababan de cerrar los ojos. Decidió que
lo mejor sería imitarlos, descansar, reponer fuerzas. Si cuando
se levantara seguía mal, buscaría ayuda en las casas vecinas. Se
sirvió agua en un jarro. La sed espantosa que abrasaba su boca
la obligó a beberla de un trago. Llenó el recipiente tres veces y
lo vació con la misma urgencia. Luego se puso un trapo mojado
en la cabeza y se recostó. Hervía de fiebre.

* * *

Dos horas después, la despertó el llanto de los mellizos que venía
del otro cuarto. Quiso ponerse de pie y trastabilló. Cuando al
fin llegó hasta ellos, pudo sentir las pequeñas cabecitas rubias
ardiendo de fiebre.

—¡Dios mío! ¡No! —exclamó desesperada.

La situación se complicaba. Era probable que padecieran
lo mismo que la aquejaba a ella... la temida enfermedad. Alba,
su hija mayor, que había oído ruidos extraños, se acercó y le
preguntó:

—Madre, ¿qué sucede?

—No te acerques ni a mí ni a tus hermanos, estamos enfermos.

—¿Qué tienen?

—Creo que algo malo y no quiero que te contagies. Quédate
en el otro cuarto, que yo iré por paños fríos para ellos.

Y mientras caminaba hacia la cocina, una nueva arcada la
acometió. Esta vez vomitó. Cuando observó su vestido man-
chado, lo supo: era sangre coagulada, sangre negra. ¡Tenía la
enfermedad del vómito negro! Como pudo, entre arcadas y tem-
blores, buscó paños para los mellizos y los puso mojados sobre
sus frentes. Los niños lloriqueaban.

154

—Os quedaréis aquí, mis bebés. Mamá traerá ayuda pronto —dijo y los besó.

El llanto de ambos crecía. Les acarició la cabeza y allí descubrió que a uno le sangraba la nariz, un síntoma patente de la enfermedad que aquejaba a los isleños. Había escuchado que los afectados podían sangrar hasta por los ojos. Se persignó y lo limpió suavemente con la punta de su vestido rosa. Luego le hizo la señal de la cruz en la frente. Sentía deseos de llorar pero en vez de flaquear, la desesperación le confería un vigor extra. Un coraje propio de la madre que ve a la cría en peligro la hizo saltar de la cama. Aun cuando sus fuerzas fueran endebles debía actuar con rapidez. Fue en busca de su chal y se lo puso sobre los hombros. Hacía calor pero debía cubrirse porque entre los vómitos y la sangre del niño su vestido estaba a la miseria. Luego fue hasta la puerta y desde allí le pidió a Alba:

—Hija, buscaré ayuda. Quédate aquí.

—Mamá, voy con usted.

—Olvídalo y hazme caso: no te acerques a mí.

—¿Puedo ir a consolar a mis hermanos?

—Tampoco. Te he dicho que te quedes en tu cuarto —ordenó y abrió la puerta.

La potente luz solar le lastimó las pupilas. El dolor de cabeza era tan agudo que no la dejaba pensar. ¿A dónde ir? Desde su privilegiada ubicación, observó que la calle permanecía desierta. La altura en la que estaba emplazada su casa, que tanto gusto le había dado, ahora se le volvía una complicación. La vivienda más cercana se hallaba a unos cien metros bajando hacia el centro. Comenzó el descenso. La misión no entrañaba dificultad, pero sus fuerzas y su lucidez mental mermaban a cada paso.

—Dios, ayúdame... Dios, ayúdame... —repetía mientras apretaba el chal contra su cuerpo.

Con esfuerzo, llegó a la primera casa vecina. Era una vivienda blanca con puertas de dos hojas altas y delgadas de color azul, de donde colgaba el escudo de la familia, lo que significaba que allí residían personas importantes. A punto de golpear, vomitó otra vez y debió limpiarse con el chal. Su ropa ya era un desquicio pero no le importaba. La vida de sus hijos estaba en juego. Ella misma estaba al borde del desmayo.

Tocó la puerta con el llamador de bronce una y otra vez, pero nadie apareció. Comenzaba a creer que no había nadie dentro cuando alcanzó a distinguir que alguien la observaba a través de una de las ventanas de la planta alta.

Tras un rápido escrutinio, descubrió que se trataba de una joven. Con la vista clavada en esa figura, exclamó:

—¡Necesito ayuda, por favor!

Desde la abertura le gritaron:

—¡Vete, mujer, vete! Aquí no hay nadie que pueda ayudarte.

—¡Estoy enferma y tengo hijos pequeños! —gritó usando el resto de ímpetu que le quedaba.

—¡En esta casa también tenemos niños y tú nos contagiarás! ¡Vete!

Isabel se desesperó. No la ayudarían. ¿A dónde ir? Estaba lejos del centro; probaría con otra casa. La idea esperanzadora le hizo darse vuelta y mirar hacia la acera contraria. Tal vez, cruzando la angosta calle de ladrillos, encontrara a un buen samaritano dispuesto a brindarle auxilio. Desde la ventana de una de las residencias de enfrente, un hombre la observaba. Pero cuando Isabel hizo contacto visual, el fisgón cerró las cortinas con fuerza y así se esfumó el último rastro de figura humana.

La calzada seguía desierta. Nadie en los alrededores. Durante los dos días que había pasado encerrada en su casa luchando contra el supuesto resfrío seguramente la peste se había extendido, y ahora sus vecinos permanecían encerrados con miedo. Entonces lo comprendió: sería en vano pedir socorro, nadie se lo brindaría. Sin darse por vencida, pensó que quizá pudiera cruzarse con un ser piadoso y se encaminó hacia la zona más poblada. Cada vez más débil, continuó su marcha y unos metros más adelante, sobre un costado de la acera, descubrió dos cuerpos sin vida tendidos sobre los ladrillos. Eran hombres fornidos de mediana edad. Isabel descubrió que las ropas tenían las mismas manchas que ensuciaban su vestido claro. El mismo vómito negro.

Las lágrimas llenaron sus ojos. Moriría, irremediablemente, y sus hijos también. Sopesó la conveniencia de caminar la legua que la separaba de los carruajes, pero los mellizos estaban solos y enfermos. Y Alba, que aún se hallaba sana, había quedado encerrada bajo el mismo techo. Entonces, con determinación, emprendió el regreso. Necesitaba sacar a Alba de la casa y conseguir ayuda para los mellizos. Su propia vida era lo de menos, lo importante era salvar a sus tres hijos. Su existencia jamás tendría sentido sin ellos. La prioridad era mantener sana a Alba y que un médico atendiera a los pequeños.

Con gran esfuerzo y empleando el doble de tiempo que en circunstancias normales, completó la pronunciada subida que la llevaba hasta su hogar. Ya frente a la puerta, en el preciso momento en que ingresó a su casa, una puntada de dolor se le clavó en el estómago como un puñal y cayó desmayada.

Cuando abrió los ojos, vio que Alba lloraba junto a ella. No sabía cuánto tiempo había permanecido inconsciente, pero el descanso le había dado un poco de lucidez e inyectado una idea: «Ojalá que el Altísimo me permita llevarla a cabo».

—Madre... pensé que... —Alba no terminó la frase, tenía el terror grabado en el rostro. Era evidente que la había dado por muerta—. ¿Has conseguido ayuda? —agregó la niña.

—No, nuestros vecinos temen contagiarse —le explicó Isabel y de inmediato preguntó—: ¿Y tus hermanos?

—No se han levantado de la cama —dijo la niña.

—¿Están bien?

—Madre... han vomitado sangre —respondió en forma casi ininteligible por el llanto.

Isabel intentó incorporarse. Con el torso apenas erguido, sentada aún sobre el piso, apoyó la espalda contra la puerta. Exánime, trató de ser convincente:

—Escúchame, hija, con atención.

Alba estaba sana; debía sacarla de la casa. De ese modo, tal vez, hasta pudiera salvar a sus hermanos.

—Sí, madre.

—Tendrás que hacer algo por mí.

—Dime... —gimoteó la niña secándose las lágrimas, componiéndose.

—Irás a la esquina de los carros. ¿Te animas? ¿Sabrás cómo llegar?

Isabel se refería a la intersección donde aparcaban los carruajes que podían alquilar las personas de a pie. El lugar se hallaba al menos a una legua de distancia de la casa. Había pasado varias veces por allí con sus hijos, pero dudaba de la orientación de Alba.

—Madre, no sé... —La chica lloraba de nuevo.

—Es cerca de la Torre del Homenaje. ¿La recuerdas?

—Sí, madre, sé cómo alcanzarla.

La Torre del Homenaje era el edificio más antiguo de la isla. La fortaleza había sido erigida por orden del gobernador Nicolás de Ovando en 1508 con la idea de proteger la ciudad de los ataques de los piratas ingleses, franceses y portugueses. Desde la parte superior se dominaba la costa del mar Caribe y la entrada del río Ozama. Todos la conocían. Era un punto de referencia infalible.

—Pues bien, los carros están a pocos metros de la torre. Si llegas hasta ella, los encontrarás fácilmente. ¿Podrás hacerlo?

—Sí.

—Debes buscar un carro y pedirle que te lleve hasta la casa del doctor. Luego, guíalos hasta aquí.

Isabel sabía que si ella misma emprendía la búsqueda, aumentaría la posibilidad de salvarse porque el facultativo la atendería de inmediato, pero dejar a Alba con sus hermanos significaba condenarla al contagio seguro. Alguien debía ir por socorro y lo mejor sería alejar de la casa a su hija sana.

—¿Y cómo lograré que vengan? —preguntó la niña.

—Debes persuadir al cochero. El doctor, si dispone de carruaje, vendrá.

—¿Y si se niega, madre?

—Ve a mi cuarto, saca del arcón grande una bolsa de tela roja y tráemela.

Alba se puso de pie y corrió a cumplir con el pedido. Se daba cuenta de la gravedad de la situación.

Esas monedas de oro formaban parte de la herencia de Isabel. Por ser la hija mayor, su madre se las había entregado como dote cuando se casó con Pedro. Desde entonces, las había guardado con cariño; sabía que eran un pago de su majestad Isabel la Católica, la mismísima reina de España, en retribución por los servicios prestados por un familiar. Jamás pensó en usarlas, pero dadas las circunstancias, suponían la única salida. Sería difícil que alguien quisiera ayudarlas gratuitamente en esa situación de riesgo extremo. Pero las monedas de oro acuñadas por la reina serían suficientemente tentadoras para un cochero. Deseaba que el metálico dorado fuera todopoderoso y que ejerciera sobre ese hombre la suficiente atracción como para salvar a sus hijos.

—Mira, Alba... —dijo abriendo la bolsa y extrayendo una moneda—. Toma, se la entregarás al cochero y le dirás que si hace lo que mandas le soltarás otra igual cuando venga con el doctor.

Alba la asió y se la guardó entre la ropa.

—Si cuando regreses —deslizó Isabel—, yo no estoy esperándote de pie en esta sala, aquí quedan escondidas las demás.

Abriendo la bolsa roja, echó las monedas bajo la alfombra que había junto a la puerta de entrada, muy cerca de donde se hallaba sentada.

—Pero ¿a dónde te irás, madre...?

Isabel contempló a su hija. Era apenas una niña. No podía explicarle lo inexplicable. Sólo le dijo:

—Prométeme que cumplirás mi orden a pie juntillas.

—Sí, madre, sí. Te lo prometo.

—Y que serás buena niña...

Esta vez Alba asintió con la cabeza y sin voz. Unas lágrimas pesadas caían de sus ojos. Era una chiquilla pero se daba cuenta de lo que hacía su madre. Era una despedida y ni siquiera podían abrazarse por temor al contagio.

—Vete, niña, y vuelve con el doctor, que Dios habrá de ayudarnos.

Alba franqueó la puerta y su madre apreció cómo se alejaba el querido cuerpito delgado. Alcanzó a ver que la brisa rizaba los bajos del vestido blanco y largo que ella misma le había cosido. Su cabello rubio recogido con un moño blanco fue lo último que distinguió. Se enterneció al anticipar lo que el destino le depararía a su pobre niña. Algo dentro suyo le decía que acababa de darle la última mirada a su pequeña. Los ojos se le llenaron de lágrimas, pero era lo mejor. Alejaba a Alba de la casa a propósito. No podía permitir que se enfermara. Y si regresaba a tiempo, tal vez los mellizos se salvaran…

Entre todos los males, perder su propia vida le parecía el menor. Debía asegurarse de salvar a su hija, aun a riesgo de morir en el intento.

Cuando la niña se marchó, Isabel se arrastró hasta la camita donde permanecían los mellizos. Ambos lloraban pero ya con poca fuerza. «Siempre tan inquietos y ahora…», pensó cuando recordó que llevaban horas sin bajarse de la cama. Los tocó, seguían ardiendo en fiebre y los dos tenían hemorragia nasal. Les limpió la nariz otra vez con su vestido rosa.

—Mami… —dijo uno de ellos al verla. Y extendiendo los brazos, vomitó.

Isabel lo limpió con la almohada que luego quitó. Lo consoló. Se acostó en medio de ambos, los abrazó fuerte y pidió:

—Te lo ruego, Padre, llévame a mí, pero no a ellos.

Si el sueño los calmaba, se dirigiría hacia el escritorio y escribiría una nota para Alba. Tenía en su corazón algo importante para decirle, y temía que el tiempo se le acabara.

* * *

Algunas horas después Alba abrió la puerta. Tras ella, entró el doctor.

La niña jamás olvidaría ese día.

El médico enfiló hacia los cuartos para asistir a los enfermos mientras Alba, tal como le había prometido a su madre, buscó las monedas para dárselas al cochero. Entre ellas, bajo la alfombra, encontró una nota que leyó allí mismo:

Alba querida, tú y tus hermanos son lo más importante para mí. Más que mi propia vida. Hice lo que pude ante lo que Fortuna me presentó. Sé buena niña, cuida de tus hermanos. Tu madre, que te ama con el alma.

Isabel Vega y Fuentes

Alba guardó en su bolsillo la nota y las monedas que sacó con discreción de debajo de la alfombra. Con una en la mano, salió a la calle y le pagó al cochero, que permanecía sentado en su carro, impertérrito. Luego entró al cuarto y se enteró: su madre y uno de los mellizos yacían sin pulso. El doctor le explicó que el otro pequeño lograría salvarse, pues ya había pasado lo peor.

Conmovido por el desahucio en el que se encontraba la niña, el hombre prometió que buscaría con diligencia a su padre.

Alba no escuchaba; lloraba sin consuelo mientras apretaba en su bolsillo las monedas que serían el eterno recordatorio de lo que su madre había hecho por ella. Con el pasar de los años, comprendería la magnitud de ese acto, al igual que las palabras escritas en la nota. Más precisamente cuando ella también fuera madre.

LIBERTAD Y LAS MONEDAS

Buenos Aires, año 1812
Miércoles de abril

Esa mañana eran pocos los que se atrevían a andar por las calles de tierra y las veredas empedradas de Buenos Aires. La lluvia había cesado luego de varias horas de aguacero. El lodo ensuciaba las aceras pero nada detenía a Libertad León si se trataba de dar clases. Tras sortear los charcos de uno en uno cuidando su largo vestido, llegó a la casa de la familia Escudero, frente a la Plaza Mayor, donde la esperaban sus alumnos. Golpeó la puerta y mientras aguardaba a que le abrieran, se acomodó con la mano un mechón rubio que se escapaba del rodete, cerró el último botón de su camisa blanca y se miró las manos para comprobar que sus uñas estuvieran impecables. Como profesora, era muy exigente con su aspecto; también en el trato dispensado a los alumnos; y, por supuesto, en los estudios. Ella pertenecía a un linaje de profesores que transmitía conocimientos desde hacía varias generaciones. La bisabuela de su madre, una tal Alba Vega, había llegado a estas costas huyendo de los ingenios azucareros de Santo Domingo atestados de esclavos. En el Virreinato del Río de la Plata encontró lo que buscaba: una sociedad ilustrada que le permitía llevar una vida con mayor relevancia cultural. Y aquí se estableció, y se dedicó a la instrucción de los hijos de españoles y criollos en una época en que la educación sistemática era deficiente y anárquica. De sus ancestros, Libertad no había recibido herencia material, salvo la casa donde vivía, pero sí le habían inculcado el gusto y la necesidad por el saber.

A sus treinta años y aún soltera, nada era más importante que su trabajo. Amaba cultivar a los niños de las familias que la contrataban, aunque con los hijos de Esteban Escudero renegaba bastante. No porque fueran malos, sino porque el padre no apoyaba con determinación sus estudios. Descreía de la trascendencia de la educación. Solía aclarar que, si había podido amasar su fortuna sólo sabiendo multiplicar y dividir, sus niños bien podrían defenderse en la vida con las mismas herramientas. El hombre era un comerciante criollo de unos cuarenta años, tan apuesto como poco cultivado. Libertad no sabía con exactitud qué mercaba, pues lo había escuchado hablar con vehemencia tanto de sus plantaciones de tabaco y yerba mate como del comercio de alimentos, textiles y maderas, por lo que infería que el trapicheo de bienes de cualquier naturaleza le apasionaba. Era un entusiasta nato y, desde que había enviudado tres años atrás, sus niños le resultaban una verdadera complicación. Sobrellevar la carga de cinco menores no había sido tarea fácil. Desde la muerte de su madre, los pequeños permanecieron bajo distintas tutelas hasta que Libertad fue contratada como profesora, seis meses atrás. En un principio habían tomado clases en el colegio del convento pero las continuas discusiones entre Escudero y los curas lo obligaron a retirarlos del establecimiento. En la última y más acalorada de las trifulcas, les espetó: «Soy ateo. No me perturben con sandeces». Luego, sin saber qué hacer con sus niños, los apuntó en una «escuela del rey», como llamaban a las laicas destinadas a instruir a los humildes. Pero al final de la primera semana, cuando se presentó en mitad de la clase y se dio con que la institutriz era una esclava negra a la que habían preparado para ejercer esa labor, también los retiró. A pesar de que era común que un esclavo enseñara en esos colegios, él se había negado a que sus hijos fueran educados por una mulata. Los esclavos eran para el trabajo bruto. ¡No para enseñar! ¡Menos a sus hijos! En su casa tenía doce a su servicio, tal como correspondía a una mansión rioplatense. Y en su estancia, campo adentro, otros tantos. Se los había comprado en el puerto a la South Sea Company, una firma inglesa con oficinas en el barrio de Retiro.

Libertad ya había empezado a querer a los niños Escudero: María y Mariana de once y diez años; y los tres siguientes: Pablo, Prudencio y Pascual, varones de ocho, siete y seis años. Pensó en ellos y el rostro se le iluminó. Días atrás había acordado con Escudero que conversarían sobre Mariana, a quien le veía una gran apatía y desinterés. Sopesaba qué palabras usar para explicarle la situación cuando Cornelio, el mayordomo, le abrió la puerta de la casa.

—Señorita, los niños la esperan.

Libertad ingresó y, al atravesar el patio interno, observó a los esclavos. Tanto hombres como mujeres charlaban animadamente mientras fabricaban velas, una labor redituable para sus amos, interesados en hacerlos producir a tiempo completo bienes de cualquier tipo, sean candelas, jabones o dulces.

Rumbo a la sala de la residencia donde impartía las clases, divisó que en el estudio ubicado al final del pasillo Esteban Escudero hablaba con otro hombre.

Cornelio le aclaró:

—El señor solicitó que comience la lección.

—Es imperioso entrevistarme con don Esteban. Por favor, tenga a bien recordarle que tenemos una cita pendiente —dijo preocupada. No quería que pasara un día sin abordar la cuestión de Mariana.

—Muy bien, señorita. Se lo diré en cuanto se desocupe.

—¡Gracias!

—El hombre es un coleccionista venido de lejos y don Escudero ha pedido que no lo interrumpa —explicó obsequioso—. Ya sabe cómo es él con sus pequeños tesoros…

—Sí, sí, entiendo —dijo Libertad e ingresó a la sala. Ella había escuchado que Escudero era un apasionado por los objetos antiguos.

Un griterío de niños la recibió.

—¡¡Maestra Libi!! —exclamaron todos al unísono, usando el apodo cariñoso con el que la llamaban usualmente.

Luego de los saludos de rigor, la clase empezó para el grupo de estudio compuesto por María, Mariana, Pablo, Prudencio, Pascual y Miguelito, ese dulce niñito negro que la acompañaba desde el primer día y por el que sentía gran debilidad. Era el hijo de una esclava de la casa, fallecida poco tiempo atrás. Desde entonces, Esteban le había permitido presenciar las lecciones. Esa concesión suponía una gran deferencia, ya que para él los esclavos eran seres salvajes, infrahumanos.

Por esta razón, Libertad no le comentaba nada acerca de los progresos de Miguelito, que, con la misma edad de Pascual, había aprendido a leer y escribir, a sumar y restar más rápido que su hijo. También reservaba para sí cuán imaginativo era el negrito.

Esa mañana Libertad comenzó con operaciones de álgebra. Luego, como solía distribuir el tiempo entre las distintas disciplinas, se dedicó a las letras y a la lectura.

—Amita Libi, ¿hoy nos leerás? —preguntó el chiquillo de color.

—Sí, Miguelito, les leeré un libro de aventuras. Pero ya te he dicho que no me llames «amita». No soy tu dueña, sino tu maestra —precisó mientras le besaba la cabeza. El niño le inspiraba ternura.

—El amo Esteban ordenó que llamemos «amos» a todos los blancos que entren a esta casa.

Libertad se mordió la lengua para no decir lo que pensaba. Esteban era esclavista y ella no. El humanismo que profesaba le impedía aceptar la esclavitud. Sin embargo, tenía claro que se hallaba en la residencia Escudero para enseñar y no para dar sus pareceres acerca de cómo debían ser las cosas. Se calló.

Un rato después les leía *La aventura de Cristóbal Colón*, un libro que explicaba la llegada del genovés al Nuevo Continente.

—Maestra Libi, ¿vive la reina que mandó a Colón a estas tierras? —preguntó Patricio.

—No, ya murió.

—Y el palacio donde ella vivía ¿todavía existe?

—Así es. Si algún día viajan a España, como estoy segura que sucederá, podrán visitarlo —alentó. Ella misma soñaba con emprender su periplo al Viejo Continente.

—Yo quisiera timonear un barco y viajar por el mundo para conocer todos los palacios que existen. ¿Lograré hacerlo? —preguntó Pablo.

—Pues pueden hacer lo que se propongan. Incluido viajar por el mundo. Para eso es la vida, para elegir lo que queremos.

—Amita Libi, ¿yo también puedo subirme a ese barco para ir con Pablo a ver los palacios? —preguntó Miguelito.

Libertad, al oírlo, sintió que se le encogía el corazón. ¿Cómo explicarle a ese niño que jamás podría desplazarse hacia otras latitudes, si ni siquiera podía moverse dentro de esa casa sin permiso de Esteban Escudero? Su vida estaba en manos de su amo. «Amo», palabra horrible, palabra que odiaba, pero que existía. Obvió responderle. No quería ni podía. La voz de Mariana vino a salvarla:

—Mi madre tenía un libro con dibujos de los vestidos de las reinas. Si quiere, maestra Libi, puedo traerlo para que lo veamos.

—Me parece perfecto. Tenlo preparado para la próxima clase —propuso Libertad al percibir el entusiasmo en la niña.

Una hora después, finalizada la instrucción del día, los niños corrían al patio para dedicarse a sus juegos. Transcurridos unos instantes, Miguelito regresó.

—Amita Libi...

—¿Qué deseas, Miguelito? —preguntó resignada. El niño aprendía rápido las lecciones, pero no podía quitarse ese estigma. Jamás dejaría de llamarla «amita».

—Ya sé todo.

—¿Qué sabes?

—Que no puedo embarcarme porque debo permanecer junto al amo Esteban.

—Oh, pequeñín mío... —dijo Libertad tomándole la carita con las manos y mirándolo a los ojos con cariño.

—Amita..., me gustan sus manos blancas... —dijo el niño con una sonrisa de dientes relucientes.

—Y yo aprecio las tuyas, que son de este color tan hermoso —replicó tomándole las palmas para enlazarlas y fundirlas tiernamente con las suyas. Luego le dio un beso en la frente y el chico salió de nuevo corriendo al patio.

Mientras guardaba sus libros, Libertad concibió una idea que al principio le pareció imprudente, pero luego fue tomando fuerza: se llevaría a su casa a Miguelito para criarlo. No como esclavo, sino como... como un hijo. Le encantaba pensar que podía criarlo como un hombre libre. Bosquejó un plan incipiente en su imaginación pero pronto lo descartó. Era imposible; salvo que lo comprara. Para hacerlo, necesitaba mucho dinero. Y no lo tenía.

La voz de Esteban a sus espaldas la sacó de sus pensamientos.

—¿Se marchará sin hablar conmigo?

Se dio vuelta y lo vio. Siempre le impactaba tenerlo cerca. Era un hombre muy apuesto.

—Cornelio me avisó de su importante visita y yo... —dijo Libertad casi tartamudeando. Escudero la ponía nerviosa, había algo en él que no encajaba. Ese rostro armonioso y de penetrantes ojos azules contrastaba con la personalidad ruda que mostraba ante ciertas circunstancias.

—El hombre está en mi estudio bebiendo café. Merecía un descanso. Ha venido desde el Alto Perú para traerme una moneda y esta noche dormirá en mi casa.

—¿Vino de tan lejos por una moneda?

—Sí, las colecciono. Poseo ejemplares de todos los reinos del orbe. Y casi he logrado la colección completa de las que acuñó España en los últimos años. Algunas son muy valiosas.

—Qué interesante —señaló Libertad, aunque su preocupación verdadera versara sobre la melancolía que embargaba a Mariana.

—Cuénteme… ¿qué la está preocupando? —quiso saber acercándose a ella.

—Veo muy triste a Mariana.

—No es para menos, ha perdido a su madre.

—Justamente, tras el luto riguroso que cumplió por la difunta considero que luce apocada.

—¿Y en qué lo percibe?

—Se está haciendo mayor y necesita vida de señorita. Pasa el día con sus hermanos pequeños, pero cada vez le interesan menos los juegos y más los vestidos y las cosas de mujeres.

—¿Qué son para usted las cosas de mujeres? —cuestionó acercándose más aún y mirándola fijamente a los ojos.

—Ya le dije: vestidos, charlas, visitar los salones, salir a tomar el té con otras muchachas de su edad.

—Pues no permitiré que mi hija ande por la calle haciendo vida liberal.

—Reunirse con chicas de su edad no son liberalidades, ni entraña perjuicio alguno.

—Mariana precisa otra cosa.

—¿Y me puede ilustrar sobre qué sería lo apropiado para su hija? ¿Podría explicarme qué cree usted que precisa Mariana?

—Creo que ella necesita una madre —dijo. Dando un paso hacia delante, se aproximó a Libertad y sus rostros quedaron a pocos centímetros de distancia.

—¡Vaya novedad! Una madre es una mujer… mayor… No es lo mismo —reflexionó.

—No una madre cualquiera, sino una joven, cultivada, una muchacha seria, cuidadosa de su aspecto, hasta de sus uñas… una que pueda influenciarla de buena manera.

Libertad permanecía incrédula ante lo que oía. ¿Acaso estaba hablando de ella?

—¿Me entiende, Libertad? Yo creo que puedo conseguir alguien así para mis hijos… ¿Usted también piensa que es posible?

Libertad dio un paso atrás. Esteban Escudero le gustaba, pero esa cercanía impropia le resultaba indecente. Sus dichos sólo mostraban lo engreído que era. Un hombre que busca con seriedad una esposa no habla en clave y con indirectas como lo acababa de hacer. Además, no creía que estuviera refiriéndose a ella. Más meditaba en sus frases y más se enojaba. Se lo hizo notar:

—Pues búsquese esa madre, si quiere. De todos modos, lo que Mariana necesita son amigas de su edad.

—Por favor, maestra Libi, no se altere… —solicitó él y volvió a acercarse tanto, que ella pensó que intentaría besarla al notar cómo se aproximaba mientras le miraba los labios.

Libertad retrocedió. No podía permitirlo. Así no se hacían las cosas. Un hombre de bien seguiría los pasos que ameritaba la situación: declaración, noviazgo, beso, petición de mano, casamiento. Y aquí todo iba patas para arriba. Era hora de huir. ¡Ya mismo!

Las pisadas de Cornelio la salvaron. El hombre llegó a tiempo para cortar el extraño clima que flotaba en la sala.

—Perdón, señor, ¿en qué habitación desea que acomode el baúl del huésped? Manifestó que quiere retirarse para descansar.

En el preciso instante en que Esteban giró para proporcionarle instrucciones a su mayordomo, Libertad alzó sus libros y aprovechó para decir:

—Me marcho, señor. Debo atender unos asuntos antes de dirigirme a la casa de los Rodríguez. Allí me aguardan los niños de la familia para continuar su instrucción.

Esteban la miró, le hizo una inclinación y le respondió a Cornelio:

—Disponga sus pertenencias en el cuarto azul del ala norte. Y, por favor, acompañe a Libertad.

Ella se dirigió hacia la salida junto al mayordomo. Al atravesar el patio interno, vio a Miguelito entre los esclavos que fabricaban velas. Sonriente, la saludó con la mano; su permiso para permanecer con los niños había caducado y ahora debía trabajar como cualquier negro de la casa. Sintió pena. ¡Qué bendición sería que tuviera la oportunidad de vivir como un hombre libre! ¡Y de estudiar! Por suerte existían antiesclavistas, como el matrimonio Rodríguez, a cuyos hijos impartiría clases en unas horas. Tenía la esperanza de que algún día fueran más los que abrazaran ideas semejantes.

En la sala, ajeno a los pensamientos de la maestra, Esteban la miraba alejarse. Cuando comprendió que no lo escucharía, exclamó en voz alta:

—¡Carajo, mujeres! ¡Un mal necesario en esta vida!

Libertad caminaba por las calles de Buenos Aires y respiraba profundo. El sol había salido y, poco a poco, los charcos de agua se iban secando. Optimista, repasando lo ocurrido, pensó que ella no necesitaba de un hombre para subsistir. Mucho menos de uno como ese retrógrado de Escudero, un esclavista al que ni siquiera le importaba que sus hijos se cultivaran.

Ella, por su parte, había estudiado gracias a sus padres, que alentaron fervientemente su formación desde temprana edad. Y aunque ya no habitaban este mundo, la educación que había recibido le permitía mantenerse por sus propios medios, algo inusual en la época para las mujeres solteras, excepto que se desempeñaran como lavanderas o costureras. Sus ingresos como maestra le permitían vivir con holgura; incluso le permitirían criar a un niño como Miguelito... Debía pensar de dónde sacar el dinero para comprarlo. Pero aun si dispusiera de los fondos, faltaba lo peor: hacerle una propuesta a Escudero. Ya imaginaba lo difícil que sería abordar el tema con él. «¡Anticuado, indocto, bruto! ¡Eso es!» Recreó su rostro y tuvo que admitirlo: pese a las horribles cualidades que acababa de endilgarle, el hombre era atractivo. Pero no pensaba bajar la guardia. Escudero era un temerario al que no le conocía sus reales intenciones.

Llegó a su casa y se sentó a la mesa en la cocina. Allí, junto al fogón, decidió que le preguntaría a Esteban Escudero si estaba dispuesto a venderle a Miguelito y cómo podía pagárselo.

Disponía de unos dinerillos ahorrados y el resto, si aceptaba la propuesta, lo cancelaría a lo largo de un año descontándolo de la paga de sus clases.

Jueves

Libertad sobrellevaba una mañana difícil en la casona Escudero. Prudencio, el más terrible de los varones, estaba más revoltoso que nunca; y hasta había tenido que retar a Pablo y Miguelito, que le seguían la corriente en los juegos. Pascual se había dormido en el piso y las chicas sólo prestaban atención al libro de los vestidos de las reinas. Por su parte, ella tenía que reconocer que estaba distraída. Sabía que en breve le esperaba la espinosa tarea de hablar con Esteban sobre la compra de Miguelito. No era un hombre fácil y, para colmo de males, la situación que se había suscitado entre ellos dos con esa especie de insinuación amorosa la mantenía en guardia, no sólo porque su proceder le pareció irrespetuoso, sino porque se daba cuenta de que, muy a su pesar, el hombre la atraía.

La clase ya casi terminaba y Mariana, ensimismada con el libro de los vestidos, retenía a su maestra mostrándole modelo tras modelo. Los varones se aburrían y continuaban con su mal comportamiento subiéndose a la mesa. Era un mal día.

Libertad explotó:

—¡Basta, muchachos, esto es el colmo! Y tú, Mariana, cierra el libro, que necesitamos pensar más en las tablas que en vestidos de reinas. Creo que por hoy es suficiente, no habrá más lecciones.

—¿Nos hemos portado mal, verdad? —preguntó Pablo como si al fin cayera en la cuenta.

—Así es. Estoy triste y enojada.

Miguelito miró cuán seria estaba la maestra, y su carita se consternó.

—Perdón, maestra Libi —dijo arrodillándose.

—Nooo, levántate, no es necesario que hagas eso.

—Sí, perdón, maestra Libi —dijeron Prudencio y Pablo que, a la par, se hincaron.

María acotó:

—¡Ridículo! Primero son desobedientes y luego se disculpan.

Los tres niños seguían pidiendo perdón con sus rodillas en el piso.

Este era el formidable cuadro que observó Esteban Escudero cuando ingresó a la sala. Venía de la calle y aún llevaba puesta la capota negra. Su imagen era imponente.

—¿Qué ocurre aquí? ¿Acaso la maestra Libertad es la Virgen María?

No le llamaba la atención ver arrodillado a Miguelito. Los negros lo hacían siempre que peticionaban frente a su amo. Pero ¿sus hijos?

—Padre, nos portamos mal y pedimos perdón... —aclaró Pablo poniéndose de pie, igual que su hermano y Miguelito.

—¿Así que habéis sido niños malos? ¡Pues basta de actos vehementes! En castigo haréis algo útil. Os vais inmediatamente a la cocina y decidle a doña Cata que yo os he mandado para que la ayuden a lavar las ollas.

—¡Nooo! —respondieron las muchachas.

—Claro que sí. También ustedes.

Pascual fue despertado de su siesta en el piso. Hubo algunas quejas más del grupo, pero la orden del padre prevaleció:

—¡Marchad ya mismo!

Los chicos salieron por la puerta rumbo a la cocina mientras continuaban quejándose.

—Así que... ¿arrodillados? —enfatizó Esteban.

—Fue una tonta idea de los niños —respondió Libertad pensando que su encuentro con Escudero había empezado con el pie izquierdo.

—Bueno, a veces, si uno anhela un dulce es necesario arrodillarse para obtenerlo. ¿No cree?

—Tal vez... —dijo Libertad, pensativa.

—¿Usted pretende que me arrodille por un beso suyo? —preguntó Escudero.

—¿Un beso? —dijo Libertad sorprendida. De inmediato se puso a la defensiva. Otra vez el flirteo—. Pues me parece que esa petición es indecente... —respondió con severidad. La situación ya sobrepasaba todos los límites.

—El beso es sólo la punta del ovillo de lo que en verdad anhelo. Lo que sigue al beso es lo importante.

A Libertad, la frase le resultó ofensiva. Escudero la intimidaba con la misma actitud del día anterior. No le permitiría ese trato, debía defenderse. ¡Pero cómo le costaba! Sus claros ojos penetrantes le quitaban el aliento.

—Me parece, don Esteban, que su comportamiento es por demás atrevido.

—No estoy de acuerdo —dijo él acercándose más. Cuando la tuvo a centímetros, agregó—: Porque luego de un beso quiero pedirle que sea mi esposa. Y hasta consumar el matrimonio, siendo usted mi prometida, tengo derecho a exigirle esos besos. ¿Acaso no sería lo justo?

Las palabras «beso», «prometida», «esposa» penetraron en el cerebro de Libertad que no daba crédito de lo que escuchaba. Con suavidad, Escudero le tomó con una mano la cintura y con la otra el rostro y la besó en la boca.

Un beso, dos.

Mientras la besaba, Esteban pensaba que Libertad olía a rosas, su boca era dulce; su cintura, pequeña; y su cabello, sedoso.

Ella, por su parte, comprendía que Esteban podía ser tierno cuando quería, la besaba apasionada pero muy suavemente. Olía a tabaco y lavanda. Le gustaba.

Unos instantes de intimidad y Libertad puso límites. El beso llegaba a su fin, se separaron. Él la miraba sonriendo con ternura. Era una sonrisa que ella le había visto sólo una vez, cuando Pascual, el menor, le recitaba una poesía que ella le había enseñado.

—Escúcheme, Libertad, ¿ha entendido mi propuesta?

—Creo que sí

—¿Y qué me dice? ¿Acepta convertirse en mi esposa?

—Debo pensarlo, no lo esperaba.

—¿Y cuánto le llevará responderme?

—¡Ay, no lo sé! Por favor, le pido que no me atosigue.

Era evidente que estaba acostumbrado a que todo se hiciera cuando y como él quería. Pero ahora debería esperarla.

—Al menos dígame si le gusto —dijo pícaro sabiendo la respuesta.

—Sí, usted me agrada.

—Entonces, abrigo esperanzas —dijo y, acercándose de nuevo, volvió a besarla, aunque esta vez fue un beso corto.

Para Esteban todo era blanco o negro, no conocía las medias tintas. En su vida, no acostumbraba a rogar a nadie, ni a ocultar qué pensaba. No andaba con rodeos, tampoco le agradaban las mentiras y prescindía definitivamente de las sutilezas. Por lo tanto, no entendía por qué, si a Libertad le habían gustado sus besos, no quería casarse ya mismo con él. ¿O acaso ella no era sincera? Se le cruzó una duda y se la planteó:

—¿Le preocupan los niños? ¿Le parecen demasiados?

—Oh, no, en absoluto. Los quiero muchísimo.

—Es una gran noticia, aunque lo presentía.

—Mire, Escudero —dijo ella empezando a tomar las riendas de sus emociones y llevando la conversación hacia el tema que había planeado hablar—, por sus niños siento un aprecio sincero, y sé que usted no les hace faltar nada. Pero también quiero mucho a Miguelito.

—Ah... sí, es un chiquillo adorable. Tanto, que no parece negro.

A Libertad, la frase le cayó como una piedra.

—Usted será esclavista pero yo no, y eso puede ser un problema.

—Bueno..., no es para tanto. No crea que soy tan terrible.

—Está bien. Entonces demuéstrelo vendiéndome a Miguelito.

—¿Quiere que le venda un esclavo? No es necesario: si desea, se lo doy como regalo de boda. Si nos casamos y se establece en esta casa, él le servirá como su lacayo personal.

—Pretendo que me lo venda para criarlo como un hijo.

A Esteban le llevó unos instantes entender las palabras hasta que exclamó:

—¡Un hijo! ¿Un hijo negro? ¿Usted quiere llevarlo a su casa y sentarlo a su mesa? ¿Y que no trabaje?

—Quiero, simplemente, que sea un niño.

—Pero es un esclavo.

—Por eso quiero que me lo venda.

—¡Ridículo!

—¿Por qué?

—Porque es negro, nació sin libertad, casi no es humano...

—¡No puede hablar así!

—Mire, Libertad, si yo se lo regalara...

—No es necesario. Insisto: quiero comprarlo.

—¡Lo que diablos sea! Para el caso, comprar o regalar... ¡es lo mismo! Libertad, pretendo demostrarle que si usted lo cría como hijo y luego nos casamos... ¡ese negro también será hijo mío!

—Supongo que sí.

—Pues no me parece buena idea. Yo no puedo criar a un negro junto con mis hijos.

—Pero si ya lo hace, ellos viven juntos, se quieren.

—¡Pero no como mi hijo! No estoy de acuerdo con usted. Él es negro, esclavo y... ¡basta!

Convencido de su postura, como siempre, la defendería hasta el fin. La voz de la maestra lo sacó de su cavilación.

—Es usted un retrógrado. ¿Sabe una cosa? A la esclavitud no le queda mucho tiempo. Una generación más y aquí, en Buenos Aires, no existirá.

—¡Me importa un bledo lo que pase en la próxima generación! Yo no criaré a un negro como hijo. Son brutos, ¡son negros!

—Usted es el bruto si piensa de ese modo. Véndamelo a un precio razonable y olvídese de lo que yo haré con él.

—No se lo venderé. Si nos casamos, tendrá a Miguelito a su

disposición. Y no será necesario que pasemos por la vergüenza de criarlo como hijo.

—Pues le anticipo que no pienso casarme con usted. Su manera de pensar es obcecada. No toleraría vivir bajo el mismo techo con alguien de su calaña.

—¿Así que no le gustaría vivir conmigo?

La apretó con fuerza y la volvió a besar. Los labios de Libertad le respondieron sin su permiso. Para cuando se dio cuenta era demasiado tarde: un largo beso había sido consumado.

—¿Así que no le gustaría esto todas las mañanas y todas las noches? No me mienta, ni se mienta a usted misma —dijo mientras aún la tenía en sus brazos.

—No, no quiero eso ni por las mañanas ni por las noches. ¿Y sabe qué? ¡Ahora me iré y no habrá más clases para sus hijos! —exclamó al tiempo que intentaba soltarse sin éxito—. Lo lamento muchísimo por los niños. Pero después de lo que aquí ha sucedido será imposible que sigamos adelante. Dígales a sus hijos que mañana pasaré a despedirme, como corresponde.

—Usted es una ridícula.

—Y usted, un anticuado que no sabe adecuarse a los tiempos que vienen. Será porque se ha puesto mayor… ¡Y ya, suélteme de una vez! —ordenó y, dando un empujón, logró librarse.

—¿Mayor, yo? ¡Si tengo cuarenta! Usted, para ser mujer, tampoco es una jovencita.

—Yo sólo tengo treinta.

—Pero aún está soltera y eso la hace mayor.

Ella lo miró indignada y sin pensarlo le dio una bofetada. Luego se retiró con pasos apurados, olvidándose sobre la mesa sus libros y útiles.

Esteban permaneció atónito. Jamás antes le había pegado una mujer. Tal vez se había ido de boca… ¡Pero su idea de criar un negro como hijo era el colmo! Durante la media hora que compartió con la maestra había sido atacado por las más diversas emociones: amor, ternura, pasión, esperanza, admiración, enojo y violencia. ¡Carajo! ¡Qué mujer! ¡Justo tenía que fijarse en ella! Había dos o tres candidatas más apropiadas rondándole, pero a él le gustaba Libertad, la más rara. Porque querer adoptar un niño negro para criarlo como hijo... ¡era una locura! Nunca se lo vendería. Nunca. Ni ebrio, ni dormido, ni loco.

Se encontraba en una encrucijada: si no accedía vender al negrito, perdía a Libertad. Si se lo vendía, también, ya que nunca podrían casarse; no lo toleraría. De una forma u otra, la perdería.

Sopesó las alternativas y consideró que tendría más posibilidades de recuperarla si no se lo vendía. Supo que Libertad, esa terca maestra de la que se había enamorado, volvería a su casa, aunque más no fuera por Miguelito.

Viernes

Esa mañana, tras levantarse y sin dilaciones, Libertad visitó la residencia Escudero. De regreso, después de permanecer una hora allí, caminaba rumbo a su casa con la cabeza gacha mirando las calles de tierra para que nadie notara que sus ojos estaban anegados por las lágrimas. Despedirse de los niños resultó terrible. Mariana y María habían llorado, pero lo peor fue dejar a Miguelito. Si bien ninguno de los niños tenía madre, él era completamente huérfano. Además –no hacía falta ser clarividente–, comprendía bien qué vida le aguardaba. Los niños quisieron saber la razón de su decisión, pero cómo explicarles que no lograba entenderse con su padre. Prometió que los visitaría, que algún día volvería para tomar el té con ellos. Sin embargo, después de la pelea con Escudero, sus palabras sonaron poco creíbles. Durante la mañana, por fortuna, no se lo había cruzado en ningún momento. La puerta del estudio permaneció cerrada durante su corta estancia.

Una vez en su casa, Libertad se abandonó al llanto. No podía creer cómo había arruinado el lazo que la unía a esa familia. Tratando de componerse, preparó un tazón de té, lo bebió lentamente y repasó la inminente clase que daría a los Rodríguez.

Mientras armaba el hatillo de libros, el deseo de comprar a Miguelito rondaba su mente en forma recurrente. Meditaba que lo apropiado sería enviar a una persona de confianza provista de una buena suma de dinero –quizá, la totalidad del que había ahorrado– para que realizara la transacción. Aun así, dudaba. Si a Escudero no le faltaba nada y le sobraba el dinero, ¿cómo lo entusiasmaría?

«¡Esclavista!», masculló.

Para comprarlo, debería adquirir dos o tres esclavos. En el lote, entre varios, Miguelito pasaría desapercibido. Pero Libertad sólo disponía de un pequeño monto de dinero. No podía renunciar a su casa, pues la necesitaba para vivir. Era lo único que sus padres le habían dejado junto a la educación y el amor. El resto, apenas pequeñeces de valor sentimental, como la cadenita de oro que pendía de su cuello y las cinco monedas del mismo metal proporcionadas por la reina a sus antepasados.

De pronto una idea cruzó su mente: las monedas de la reina seguramente interesarían a Escudero para su colección de monedas antiguas.

Era una excelente idea, pero no sabía si podría concretarla. Para eso, debía hallar un aliado. Pensó que el matrimonio Rodríguez la comprendería; al fin y al cabo, compartían su postura en contra de la esclavitud. Le pediría a Juan Rodríguez que se presentara en la casa de Esteban Escudero con el propósito de venderle sus monedas. Confiaba en que lo tentarían y que, debido a su formidable valor, el comerciante pugnaría por adquirirlas. Interesado en ampliar su colección, Rodríguez le propondría un canje por un esclavo de corta edad. Así, le echaría la soga al petulante Escudero, ajeno a la real dueña y oferente de esa reliquia. Amparado por una buena historia, su emisario no tendría inconvenientes para comprar a Miguelito. Para no despertar sospechas, la transacción se efectuaría acorde a los requisitos legales.

Libertad supo que su plan no podía fallar. Y, en cuanto Rodríguez se lo entregara, ella emanciparía a Miguelito.

Sábado

Ese mediodía, Libertad se encontraba en su casa sentada en la sala tomando un té de pasionaria, el segundo que se preparaba. Se suponía que la bebida debía tranquilizarla pero ella no paraba de temblar por los nervios causados durante la dilatada espera.

Era un momento decisivo. El día anterior Rodríguez se había contactado con Escudero y, tal como ella había previsto, él demostró gran interés por las monedas. Como coleccionista se hallaba ansioso por echarle el ojo al tesoro y había concertado una cita para examinar el metálico. En este momento —calculó— los dos hombres estarían reunidos, pactando los términos del acuerdo. Quizá Rodríguez ya habría tenido la ocasión de informarle que por la paga del objeto de la colección pretendía un esclavo joven o, mejor aún, un niño.

Libertad aguardaba novedades y la impaciencia la torturaba. ¿Por qué Rodríguez llevaba dos horas sin presentarse? ¿La reunión habría resultado mal? ¿Habría nacido una contrariedad al calor de la transacción? ¿Escudero habría descubierto sus intenciones ocultas? No lo creía. Si así fuera, su aliado ya estaría allí contándole las malas nuevas.

Pensaba en Miguelito y el corazón le daba un vuelco. Si lo planeado fallaba, probablemente nunca más lo vería. Sin embargo, si prosperaba, en pocas horas más lo tendría viviendo con ella en la casa. Lo que la convertiría en madre. La emoción de lo que estaba por acontecer era demasiado grande para permanecer calmada.

Agotada por la ausencia de noticias, decidió presentarse ante la esposa de Rodríguez para pedirle su opinión acerca de los acontecimientos. La palabra sensata de la señora aplacaría su ansiedad. Se vistió, salió a la calle y tras unos pocos pasos encontró refugio en la sala de doña Esperanza.

—Tranquilícese, Libertad, nada saldrá mal.

—Es que usted no conoce a Esteban Escudero. Es terrible.

—¿Hace mucho que enviudó?

—Tres años.

—¿Y no tiene ninguna candidata dando vueltas? Casarse le haría bien.

—No que yo sepa. Antes del incidente por Miguelito me hizo una propuesta —dijo con un dejo de melancolía en la voz.

—¡Ay, no me diga! ¿Y a usted le interesaba?

—Supongo que sí, pero sus ideas esclavistas son tan radicales como contrarias a las mías.

—¡Qué pena! Ahora, cálmese, que Dios ha de querer que sus planes no se frustren. Por algo usted tenía esas monedas... —repuso la mujer justo al tiempo que se oyeron los relinchos de los caballos del carruaje de Rodríguez.

—¡Dios! ¡Es él! ¡Ha regresado! —exclamaron y se persignaron.

Sentadas en las sillas de la sala, las mujeres esperaron a que el hombre entrara. Al cabo de unos minutos, la puerta de la casa se abrió y Rodríguez entró sonriendo.

—¿Y...? ¿Qué pasó? ¡Habla de una vez! —ordenó su esposa. Libertad permanecía muda.

—La encomienda fue beneficiosa. Traigo al niño y los papeles en regla.

Libertad se tapó la boca para ahogar un grito.

Detrás del hombre ingresó Miguelito temeroso y con pasos titubeantes. Su ropita gastada y sus pies descalzos lo hacían parecer más pequeño y desvalido que nunca. Una cosa era verlo en la casa Escudero y otra, bien distinta, en ese contexto extraño a él. La sorpresa de su rostro demostraba que desconocía los pormenores del arreglo. Pero al ver a Libertad, gritó:

—¡¡Amita Libi!! —Y se lanzó a sus brazos.

Libertad lo estrechó entre los suyos. Ya habría tiempo de hablar.

—¿Por qué lloras, maestra Libi? ¿Por qué me han traído aquí? —interrogó sin soltarla.

—Ya te explicaré, es largo. Pero no tengas miedo... lloro de felicidad porque de ahora en adelante yo te cuidaré. Vivirás conmigo.

El niño sonrió. No comprendía qué había pasado, pero vivir con Libertad nunca podía ser malo. Sería como tener una nueva mamá...

Conmovidos, los Rodríguez contemplaban la escena.

Libertad le preguntó al hombre:

—¿Fue difícil la negociación?

—Disfrute del niño —dijo él, esquivando la respuesta—, que nosotros vamos por unos vasos de limonada. He tenido que hablar con Escudero por más de dos horas y estoy muerto de sed. Ya sabe lo terco que es ese hombre.

Ella sonrió agradecida. ¡Claro que sabía!

La pareja desapareció rumbo a la cocina y Libertad, tomando de la mano a Miguelito, se ubicó en los sillones de la punta de la sala, junto a la ventana. Quería conversar con él; necesitaba tranquilidad para explicarle lo que había sucedido, pero sobre todo, para decirle que los hijos del amor llegaban así, sin anunciarse, que no se escogía el color de la piel, ni la hora, ni el momento, simplemente se trataba de un corazón junto a otro corazón, de almas eligiéndose. Era puro amor, destino y bendición.

Hoy, tal vez, Miguelito no lo entendiera. ¿Mañana? Quizá. ¿Con el paso del tiempo? Sí, desde luego. Pero Libertad sentía el impulso irrefrenable de explicarle cuán sublime era el momento que estaban viviendo.

Quince días después

Libertad le ayudó a Miguelito a ponerse la chaqueta de color azul que la semana anterior le había encargado a un sastre español. El niño sonrió complacido. Le agradaba usar el abrigo, no así las botinetas de cuero marrón que también le había comprado esa semana. Se quejaba constantemente del calzado; sus pequeños pies, curtidos en libertad, no soportaban la sujeción. «Te acostumbrarás», repetía ella para consolarlo. Necesitaba abrigarlo bien porque comenzaban los días fríos; cada mañana, el pequeño la acompañaba a las tres casas de familia donde impartía clases.

Su vida como mujer había cambiado drásticamente. Con un niño a su cargo, tenía el doble de trabajo. Jamás había considerado cuánto tiempo demandaba y cuántos quehaceres extra suponía tener un hijo, sobre todo si se lo quería atender bien. Aun así, estaba muy contenta. Miguelito, poco a poco, comprendía su nueva situación.

—Amita Libi, ¿llevas el libro verde?

—¿Amita? —Lo miró con dulzura y reproche. Cada tanto, al niño se le escapaba esa palabra que ella odiaba.

Miguelito abrió los ojos cuando entendió el valor de la mirada y con una sonrisa se corrigió:

—Perdón. Mamita Libi, ¿llevas el libro verde?

—Gracias, hijo, por recordármelo. Lo estaba olvidando. Tráelo. Quedó en el cuarto.

El niño fue corriendo a buscarlo mientras Libertad atendía la puerta; acababa de sonar el llamador de bronce.

Cuando abrió, un mensajero le entregó un sobre de papel fino, al estilo de los que se usaban en Buenos Aires para formalizar las invitaciones a salones, fiestas y eventos sociales.

Picada por la curiosidad, quitó el lacre con apuro y retiró el contenido. El anverso mostraba una letra llena de firuletes:

Buenos Aires, día 27 de abril de 1812

Señora Libertad León, en el día de la fecha, a las 17 horas, está invitada a tomar el té con la familia Escudero.

Esteban Escudero

Debajo, con letra menos rebuscada, tal como si lo hubiera escrito a último momento, decía:

Por favor, Libertad, asista con su hijo. La familia los extraña, a él y a usted. Nos hará muy feliz su visita. Serán muy bienvenidos.

E. E.

Libertad sonrió. Su respuesta podía esperar hasta la tarde. Pero estaba gratamente sorprendida por el tono de la segunda parte de la esquela. Era evidente que don Esteban había oído sobre el destino de su esclavo. El acercamiento le daba una pizca de esperanza sobre su cambio de opinión; quizá hubiera hecho las paces con su conciencia y aceptara el reencuentro. La propuesta de tomar el té con los niños, además, era tentadora; los extrañaba. Esporádicamente, en algún momento de calma al caer la tarde, recordaba aquel intenso beso con Escudero. Debía reconocer que, pese a su terquedad, él seguía siendo un hombre atractivo para ella. Amén de que el encuentro sería una verdadera prueba de fuego para los dos.

Miguelito apareció con el libro verde y de inmediato los dos salieron a la calle. Debían apurarse, sus alumnos la esperaban.

Libertad llevaba de la mano a su hijo mientras caminaban por el empedrado de Buenos Aires. La manita oscura y pequeña contrastaba con la blancura prístina de la suya. Sus colores de piel eran distintos; sus sangres, sus orígenes, diferentes. Pero un lazo más fuerte y poderoso los unía: el amor, que los había hecho buscarse y elegirse hasta convertirse en madre e hijo. Cobijando esas manitas entre las suyas y pensando en los sueños que compartía con ese niño, se sintió orgullosa, satisfecha, feliz. De las monedas de oro heredadas de su familia, aún conservaba dos en su poder. Cuando llegara el momento propicio, se las daría a Miguelito.

ROSALBA Y LAS MONEDAS

Ciudad de Córdoba, junio de 1918

Rosalba acomodó sobre su cama matrimonial el relicario de oro, un anillo y dos monedas del mismo metal. Puso las alhajas una al lado de la otra sobre la frazada naranja y las miró con cariño. Las joyas formaban parte de su herencia familiar. Tal vez no tuvieran tanto valor económico, pero para ella significaban mucho. Las había recibido cuando falleció su padre y había decidido obsequiárselas a sus hijos. El anillo de hombre y una moneda serían para Juan y se los daría cuando regresara a Córdoba, lo que sucedería recién en seis meses porque su hijo vivía y trabajaba en Buenos Aires desde hacía varios años. Esa misma tarde le entregaría a su hija Margarita el relicario y la moneda restante. El obsequio le serviría de excusa para lo que realmente buscaba: tener una charla profunda con la muchacha.

Su hija, en quien había puesto esperanzas y sueños que ella misma no había podido alcanzar, ahora estaba en problemas y quería ayudarla. Sabía que Margarita no querría oírla porque así eran los jóvenes, pero el relicario y la moneda le darían la oportunidad de ser escuchada. Dos años antes, su marido y ella habían decidido no poner restricciones a la educación de su hija y permitirle que eligiera libremente su futuro. Las épocas cambiaban y dejarla asistir a la universidad para que estudiara Medicina les pareció la decisión correcta. Si bien en Córdoba y en el resto del país las mujeres tomaban clases en carreras de grado, aún existían ciertos prejuicios al respecto; por ejemplo,

185

no las registraban en las estadísticas oficiales. Margarita le había contado que, incluyendo a su amiga Antonia, eran nueve las chicas que estudiaban Medicina; en Ciencias Químicas, había seis. Sin embargo, en los papeles internos no se hallaba constancia alguna de que las quince muchachas cursaran estudios académicos. Además, se sumaban casos como los de la Facultad de Derecho; por ser una carrera considerada masculina, en sus aulas no había ni una sola señorita. Era como si la aceptación social para las mujeres universitarias dependiera de que estudiaran carreras consideradas como extensiones del rol femenino.

A pesar de los prejuicios, Rosalba estaba segura de que cuando Margarita lograra su título nadie podría negarle el ejercicio de la profesión. Pero lo que al principio a Rosalba la había puesto contenta y orgullosa, luego se tornó en preocupación: dejarla cursar Medicina había sido el primer paso hacia el peligro que ahora acechaba a su hija. Y lo peor: el peso de saber la verdad recaía sobre su espalda, ya que su marido, encerrado en la farmacia el día entero, permanecía ajeno. Rosalba se debatía entre contarle o no lo que estaba sucediendo, pero creía que enterarse le provocaría una gran amargura. Además, quisiera o no, la Corda Frates estaba relacionada con el problema: sus miembros le habían prestado una suma de dinero que invirtió en la farmacia; y, sobre todo, porque una vez que lo supiera, le cortaría las alas a la muchacha y le prohibiría continuar con los estudios que tanto amaba.

Rosalba apostaba a que su hija recapacitara, tomara la mejor decisión y, de ese modo, saliera ilesa del trance.

Como madre sabía lo que ocurría, no porque la muchacha le hubiera contado sino por pura intuición. Había descubierto que un hombre casado rondaba a su hija; se trataba de un profesor, y no uno cualquiera, sino un miembro de la Corda Frates, ese grupo de poder que Córdoba respetaba porque estaba integrado por los caballeros más selectos de la élite católica, con gran influencia en los ámbitos políticos, culturales y económicos.

Al comienzo su hija le contaba cuán amable era el profesor

Octavio Pérez Conte, y cómo la ayudaba en las prácticas; luego, en un par de ocasiones la había acompañado de regreso al hogar justificándose en el temor a los jaleos que provocaban las marchas reformistas en la universidad y la represión policial. Margarita regresaba caminando y no en tranvía, pues su casa quedaba a pocas cuadras de la facultad. La tercera vez que se tomó la molestia de acompañarla, Rosalba lo invitó a entrar y le ofreció un café. Para ella no pasaron desapercibidas las miradas que el atractivo profesor le dirigía a su hija; además, acompañarla tantas veces a su casa no era normal. Cuando estuvieron a solas, le dijo a Margarita que el comportamiento le parecía inapropiado, y la situación no se repitió. Pero ahora le quedaba otra preocupación: había horas en las que no tenía muy claro dónde estaba su hija, lo que la llevaba a temer que se veía con el hombre a escondidas. Rosalba pensaba con angustia en esos encuentros. Necesitaba, urgente, tener una conversación con Margarita.

Miró el reloj colgado en la pared del cuarto; debería esperar muchas horas hasta su regreso. Había leído en el diario que esa tarde se elegía al nuevo rector de la Universidad Nacional de Córdoba. Al fin, después de tantas disputas y movilizaciones, los bandos contrincantes proponían sus candidatos: el sacerdotal, al doctor Antonio Nores; el reformista, al doctor Enrique Martínez Paz. Deseaba fervientemente que la contienda, que había traspasado las fronteras de Córdoba y repercutía en toda la nación, al fin se arreglara. Todos los ciudadanos habían tomado partido por uno u otro bando. Las discusiones se oían en la calle, en el mercado, en la farmacia de su marido, y se multiplicaban en cada noticia del periódico. La gran crítica de los reformistas consistía en que la universidad, así como estaba, era anticuada, anticientífica y que necesitaba modernizar sus planes de estudio. Además sus procedimientos se hallaban acusados de inmoralidad: habían denunciado títulos falsos y exámenes vendidos. Se quejaban de que las designaciones en los cargos se hacían por recomendación y no por capacidad; los reformistas pedían que se instaurara el concurso para elegir profesores y funcionarios, quitando de esta manera a los ineptos.

Pero Rosalba no se engañaba. Más que por esas injusticias ella quería que el conflicto finalizara porque así tenía la esperanza de que su hija se centrara nuevamente en los estudios. El hecho de que perdiera clases por culpa de las huelgas que se declaraban cada dos por tres lo único que hacía era regalarle tiempo a Margarita para estar con ese profesor al que temía porque sabía que el hombre tenía el poder de arruinarle la vida a su hija. Había llegado a pensar que, si su niña no recapacitaba después de la charla, hablaría con él. Pero debía ser la última opción, porque de esa conversación no habría retorno.

* * *

Esa siesta, Margarita salió del bar y de inmediato se colocó los guantes de cabritilla. Hacía frío. Apuró los pasos. Su pollera negra, su camisa blanca, el moño recogiéndole en una coleta el cabello rubio y el sobrio abrigo azul la mostraban como una típica universitaria, la clase de mujer intelectual que se contraponía a las muchachas de vestidos vaporosos de colores claros que se dedicaban a buscar caballeros para que las llevaran al altar. Esa moda seria y austera no era un invento argentino sino que la usaban las intelectuales europeas, y con ella se identificaban todas las muchachas que querían brillar por sus ideas y no por sus adornos. Margarita tenía que recorrer varias calles desde el café donde había estado con el profesor Pérez Conte hasta la Casa de Trejo, como llamaban al asiento principal de la universidad. Los lunes, miércoles y viernes ellos dos se reunían a tomar un té en el mismo lugar, un sitio rústico pero limpio y alejado de donde los pudieran reconocer. Aun así, el profesor siempre se encargaba de dejar gruesas propinas para asegurarse la discreción. No la pedía, pero el dueño del lugar captaba el mensaje. Después de la hora y media que compartían, cada uno se retiraba por separado. Ella, primero; él, después.

A cada paso que daba, el corazón de Margarita latía con fuerza. Era un día importante: se elegiría rector democráticamente y su bando, el reformista, proponía candidato; y claro, lo vivido sólo minutos antes también le arrebataba el alma. No olvidaba los penetrantes ojos grises del doctor Octavio Pérez Conte mirando su boca mientras se llevaba la taza a los labios. Desde hacía meses y muy lentamente, entre el profesor y la alumna se afianzaba una relación. Creía estar enamorada a pesar del grave impedimento que existía para que pudieran estar juntos: él era casado y eso le quitaba futuro a la relación o, por lo menos, le impedía tener uno normal. Pero era obvio que él también estaba enamorado, lo veía en cada una de sus actitudes, aunque no abría la boca para hacerle ninguna propuesta. Porque ¿cuál hacer? Ella era una buena chica egresada de las Adoratrices y él, un ferviente católico padre de familia que asistía a misa los domingos en la catedral. Si se ponía a pensar no sabía bien cómo habían llegado a esta situación. Ella había tratado de frenarla pero no pudo. ¿Cómo sosegar algo que ni ellos mismos anticiparon que se avecinaba? Para cuando lo hicieron, la atracción entre ambos ya estaba instalada.

Dos años antes, cuando empezó a estudiar en la Facultad de Medicina, jamás hubiera pensado que algo así le podría pasar, como tampoco hubiera imaginado lo que estaba sucediendo en la universidad. En las aulas bullían cambios drásticos y decisivos como los que ella experimentaba en su propia vida. Toda la ciudad sufría el caos que habían propagado los estudiantes con sus reclamos. Córdoba había pasado de ser una metrópoli tradicional, beata y clerical a una ciudad atrevida, llena de revueltas y movilizaciones que desdeñaba los preceptos de la Iglesia católica. Ella, por momentos, temía ser un reflejo de esa realidad, una chica tradicional y religiosa que poco a poco se convertía en una mujer dispuesta a todo, incluso a estar con un hombre casado.

Podía recordar con precisión cada movimiento reformista que había acompañado su propia historia amorosa. Todo empezó el año anterior cuando ella fue invitada a una de las reuniones reformistas secretas que se realizaban en la casa del doctor Arturo Orgaz, y uno de sus compañeros le lanzó en tono jocoso: «¿Qué diría ese profesorcito que te quiere tanto y que pertenece a la Corda Frates si supiera que estás aquí con los revoltosos reformistas?». A Margarita la frase le dio la certeza de que se había transformado en la preferida del doctor Octavio Pérez Conte. No sólo era una suposición propia, sino que también los demás veían lo mismo.

Luego, cuando de esas reuniones reformistas surgió el Comité Córdoba Libre que inauguró sus actividades con la gran conferencia en el Teatro Rivera Indarte, a cargo del socialista Alfredo Palacios, ella y otras siete mil personas se presentaron para escucharlo desafiando la prohibición que los curas habían lanzado desde los sermones en las iglesias. Esa noche, incluso, asistieron los antirreformistas católicos que, atentos a la ponencia, intentaban conocer las ideas del enemigo. El propio Pérez Conte, sentado en una fila próxima al escenario, la llamó para cederle el lugar. Esa amabilidad fue la excusa para mantener la primera conversación que no versara sobre medicina. Porque al finalizar la conferencia, se ofreció a acompañarla, y juntos caminaron varias cuadras mientras charlaban de otros de sus intereses, como la lectura y el cine.

Tan unida estaba su propia historia de amor a la memoria de la universidad que, el día que las autoridades cerraron el internado del Hospital de Clínicas esgrimiendo razones económicas y los alumnos se opusieron, Pérez Conte, al verla leyendo la noticia en el diario con los ojos llenos de lágrimas en un banco del aula vacía, la tomó de las manos para consolarla. Para ella habían sido instantes mágicos. A partir de ese momento, en otras oportunidades él repitió el gesto. A Margarita le había gustado que las manos grandes y delicadas de médico más de una vez se rozaran con las suyas, tan pequeñas, durante las prácticas, y hasta se las acariciara cuando nadie los veía.

El advenimiento de las vacaciones enfrió las cosas entre el profesor y su alumna, pero el día de marzo en que todos volvieron a clases y se encontraron en las aulas con la noticia de una huelga dictaminada por el estudiantado, ambos coincidieron en el patio y conversaron sobre los motivos de la protesta. Allí, bajo un árbol, discutieron acaloradamente. Pérez Conte defendió sus ideas clericales y ella, las reformistas. Según el profesor, el internado sólo servía para que se hospedaran los muchachitos norteños pobres y no para adelantar en medicina. Según Margarita, era indispensable para practicar anatomía con pacientes reales. Tan dura resultó la disputa, que ella se retiró llorando.

Pero por la tarde, encontrándose ambos en busca de noticias otra vez en la universidad, se habían pedido disculpas en medio de los claustros repletos de profesores y alumnos que, con pancartas y a viva voz, exigían cambios. Pérez Conte le pidió hablar y, alejándose rumbo a un aula solitaria y tranquila, le abrió su corazón para explicarle que sentía por ella un sentimiento profundo que lo torturaba; sobre todo, porque era un hombre casado. Margarita no alcanzó a responderle cuando él ya estaba besándola. A ella ese beso le gustó, tenía sabor a prohibición, a rebeldía, a sedición. Ideas que flotaban en el aire en ese 1918 de la Córdoba reformista.

A partir de ese momento los meses transcurrieron sin que avanzara la solución del litigio entre alumnos que exigían una reforma y las autoridades que se negaban a darla. El bando eclesiástico se negaba a perder el poder. Pero la alumna Cardoso y el profesor Pérez Conte sí avanzaron, porque él volvió a besarla en varias oportunidades. Eran besos pequeños, robados, dados en los pocos momentos que quedaban a solas, pero besos al fin, entre la bonita joven rubia y el apuesto profesor; entre Margarita, una futura médica de veinte años, y Octavio, un doctor hecho y derecho de treinta y ocho, padre de familia con cuatro hijos, algunos pequeños y otros adolescentes.

Decididamente la historia que los unía había nacido entrelazada al litigio universitario. Cuando se clausuró el Hospital de Clínicas y los alumnos decretaron huelga, ellos se dieron el primer beso en el aula.

El Consejo Superior no tomó en cuenta los reclamos que hizo el centro de estudiantes, y ellos, en la misma aula vacía, se dieron otro beso; esta vez, más largo.

El gobierno clausuró la universidad, y él la invitó a tomar por primera vez una taza de té en un bar, claro que uno alejado de la zona universitaria para evitar las habladurías.

Los estudiantes decretaron un nuevo manifiesto de huelga; sin embargo, las autoridades decidieron empezar las clases aun cuando no se presentó ni un solo alumno, y Margarita ese día subió por primera vez al coche de Octavio Pérez Conte para dar un paseo por el rosedal, y, en las soledades de una esquina, el doctor la tomó de la mano y le acarició el cabello.

El comité reformista peticionó al ministro de Justicia la intervención de la universidad, y ellos se besaron dentro del Ford T último modelo al abrigo del atardecer de las calles tranquilas, muy cerca del Parque Sarmiento.

Se creó la Federación Universitaria Argentina y en el discurso inaugural se dijo: «Hoy la universidad tiene vida propia y no un reflejo de la iglesia», y Margarita le ocultó a su madre que se reuniría para pasar el día en el río con el profesor.

Yrigoyen nombró interventor a Matienzo, que asumió democratizando el gobierno universitario, y entre alumna y profesor hubo nuevos y osados besos bajo la arboleda, junto al río.

Se eligió democráticamente decano en las facultades pero en Medicina se optó por el candidato de la Corda Frates; el hombre le había explicado al interventor que era amigo del presidente Yrigoyen y así obtuvo su nombramiento. Margarita discutió el tema con Pérez Conte, y se distanciaron a causa de sus posturas, pero los besos de la reconciliación, más atrevidos que nunca, los unieron de nuevo.

Los recuerdos de su historia amorosa aún inundaban la mente de Margarita cuando se dio cuenta de que en breve comenzaría la elección del rector y entonces apuró el paso. Necesitaba conseguir un lugar en el recinto; todos los estudiantes querrían estar presentes y eran muchos. Igual que los periodistas que habían venido de otros puntos del país.

* * *

Cuando Margarita ingresó a la Casa de Trejo, de inmediato percibió en el patio el bullicio nervioso y emotivo que vivían esa siesta los estudiantes. Allí los dirigentes de la FUC exponían sus esperanzas de que la propaganda realizada trajera el éxito para su candidato, el doctor Martínez Paz. Consideraban que él sería el encargado de completar la obra reformista que se había iniciado meses antes.

Las tres de la tarde era la hora señalada para comenzar con la elección del rector, pero Heredia, el mayordomo del edificio, abrió antes las puertas del amplio salón que se reservaba para los acontecimientos más importantes desde la época de los jesuitas y una gran cantidad de alumnos ingresó sin esperar que él los acomodara. Los jóvenes tomaron asiento en donde se les vino la gana, incluida la privilegiada tribuna del padrino, ante el enojo del sorprendido Heredia. «¡Ya nada es como antes!», se lo escuchó decir. Y era verdad.

El mundo cambiaba, y la Universidad Nacional de Córdoba elegía su destino anticlerical. Hasta la propia Margarita sentía que, por primera vez, su vida dependía de ella misma y de nadie más. La emocionaba el sentimiento de dirigir su destino tanto en lo personal como en lo académico.

En esa siesta, la violencia de los estudiantes, propia del apuro por ingresar, hizo que los cristales de la puerta de entrada se rompieran. Margarita aprovechó el sobresalto y en medio del cimbronazo, con algunos empellones, logró abrirse paso.

No bien entró, descubrió a los empleados vestidos de color oscuro que estaban allí a pedido del vicerrector Belisario Caraffa para mantener la calma. Por el contrario, lejos de lograrla, los agentes caldearon más los ánimos de los jóvenes y se produjeron algunos disturbios con gritos y empujones, por lo que el vicerrector decidió despedirlos y solicitarles sosiego a los estudiantes.

Margarita se quitó el abrigo. Allí, apretujada entre tanta gente, sentía calor; tenía las mejillas arreboladas tanto por el choque entre la tibieza del ambiente y el frío exterior como por la vergüenza. Se daba cuenta de que era una de las pocas mujeres que había en la sala. Buscó a su amiga Antonia con los ojos y la halló muy lejos, en la parte de arriba.

—Marga, vení que acá hay un lugarcito —le dijo Patricio di Giovanni, su compañero en Medicina, haciéndole señas con la mano. El muchacho se encontraba a unos pocos metros.

Ella asintió con la cabeza sonriéndole. Luego luchó entre la gente hasta llegar al sitio y así poder sentarse muy pegada a Patricio, porque la falta de lugares era evidente.

Minutos después vio ingresar a los candidatos y también a Pérez Conte, que se ubicó en una silla de privilegio. Los ojos del hombre de inmediato la buscaron hasta encontrarla. Margarita sintió la mirada dura y molesta, y comprendió que al doctor no le había gustado verla junto a su compañero. Pero, emocionada por el clima que se respiraba, no le prestó atención.

Esa tarde la asamblea estaba compuesta por los miembros del Consejo Superior, decanos y consejeros. Era la condición de validez establecida por el estatuto recientemente aprobado por el gobierno federal, a petición de los reformistas.

Margarita miró por la ventana y afuera pudo ver la galería repleta de cientos de alumnos que por falta de lugar no habían podido ingresar. El grupo esperaba las noticias que ella oiría de primera mano; se sintió una privilegiada por estar presente en semejante momento histórico.

Comenzó la elección del rector y en minutos se produjo el primer resultado: Antonio Nores, el candidato de la iglesia, había logrado quince votos. Martínez Paz, el reformista, doce; Centeno, diez; en blanco, cinco.

Un bullicio discreto se apoderó de la sala pero fue sobrepasado por uno mayor proveniente de afuera, más precisamente de la galería.

Se realizó una segunda votación que arrojó: Antonio Nores, dieciséis votos; Martínez Paz, catorce; Centeno, once; en blanco, uno.

Esta vez el bullicio fue atronador dentro y fuera del aula.

Comenzó la tercera y última votación y el resultado fue anunciado por el bedel a viva voz: «Antonio Nores, veintitrés votos; Martínez Paz, diecinueve».

Margarita quedó atónita, no podía creer que perdieran. El silencio fue general durante unos instantes hasta que los reformistas estallaron violentamente. Consideraban que había existido una maniobra fraudulenta. Se comentaba que los electores habían aceptado recompensa económica de manos de los curas para votar al candidato de la Corda Frates. Nunca se sabría si ese secreto a voces era verdad, pero el resultado fue que los presentes se pusieron de pie y comenzaron un griterío, esta vez incontenible.

La reunión se había descontrolado y ante la violencia ingresaron seis personas de aire matón que atemorizaron a Margarita. Evidentemente eran hombres contratados para poner orden al costo que fuera. Algunos caballeros se interpusieron e impidieron que los facones que empuñaban terminaran hiriendo a los estudiantes. Cada uno de los presentes tomó una posición al respecto y la defendió entre gritos y bofetones. Margarita se prendió con fuerza de Patricio, que se interpuso para protegerla de la violencia reinante. El alzamiento y el caos eran tales, que el vicerrector pidió que ingresara la policía.

Los agentes se apostaron en la entrada del salón impidiendo que los cientos de alumnos de la galería ingresaran; con los empujones y puñetes que había dentro era suficiente. La tarde terminó con heridos y detenidos. Y claro, con el candidato de los reformistas derrotado. Nores, el candidato de la curia, era el gran vencedor.

—¡Huelga por tiempo indeterminado! —gritaban los estudiantes.

Cuando al fin después de algunos minutos se abrió la puerta del recinto, Margarita, tomada del brazo de Patricio, intentó salir al exterior; avanzaban hacia la salida en medio del gentío mientras ella hacía un esfuerzo por contener las lágrimas, sentía que la universidad no cambiaría nunca y que todo seguiría igual. Llevaba las emociones tan a flor de piel que por suerte su compañero la guiaba entre la aglomeración; dio unos pasos y sintió que la tomaban del brazo libre.

—Señorita Cardoso...

Margarita escuchó la voz familiar. De inmediato se dio vuelta y se encontró con la dura mirada de Pérez Conte.

—Octavio... —dijo tratándolo como cuando estaban solos, olvidándose de la presencia de Patricio.

—Por favor, no se vaya —le pidió el profesor.

Ella aflojó el brazo que la unía a su compañero.

—¿Te espero? —le preguntó Patricio de mala gana al darse cuenta de lo que pasaba.

—No, andá... nos vemos mañana.

El muchacho siguió caminando rumbo a la salida.

—Margarita, ¿qué hacías tomada del brazo de ese caballero rubio?

—Es mi compañero. Y usted, ¿qué hace torturándome por pequeñeces? Vaya a festejar, ¿o acaso no se da cuenta de que han ganado?

—Sí, lo sé. Pero usted me interesa más que cualquier triunfo.

Margarita estaba dolida tanto por la situación política como por la emocional. Ofendida, le respondió:

—¡Pero usted y yo no somos nada! Salvo dos contrincantes de bandos opuestos.

—No diga eso, Cardoso —le dijo llamándola por el apellido como algunas veces lo hacía. Había comenzado a nombrarla así en el aula, pero al afianzarse la relación, él lo usaba de manera cariñosa cuando se encontraban solos.

Margarita no le prestó atención al trato, estaba consternada.

—Ustedes compraron con dinero a los electores. Ahora, déjeme, que lo mejor es que hoy cada uno siga su camino. Porque lo que hicieron no tiene nombre.

—Este no es lugar para hablar de ningún tema —dijo él agarrándola nuevamente y apartándola hacia un rincón de la sala que poco a poco se iba vaciando. Allí, mirándola a los ojos, agregó—: Margarita, yo la amo. Y no quiero con usted algo pasajero, sino que deseo algo serio.

Ella lo miró interrogante, ese día no estaba para tonterías.

—¿Así que desea algo serio? ¿Y qué vendría a ser eso? Porque, que yo sepa, usted está casado.

Él carraspeó nervioso y dijo:

—Mire, ahora lo mejor es que vaya a su casa y se tranquilice. Pero le pido que la semana que viene, cuando la elección se calme, me acompañe a mi casa de Unquillo. Allí hablaremos tranquilos —le propuso haciendo referencia a su casa de vacaciones en una zona alejada de la ciudad.

—Esto no se calmará, los estudiantes daremos guerra.

—Sí, se acabará, y todo seguirá igual que siempre. Pero al margen de la universidad, debemos hablar de nosotros dos, de nuestro futuro.

—¿Cuál futuro? Nosotros no tenemos ninguno. Por eso no entiendo por qué quiere que vayamos tan lejos.

—Ya le dije, para hablar tranquilos. Por favor, conversemos la semana que viene —le pidió con ternura. Luego miró a su alrededor controlando el entorno y descubrió que, con miedo, el reciente rector electo Nores intentaba dirigirse a la salida. Un grupo de estudiantes quería echarlo a puntapiés.

Margarita no le respondió y Pérez Conte, pidiéndole que lo pensara, también se alejó rumbo a la puerta. Los ánimos de los perdedores estaban agitados, a pesar de que muchos ya se habían retirado del salón. Margarita comenzó a ponerse el abrigo y los guantes cuando el joven Horacio Valdez tomó la palabra, y con pasión expresó:

—¡Señores, hoy no quiero apaciguarlos sino estimularlos a la revolución! ¡Que los campanarios vibren al grito de esta juventud que está de pie! —Luego, dirigiéndose a los consejeros, agregó en un grito pasional—: ¿Quieren que la Universidad de Córdoba siga siendo un hospital de huérfanos? Entonces, quédense tranquilos, no lo voten al doctor Martínez Paz.

Valdez fue aclamado y Margarita, emocionada por las palabras, se marchó justo a tiempo porque distintos disertantes iniciaron otros discursos que trajeron nueva agitación; tanta, que los vidrios de las puertas y ventanas fueron los que sufrieron las consecuencias de esa exaltación juvenil. Minutos después, en la sala y en todo el piso de abajo, no quedaba un cristal sano.

Los reformistas, luego de desalojar a los consejeros, entraron al salón electoral y allí se ensañaron con los retratos de los rectores que llevaban nombre clerical, tirándolos uno a uno por las ventanas que daban a la calle ante la mirada perpleja de los ocasionales transeúntes.

Los cuadros caían a la vereda y se hacían añicos mientras que a varias cuadras de allí, Margarita caminaba apurada. Necesitaba llegar a su casa y llorar tranquila el doble dolor de haber perdido ese día una oportunidad histórica de cambiar la universidad y de saberse enamorada del hombre equivocado.

Claro que no sería tan fácil obligar a los estudiantes a olvidar sus sueños reformistas. Los cientos de enloquecidos muchachos, por decisión unánime, habían dictaminado la moción «Huelga universitaria por tiempo indeterminado».

Y tal como lo hicieron los estudiantes ingleses de Cromwell, en Córdoba también colgaron en la puerta del edificio universitario un cartel de grandes letras negras que rezaba SE ALQUILA. En la calle se oían los cánticos: «Córdoba es un solo grito, una sola alma, un solo ideal de redención. Suenan los clarines policiales, carga la caballería, ruedan los heridos, pero nadie se mueve. ¡Juramos que nuestra causa es la de la justicia! La comparten hoy no sólo los universitarios sino el pueblo todo».

La reforma no se rendía. El amor de Margarita, tampoco.

Se reprochaba a sí misma la dureza con la que había tratado a Pérez Conte. Él sólo había tenido para con ella palabras de amor.

* * *

Margarita llegó a su casa tan tarde que su padre ya había vuelto del trabajo; hacía una hora que había cerrado la farmacia; el local quedaba a un par de cuadras de la vivienda.

—¡Dios mío, qué lío tan grande que han armado los estudiantes! Toda la ciudad está en pie de guerra. Nos tenías preocupados por tu demora.

—Ha sido tremendo, papá. Lamento mucho decirte que ganó la iglesia.

—Te advertí que sería muy difícil cambiar lo que está instaurado hace tres siglos. Los jesuitas fundaron esa casa de estudios y la iglesia no la abandonará tan fácilmente.

—¡Es que lo tenían todo planeado! Los electores fueron muy cobardes y se vendieron. Estamos seguros de que fue por dinero.

—Hija, ¿no será tiempo de olvidarse de esa lucha y de aceptar lo que ellos proponen y ponerse a estudiar, en vez de tantas asambleas? ¿Te das cuenta de que esto terminará atrasando tu carrera?

Tratando de aceptar las ideas adelantadas es que don Cardoso había permitido que su hija estudiara Medicina, pero ahora todo se había complicado, y ella había quedado inmersa en ese lío. Pero bastante tenía él con sus propios problemas, como era luchar contra la competencia que le hacía la gran Farmacia Inglesa instalada en la ciudad; estar con el corazón en la boca por los movimientos de su hija no era para él.

—Lo sé, papá, pero…

Manuel Cardoso no la dejó continuar, sino que explotó:

—¡Te diré algo! ¡No me gusta que mi hija ande en medio de esos jaleos que son propios de los hombres!

—No se trata de hombres o mujeres, aquí somos todos estudiantes.

—Para el caso da lo mismo: eres una mujer que pasa horas y peligros en la calle. Al fin no sé para qué tanto embrollo, tal vez aunque consigas el título nunca puedas trabajar de doctora. Lo mejor hubiera sido que estudiaras Farmacia, como yo. Es algo más aceptable.

En el rostro de Margarita se instaló un rictus amargo que mostró su contrariedad. Su madre, que hasta el momento no había hablado, intentó desviar el tema.

—Hija, contanos qué pasó hoy en el Rectorado.

Margarita, aún ofendida pero apasionada con lo sucedido, se sentó en la mesa mientras su madre servía la comida y comenzó el relato de los acontecimientos.

Rosalba oía a su hija hablar con exaltación y se daba cuenta de que la conversación que había programado tendría que esperar. La mente de Margarita se hallaba en otra dimensión; debería hablar con ella otro día. El relicario y la moneda de oro tendrían que esperar, igual que los consejos.

De lo sucedido esa tarde cada bando ofrecería su propia visión, la que plasmarían los periódicos en los días siguientes.

Deodoro Roca, el autor intelectual de la reforma, escribiría: «¡Tres siglos! Tres siglos de misa, latín y ollas se alinearon aquella tarde en los altos sitiales. Después de una revuelta encendida y de una reforma falaz, iba a ser ungido rector un "enviado del Señor". La vieja campana de los frailes seguía llamando a clase y misa».

Antonio Nores diría: «Los revoltosos salieron de los claustros a la calle, abusaron de sus derechos, sumándose a elementos no universitarios en fuerza desconocedora de respeto que se desvió hacia su verdadero rumbo: el más crudo socialismo».

El obispo fray Zenón Bustos expresaría desde el púlpito: «Los estudiantes incurrieron en prevaricato y franco sacrilegio».

Las regias señoras acomodadas, mientras tomaban el té en la confitería Del Plata, exclamarían: «¡Dios mío, a dónde iremos a parar si hacer huelga es para los obreros, no para la universidad!».

* * *

La semana siguiente avanzó y también los movimientos de los estudiantes que no se daban por vencidos. Nores asumió como rector, pero la Federación Universitaria de Córdoba pidió su renuncia y la FUA exigió al gobierno nacional, con carta al presidente Yrigoyen, una segunda intervención de la universidad. La huelga se mantenía y sumaban su adhesión las organizaciones obreras y los estudiantes de todo el país. Al mismo tiempo se trabajaba en el proyecto de reforma para presentar en el congreso nacional que sesionaría en breve. La idea era que de allí se lo enviara al parlamento de la Nación. La lucha reformista había tomado un matiz político de proyección nacional y latinoamericana. Las casas de altos estudios del resto de América miraban a Córdoba para seguir sus pasos. Así, de manera violenta y confusa, la reforma salía de las paredes de la universidad.

Los alumnos, a pesar de no tomar clases, pasaban en los claustros más tiempo que nunca. Se reunían allí para tomar decisiones, ponerse al tanto de noticias y trabajar en el ambicioso proyecto escrito de una reforma radical donde la universidad fuera independiente de la iglesia; los cargos, designados por concurso; los otorgamientos de títulos, transparentes; y los planes de estudio, modernizados.

* * *

Margarita, a pesar de haber llorado todas las noches por Pérez Conte y de haberlo visto de lejos en varias oportunidades, no había querido acercársele. La relación no tenía futuro, y ella estaba ocupada con sus actividades de la universidad. Pero esa siesta, a los diez días de la elección, se cruzó por primera vez en muchos días con Pérez Conte en la puerta de su facultad. Fue un encontronazo frente a frente del que no pudo huir.

—Margarita, al fin... la he buscado todos estos días y no estaba por ningún lugar.

—Estoy trabajando con los demás estudiantes —dijo cortante.

—La vi de lejos y vine de inmediato. Me alegra mucho haberla encontrado...

Ella, al observar el rostro querido, se ablandó.

—La he extrañado mucho. Tanto, que he tomado algunas decisiones.

Lo escuchó y el gesto se le endulzó.

—¿Cuáles? Si se puede saber...

—Son demasiado significativas para hablarlas aquí. Me gustaría conversar con usted en tranquilidad, como le dije la otra vez.

—Son tiempos demasiado revueltos para dedicarnos a temas personales.

—Esto es más que un tema particular. En esto me juego mi propia vida. Usted es muy importante para mí.

Las palabras que oyó la enternecieron. Aun así le preguntó secamente:

—¿Qué quiere?

—Que mañana muy temprano me espere en la plaza San Martín, yo la pasaré a buscar en mi coche y de allí nos iremos a mi casa de Unquillo.

—¿Por qué tan lejos? —preguntó ella pensando «¡Otra vez lo mismo!». No terminaba de entender por qué para hablar tenían que ir al campo.

—Porque quiero pasar el día con usted. Ya le dije que la amo. Y debemos hablar de nuestro futuro.

Lo miró y en los ojos grises vio desesperación. Ese hombre la quería, estaba segura. Entonces, bajó la guardia y dijo:

—Está bien. Allí estaré.

Era imposible decirle que no, él era su debilidad. Sabía que ir un día entero a esa casa alejada encerraba sus peligros. Pero el sentimiento que tenía por él la empujaba; al fin y al cabo, ella dirigía su propia vida.

Se despidieron con una mirada profunda cargada de amor y deseo. Tanto, que ella se asustó. Debía ser cuidadosa si decidía ir a la casa de Unquillo.

* * *

Esa tarde, cuando Margarita llegó a su casa, Rosalba preparaba la pava. Su padre estaba pronto a llegar y le gustaba cebarle unos mates antes de la cena.

—¿Tomarás mate conmigo y con tu padre?

—Claro, mamita. Necesito un descanso, la huelga nos hace trabajar y nos cansamos más que cuando estudiamos. Estoy agotada.

—Hija, quiero una mañana contigo. Sé que estás con las actividades de la universidad, pero necesito tener una charla.

Margarita la miró de forma sospechosa, y al fin exclamó:

—¡Ay, mamá, espero que no sea para reprenderme!

Recordaba bien cómo se había puesto su madre cuando Pérez Conte la acompañó varias veces a la casa; además, por esos días pasaba muchas horas fuera del domicilio, por lo que podría sospechar de sus encuentros con el profesor.

—No te regañaré, al contrario —dijo Rosalba muy sabiamente que, en su fuero íntimo, había tomado la decisión de no atosigar a su hija. Temía que, de hacerlo, el efecto fuera el opuesto al buscado y terminara lanzándola a los brazos de ese hombre.

Quería entregarle el relicario y la moneda; sería una sorpresa. Deseaba contarle la historia de esas joyas y aprovechar para aconsejarla en medio de mimos de madre.

—Pues me alegro, mamá —dijo Margarita, y recordando la cita concertada con Octavio, agregó—: Pero tendrá que ser después de mañana. Tengo una actividad inamovible.

—Perfecto. Te quedas en casa un día y charlamos.

Apenas habían transcurrido unos minutos y los tres, con mate de por medio, charlaban animadamente del tema obligado:

la reforma. Margarita los ponía al tanto de que el presidente Yrigoyen nombraría un nuevo interventor como respuesta a una carta enviada por la Federación Universitaria de Córdoba.

Sus padres le pedían detalles de las palabras de esa extensa carta ya que Margarita la había tenido entre sus manos, pero ella, distraída, no se los daba. Su mente se hallaba lejos de allí, más precisamente en Unquillo.

* * *

Sentada en uno de los bancos de la plaza San Martín, Margarita temblaba; no sólo porque el día estaba frío, sino que además se hallaba nerviosa. Si bien no había tenido que mentir para estar allí, sabía que ocultarle a su madre lo que ese día haría era casi lo mismo. Sobre la camisa rosa y la pollera negra llevaba su abrigo azul. La temperatura era baja pero se daba ánimo pensando que al menos la mañana se presentaba soleada, lo cual era ideal para pasear por el campo.

En cuanto vio el coche de Pérez Conte, se acercó, subió y, de inmediato, partieron. Lo mejor era ser discretos; no era bueno que los vieran juntos en esa situación, mucho menos para ella. Margarita comenzó el viaje con cierto estado de alteración; estaba casi arrepentida de haber aceptado la invitación, pero a medida que se fueron alejando de la ciudad se fue relajando. El moderno vehículo provisto de luces eléctricas y motor de arranque era muy cómodo. El sol tibio sobre los cristales de las ventanillas, la belleza del paisaje y la charla amena la ayudaron a distenderse; ella le contaba del proyecto reformista que presentarían al gobierno y él la escuchaba con atención y sin contradecirla. Pérez Conte también le daba su opinión de doctor cuando ella le consultó sobre las dolencias de su padre. Don Cardoso, en los últimos tiempos, sufría de dolor de rodilla, y Margarita andaba tras algún remedio que lo sanara o al menos le quitara la molestia.

La mano de Pérez Conte que se depositaba sobre la de ella cada vez que había oportunidad, la caricia en el rostro que le hizo cuando aminoró la marcha y el beso en la boca que le estampó cuando pararon el coche para observar tranquilos durante unos minutos el paisaje, auspiciaban que el día sería bello y romántico. Por eso, cuando al cabo de una hora llegaron a Unquillo, la majestuosa propiedad que vio desplegarse ante sus ojos era el corolario perfecto. La casona la había impactado; era bellísima. La gente de apellido ilustre como él tenía sus casas de fin de semana allí, en Unquillo, o en Villa Allende. Pero no había pensado que tuviera semejante mansión de estilo italiano con dos pisos, varios balcones, rodeada de jardines y entrada de mármol.

No bien descendieron, el matrimonio de caseros que vivía en la propiedad los recibió con saludos y solicitud. Ellos, junto a otras dos domésticas, tenían todo preparado para que pudieran almorzar allí; el hogar del comedor estaba encendido y la mesa, puesta con mantel de lino, copas y vajilla fina.

Pérez Conte la llevó de paseo por el invernadero y a ver la huerta que tenían en la propiedad.

—Qué hermoso lugar —dijo ella dando una última mirada a las acelgas y a las coles antes de ingresar al enorme cubículo de vidrio repleto de plantas.

—Me alegra que te guste, querida Cardoso, porque tengo algunos planes que después te contaré.

Octavio, como siempre, alternaba su nombre y su apellido, el tú y el usted. A ella, eso le gustaba. Era una intimidad en las formas propia de ellos dos y de nadie más. Como si ella fuera todo para él: su alumna, su novia, su conquista, su colega en la medicina.

—¡Qué flores tan bellas! —dijo Margarita observando las dalias.

—Don Pepe tiene buena mano para las plantas —dijo él refiriéndose al casero. Luego agregó—: Una vez a la semana llevamos algunos ramos a mi casa de Córdoba, que usamos para adornar. También hago llevar verduras de la huerta...

Octavio no terminó la frase, el rostro molesto de Margarita no se lo permitió. Pero ella sí quiso terminarla.

—Verduras para que coman sus niños y su esposa. Igual que las flores, para que alegren los cuartos donde se mueve doña Lucrecia de Pérez Conte.

Por primera vez ella nombraba abiertamente a esa mujer. Nunca ninguno de los dos lo había hecho. Jamás hablaban de esa parte de la vida del profesor sino que siempre se centraban en ellos dos. Pero la realidad existía y esa mujer era su esposa. Se quedaron mudos; ella, ceñuda.

—No te pongas así, Margarita...

—Es inevitable, es la realidad.

—Podemos cambiarla.

—¿Realmente podemos?

—Claro que sí, mi amor. Ya te dije que quiero algo serio contigo. Para eso vinimos aquí, para hablar —le respondió y la abrazó. Luego comenzó a besarla en la boca con ternura y urgencia.

A Margarita, la frase la hizo sentir confiada. Y fue esa tranquilidad, sumada a los celos por Lucrecia, lo que logró que los besos se desbocaran. Pérez Conte, mientras la besaba, la pegó contra su cuerpo, al punto de que ella pudo sentir lo que nunca había sentido: su sexo de hombre creciendo en su entrepierna.

Octavio puso sus manos en el trasero de Margarita, y ella se lo permitió. Él comenzó a desabrochar uno a uno los botones de la blusa rosa; respiraban agitados por el deseo cuando de afuera se escuchó la voz de don Pepe que les avisaba que la comida estaba lista.

Sonriendo, pararon lo que esa mañana parecía imparable. Se acomodaron la ropa y se calmaron. Pérez Conte le dijo que, antes de partir, le indicara a don Pepe qué flores deseaba llevarse. El hombre le prepararía los ramos que quisiera.

—Instrúyelo con confianza. Él ya sabe lo que significas para mí. Si le pides algo, lo hará igual que si fuera yo.

Lo miró sorprendida. Aunque no entendía del todo lo que

eso significaba, le gustó saber que el empleado no creía que ella fuera una muñequita que el patrón traía para pasar el momento.

En minutos ingresaban a almorzar en el comedor y él también le solicitaba que indicara sus gustos a la empleada, que le dijera qué postre prefería y cuándo quería que fuera servida la mesa.

A Margarita la ocurrencia le dio gracia, pero esa misma tarde se acercó a la cocina para planear el menú de la cena. La situación, lejos de desagradarle, le gustó. La mucama y la cocinera la trataban como si fuera la dueña de casa. Y ella, en cada indicación que daba, fantaseaba con que era la esposa de Octavio. Las empanadas se servirían primero; y la humita, directamente en los platos para que no se enfriara. El queso y dulce que comerían de postre sería cortado de la manera en que su madre Rosalba le había enseñado que debía hacerse: triángulos chiquitos uno encima del otro. A pesar de ser una pequeñez, Margarita sentía que, en cada directiva que daba, dejaba su huella en esa casa.

La jornada avanzaba agradable, encantadora, hecha de momentos únicos. Estar sentados allí, almorzando una humita humeante preparada con los choclos de la quinta mientras reían y charlaban como si fueran una pareja consolidada, para ella era mágico.

Durante la conversación fue inevitable que volviera a aparecer la cuestión de la universidad y los desmanes de los últimos días. Margarita parecía posesionarse con el tema:

—Entonces Deodoro Roca ha propuesto que presentemos...

Él la interrumpió:

—Margarita, ¿puedo hacerte una pregunta?

—Sí, la que quieras —concedió.

Desde que habían salido de Córdoba, él estaba muy encantador.

—¿Dejarías la universidad?

—¿Cómo dejarla?

—Me refiero a cambiar el plan que tienes de ser médica por otro.

—Por ejemplo, ¿cuál?

—Por el de ser mi mujer.

Lo miró a los ojos en profundidad y al fin exclamó:

—Ay, no deberías preguntarme eso, a menos que realmente me estés haciendo una propuesta. Es algo demasiado difícil para responderlo con liviandad.

—Olvídate de lo que dije. No quiero que nada te preocupe. Después de almorzar te diré todo lo que esperas oír. Ahora disfruta la comida, tenemos tiempo.

Una hora después Octavio le mostraba los cuartos que tenía la casa, incluida la gran cocina con horno a leña donde la cocinera horneaba una tarta de manzana para ellos; también la biblioteca donde la salamandra prendida y la privacidad los llevó a besarse de nuevo y a que de nuevo se desatara la pasión que, una vez solos, se había vuelto incontenible.

En esta ocasión, las manos de él lograron desprender todos los botones de la blusa rosa y su boca experta besó el escote tan abajo que casi llegó a los pezones. Ella gimió con sonidos que salían por primera vez de su boca. Margarita se deshacía en los brazos de ese hombre, al que cada vez sentía más cerca. En medio de las caricias, surgió un atisbo de sensatez.

—No me gusta hacer esto acá. Puede venir alguna de las empleadas...

Él, sin dejar de abrazarla, le dijo:

—Entonces, vamos al cuarto, ¿quieres...?

—Vamos —dijo entregada. Ella había bajado completamente la guardia.

Una vez que ingresaron a la espaciosa habitación decorada en colores pastel, él cerró la puerta con llave y comenzaron a besarse. En pocos minutos Octavio la tomó en brazos y la tendió sobre la cama. Se miraron profundamente y en sus ojos él descubrió el permiso que buscaba. Sus manos de hombre fueron bajo la falda y, quitándole la ropa interior, tocó su cuerpo de mujer de una manera en que ella creyó enloquecer; se besaban y acariciaban apasionadamente. Se hallaban a medio vestir y él estaba a punto de penetrarla, cuando Margarita dijo:

—Octavio, necesito saber qué es lo que estás pensando para nosotros dos. Lo que estamos por hacer es trascendental como para que tengamos esta charla luego.

Él se detuvo en seco y suspiró largo. Pensó durante unos segundos y luego expuso:

—Mira las frazadas...

—¿Qué tienen?

—¿Te agradan? ¿O te gustaría que pongamos las de color azul que están en el armario?

—No te entiendo. ¿De qué me estás hablando?

—¿Te gusta dónde está ese cuadro? ¿O preferirías que en esa punta pusiéramos una gran cómoda con sillón y espejo para que te puedas peinar mirándote? ¿O tal vez deseas que cambiemos todos los muebles y decorar a tu gusto cada ambiente?

—Sigo sin entender.

—De esto es de lo que deseaba hablarte. Pretendo que seas la señora de esta casa. Deseo que vivas acá. Yo no te haría faltar nada. Un día a la semana y todos los sábados y domingos estaría aquí contigo. Así sería nuestra vida hasta que nos hagamos viejitos.

—No sé si alcanzo a entender lo que dices.

—Que quiero que seas mi mujer. Que basta de andar tomando té en bares de mala muerte y de besos robados bajo las arboledas del río. Que empecemos una vida nueva en donde tú seas mía de verdad... Y yo, tuyo.

—¿Sería tu señora?

—Claro. Tendrías todo lo que necesites y quieras, incluido yo mismo. Te daría todos los gustos. Una vez al año iríamos a Europa como hacen los esposos acomodados.

—Pero ¿y tu esposa?

—Ella no tiene nada que ver. A ella no la amo. Lucrecia seguiría siendo mi cónyuge ante la sociedad, pero nada más. Mi verdadera mujer serías tú.

—Es una locura... ¿Y no temes lo que diría la Corda Frates? —preguntó, conociendo lo estricto de la logia.

—Ellos no tendrían por qué enterarse. Pero, aun cuando lo hicieran, no podrían censurarme si mantengo la fachada de mi casa y mi familia en Córdoba.

Esas últimas palabras completaron el cuadro para Margarita.

—Creo que comprendo tu propuesta —afirmó con la mirada perdida.

—Tú serías la señora de esta casa. Y yo te adoraría... por siempre.

—¿Por siempre? ¿Has pensado qué pasaría si tuviéramos hijos?

La imagen de Filomena Roldán vino nítida a la mente de Margarita. Era un caso muy parecido a lo que le proponía Octavio. La mujer vivía fuera de la ciudad en una hermosa casa llena de sirvientes y jardineros, con un marido que la visitaba por temporadas pero que no era tal, ya que el hombre tenía esposa e hijos viviendo en Córdoba. La muchacha, a pesar de tener un niñito y gozar de todos los lujos, para la gran mayoría de las personas era una manceba. Horrible palabra, pero era la que la ley asignaba a ese caso.

—Si quieres, podríamos tener uno y criarlo aquí. Le daría lo mismo que les doy a los que ya tengo. Para mí, serías mi auténtica esposa.

—No sé... no es lo que soñé —contestó ella, que sabía muy bien que los hijos extramatrimoniales no tenían los mismos derechos que los nacidos bajo el amparo de la ley y el sacramento. Aun cuando podían obtener privilegios, debían luchar con tesón para lograrlos. Todo les costaría el doble.

—Tampoco lo que soñé yo. Pero nos queremos. Yo te amo con toda mi alma. Aunque no puedo desarmar la vida que ya construí, sí puedo edificar una nueva contigo.

—¿Y mis estudios en la universidad? —Para ella era un tema realmente importante.

—Habría que ver. Tal vez deberías suspenderlos por unos

años. Unquillo queda lejos de la ciudad, y también para evitar comentarios, sobre todo al principio. Luego podrías retomarlos...

Él intentó besarla y ella se dejó, pero la pasión había desaparecido. Margarita acababa de recibir una bofetada de realidad en el rostro. En medio de los besos, sintió que los ojos se le llenaban de lágrimas que rodaban por sus mejillas; él se las secó, la acarició, la consoló. Repitió mil veces «Te amo».

—Piénsalo —le pidió—. Mira qué hermosa jornada hemos tenido hoy; así serían nuestros días juntos. No sabes lo que es el verano aquí, un paraíso, verde por donde se lo mire. —Luego, agregó—: Haríamos caminatas por esos senderitos que has visto, nos bañaríamos en el arroyo. Cuidaríamos de nuestra huerta. Tendrías un séquito de empleadas, las que hay y otras más, si quisieras.

La imaginación a Margarita la hacía soñar.

—Está bien, lo pensaré.

—Podríamos empezar viniendo un día a la semana para que vayas acostumbrándote hasta que te decidas y termines instalándote. Yo hablaría con tus padres...

—Octavio, por favor, vamos despacio... —pidió Margarita y comenzó a prenderse la blusa. Quería preguntarle más detalles pero la hora había pasado y debían regresar. Necesitaba pensar en lo que había sucedido ese día, era muy importante, tanto como la proposición que acababa de hacerle.

El viaje de regreso fue silencioso pero también íntimo. Se prodigaron toda clase de ternezas y palabras cariñosas, pero a pesar de ello no pudieron quitarse el aire de tristeza que los había envuelto.

Cuando llegaron a la ciudad, se despidieron. Ella se bajó del auto y Pérez Conte le dijo:

—Te espero el jueves en el bar de siempre a las dos de la tarde. —Lo expresó con naturalidad sin percatarse de que la normalidad entre ellos se había perdido para siempre. Igual que había sucedido en la universidad porque, mientras ellos estaban en Unquillo, el rector Antonio Nores y varios profesores habían renunciado debido a la ingobernable situación desatada. Los alumnos seguían de huelga.

* * *

Cuando Margarita llegó a su casa, dijo tener un fuerte dolor de estómago para evadir la cena. No quería comer. Se sentía triste y pasó directamente a su cuarto. Acostada sobre la cama, de piernas cruzadas y mirando el techo, su mente no paraba de pensar. ¿Amaba tanto a Octavio como para aceptar la vida que le proponía? ¿Era realmente mala esa vida? Muchas mujeres querrían ser la señora de esa casa, vivir en ese vergel y tener a un hombre tan enamorado como lo estaba Octavio. La sociedad los censuraría, los señalaría sin tapujos. Pero ¿acaso importaba? Al fin y al cabo, lo más criticado era ser una mujer de vida ligera como las del barrio Clínicas. No sería su caso, pero no podía olvidarse de que sus padres sufrirían; aunque probablemente terminarían acostumbrándose. ¿Y sus estudios? Primordiales, sin dudas. Sería difícil tomar una decisión. Además, se daba cuenta de que la atracción que sentía por Octavio era tan grande que había estado a punto de tener intimidad con él; no podía volver a esa casa de Unquillo y pensar que saldría indemne. No le darían las fuerzas. Menos ahora que estaba segura de que él la amaba. ¿Qué haría? No lo sabía. Extenuada por la jornada, no podía seguir pensando. Cerró los ojos y se quedó dormida con la ropa puesta.

* * *

El sol entraba por la ventana cuando esa mañana Margarita abrió los ojos y recordó lo sucedido el día anterior y también la promesa que le había hecho a su madre sobre conversar.

Exhaló un suspiro largo. Lo que menos quería era hablar. Las experiencias vividas en Unquillo aún la tenían alterada y con la mente ocupada.

Rosalba apareció con una bandeja con café con leche, tostadas, mermelada y manteca. Margarita no tuvo cara para negarse a su charla.

Desayunó en la cama hablando nimiedades con su madre hasta que una vez que terminó su café, Rosalba se retiró y regresó con una bolsita de terciopelo rojo en las manos; ella misma la había cosido para guardar allí las joyas que le daría a Margarita.

—Esta no es una charla cualquiera, hija. Es más bien una ceremonia —dijo Rosalba sentándose en la punta del lecho.

Margarita la miró sin entender.

—Toma, ábrelo.

Ella lo abrió y exclamó:

—¡El relicario de la bisabuela Josefa!

Ella había llegado a conocerla. Esa mujer era hija de un hombre de color, nacido esclavo pero libertado. La mezcla que su madre tenía, de cabellos rubios y piel tostada, seguramente se la debía a él.

—Así es, perteneció a la madre de mi papá —dijo mientras lo colgaba del cuello de su hija.

—¿Es para mí?

—Sí, quiero que lo tengas tú. Era de nuestros antepasados y adentro tiene una moneda de oro con la efigie de la reina española. Pero puedes sacarla y poner una foto querida.

La muchacha lo abrió y miró la moneda con interés.

—Me gusta cómo queda aquí. ¡Qué antigua es!

—Dicen que se la dio una reina a una mujer de nuestra familia. Una de las primeras que vino a América.

—Es una historia muy interesante. Me la has contado. Pero ¿será verdad?

—Claro que sí. Por algo la vienen repitiendo generación tras generación. ¿Y sabes algo? Esa moneda es símbolo de lo que ha caracterizado a nuestra familia: la lucha. Imagina lo que habrá sido venir a estas tierras en aquella época. Pasar hambre, pestes, cambios de gobierno.

—Toda una odisea.

—En cierta manera, tú también eres como esa mujer. Una de las primeras en hacer algo, como es estudiar Medicina en la universidad.

—Mamá, sólo intento ser médica, no hago nada extraordinario.

—Tal vez ahora no te des cuenta pero sí que lo es. Pasarán los años y podrás verlo con claridad.

—Realmente espero conseguir mi título. A veces, sólo veo impedimentos.

—Hija, nunca olvides tu estirpe. Todos los que estuvieron antes que ti se sacrificaron mucho. Sacrifícate tú también por tus sueños. No dejes que nadie te haga creer que no puedes alcanzarlos. Que nada te distraiga. Porque hoy es ese título pero mañana vendrán también nuevos sueños.

Margarita la miró interrogante. ¿Acaso su madre sabía lo que ella había vivido el día anterior? Porque venir justamente esa mañana a darle el relicario y la moneda y decirle todas esas cosas…

—¿Tú crees que llegaré a ser médica?

—Claro que sí, mi chiquita, claro que sí.

Margarita sonrió. Al menos su madre lo creía posible, ya que ni ella misma estaba segura de que llegaría a alcanzar el título. Porque ¿cómo contarle a su mamá que sus sueños tambaleaban ante la clase de amor que estaba viviendo con Pérez Conte, ante la clase de besos que había tenido el día anterior en la casona de Unquillo? ¿Cómo contarle que su interior se hallaba conmocionado? Pero no era necesario, su madre parecía entender sin necesidad de contar los detalles. Se abrazaron. El relicario y la moneda habían sido un regalo importante, tanto como la charla.

* * *

Esa semana, Margarita faltó a la cita; no se presentó en el bar, como había acordado con Octavio. Fue imposible. El Primer Congreso Nacional de Estudiantes se hallaba sesionando en Córdoba y la revuelta universitaria se había extendido a las calles con movilización de cientos de jóvenes. La ciudad era un caos; los diarios no hablaban de otra cosa.

Margarita volvía a soñar con reformar la universidad. Las palabras de su madre habían actuado como un freno cuando la asediaban las ganas de ir en busca de Pérez Conte, a quien no había logrado volver a ver de casualidad. Pero, inmersa como estaba en las actividades reformistas, el dolor por su ausencia no era tan grande.

* * *

La mañana de ese lunes se presentaba tumultuosa desde temprano. En el patio de la Casa de Trejo los estudiantes habían derribado la estatua del profesor García, uno de los de corte clerical, y junto al bronce caído habían puesto un cartel EN CÓRDOBA SOBRAN ÍDOLOS Y FALTAN PEDESTALES. La policía había llegado buscando culpables y, mientras se dedicaba a investigar, los alumnos se lanzaron a las calles nuevamente con cánticos. Deodoro Roca había respondido a las indagaciones diciendo «La estatua se cayó sola». El presidente Yrigoyen había nombrado al doctor Salinas como nuevo interventor, pero, como los días pasaban y él no llegaba a Córdoba, las autoridades decidieron clausurar la universidad; así, no entrarían los alumnos a las aulas para planear nuevas huelgas.

Margarita, Patricio, Antonia y otros compañeros se habían enterado de la noticia al llegar al Rectorado. Allí, algunos jóvenes se dedicaban a organizar el mitin donde se ratificaría el apoyo a la decisión del presidente Yrigoyen de intervenir la universidad. Margarita bajaba las escaleras cuando sintió que la tomaban del brazo.

—¡Cardoso! ¿Dónde has estado? —interrogó con desesperación Pérez Conte.

—¡Octavio!

Fue imposible no abrazarse. Ambos se estrecharon con fuerza.

Él parecía dispuesto a todo y a ella, inmersa en el desconcierto, ya no le importaba mucho el qué dirán. Para ambos eran tiempos revueltos en lo académico y en lo personal. Las prioridades en sus vidas cambiaban día a día.

—Ven, vamos al bar. Necesitamos hablar —dijo él haciéndole una seña.

Margarita lo siguió. Caminaron en silencio. Ella, de vestido beige y coleta rubia, con moño de igual color. Él, con un elegante traje azul a rayas. Cada uno metido en su propio mundo meditaba los pasos a seguir, que serían decisivos.

Margarita observaba el andar de Octavio y se percataba de cuánta falta le había hecho ese hombre del que no sólo estaba enamorada sino al que quería profundamente. Por el camino, Pérez Conte sólo habló para contarle que había venido a la universidad únicamente a buscarla. Se lo notaba descorazonado.

En media hora, ambos sentados en una de las mesitas del bar de siempre, hablaban y decidían su futuro.

—¿Por qué no viniste a nuestra cita del jueves? Te esperé —le recriminó él.

—Fue imposible, la ciudad estaba alborotada.

—Lo sé, es verdad. Pero no podemos seguir así, sin saber dónde está el otro. Siento que me muero.

—Yo también. Sólo me distrae lo que sucede en la universidad. Pero si eso no estuviera…

—Tenemos que hacer algo.

—¿Y qué propones?

—Lo primero que te digo es que mañana presentaré mi renuncia en la facultad.

—¡No puede ser!

—Así es. Muchos de mis colegas de ideas similares lo han

hecho. Ya veremos por cuánto tiempo no daré clases. Tal vez sea por este año y luego nos manden a llamar otra vez.

—¿Y qué harás ahora?

—De eso quería hablar contigo. Vayamos de nuevo a la casa de Unquillo. Tomémonos allí una semana o dos.

—¿Y tu esposa?

—A Lucrecia le diré que estoy de viaje.

—Y después, ¿qué?

—Después empezamos la vida que venimos planeando. Yo iría los viernes, al caer la tarde, y me quedaría hasta el domingo al mediodía. También me instalaría los miércoles por la noche. Y los jueves regresaría a Córdoba para trabajar.

—Ay, Octavio...

—Jamás te fallaría, te lo juro. Nunca te dejaría esperando, seríamos como esposos.

—También tengo que pensar en mis estudios...

—Pero si esa maldita universidad está alterada, acéfala, desquiciada. Quién sabe si alguna vez lograrás tu título o trabajar de doctora. Deja eso y ven a vivir conmigo. No te arrepentirás. Más adelante volveremos a considerar tu reincorporación a Medicina.

—No sé, necesito pensarlo.

—Te amo. Y daría la vida por ti —aseveró seguro.

—Yo también te amo.

Se miraron y, tomándose de las manos, se besaron ante la mirada atónita del dueño del bar.

—Margarita, mañana pasaré a buscarte a las dos de la tarde por la plaza San Martín. De allí, nos iremos a Unquillo. Necesitamos estar juntos otra vez en tranquilidad.

—Tienes razón —dijo ella recordando cuán hermoso había sido ese día, y pensando que podía ir a Unquillo y luego decidir si quería o no aceptar la propuesta. Sabía que se engañaba: si iba al campo, no habría vuelta atrás. Pero ¿qué hacer? Estaba enamorada y quería estar con Octavio.

Se despidieron y se marcharon. Ella, primero; él pagó y enseguida se fue. Ya no tomaba recaudos, no le importaba el qué dirán.

Margarita no tuvo paz en ningún momento del resto de la tarde. A pesar de que se reunió con los demás estudiantes, no logró concentrarse en nada que no fuera la charla que había tenido con Octavio.

Ya en su casa, durante la cena se dedicó a juguetear con la comida hurgándola con el tenedor y casi no la probó. Rosalba la miraba preocupada.

—¿Estás enferma? ¿Te sientes mal?

—No, mamita, ya sabe, me preocupa la universidad —respondió ella.

—¡Dios mío! ¡Cuándo acabará esta insurrección! —exclamó su padre ante el comentario.

Ambas, al oírlo, se callaron y cambiaron de tema.

Pero Rosalba, que conocía bien a su hija, esa noche, arrodillada al borde de la cama, intensificó sus oraciones.

Estaba persuadida de que Margarita se hallaba cerca de tomar importantes decisiones. Su hija se hacía mayor y como madre sólo le quedaba pedir por ella. Evidentemente su niña no la haría partícipe de los detalles de lo que estaba viviendo. Así que aunque se muriera por expresarle su opinión y quisiera oponerse, no podría. Había una sola realidad: Margarita haría lo que ella quisiera con su destino. Ojalá que no se equivocara.

* * *

Esa mañana Margarita se despertó, se vistió y desayunó, pero antes de salir a la calle su madre le avisó que había llegado Antonia a la casa. Si su amiga la visitaba, algo muy grave tenía que haber sucedido en la universidad.

Ella ingresó a la sala y vio a Antonia sentada en el sofá con los ojos llorosos.

—¿Qué ha pasado?

—No te imaginas... los alumnos han tomado el edificio de la universidad.

—¿Cómo que lo han tomado?

—¡Se han encerrado en la Casa de Trejo y han dicho que no saldrán hasta que logren la reforma! Son muchos.

—¿Cuántos?

—¡Más de ochenta! Afuera, en la puerta, han dejado a los hermanos Bigosch encargados de las comunicaciones telegráficas y de las negociaciones con las autoridades provinciales y nacionales.

—¡Dios mío! ¿Y la policía? —preguntó Margarita, que ya se había acostumbrado a que a cada acción de los estudiantes le correspondía una reacción policial.

—El edificio está sitiado por los agentes. ¡Pero no sabes lo más importante...!

—¿Hay más? —preguntó sorprendida. ¿Qué otra cosa podía ser tan decisiva?

—Los alumnos, desde temprano, están tomando examen y han reabierto la biblioteca.

—¡No te puedo creer!

—¡Sí! La universidad sigue adelante gobernada sólo por estudiantes. ¡Y han degradado al prosecretario al cargo de ordenanza!

—¡Qué valor han tenido!

—Sí, por eso vine a buscarte, Margarita, para que vayamos a apoyarlos.

—Vamos —dijo Margarita sin dudar.

Ambas, poniéndose de pie de un salto, se colocaron los abrigos y salieron decididas. Ni siquiera se acordaron de saludar a Rosalba antes de irse. La madre, por la ventana, las vio alejarse y rogó por ellas.

* * *

Cuando las dos chicas llegaron a la Casa de Trejo, se sumaron al tumulto que había en la puerta; cientos de personas —entre alumnos, profesores de ambos bandos, gente común, curiosos y periodistas— se habían dado cita allí. Por primera vez en la historia de América Latina y del mundo, un movimiento estudiantil tomaba en sus manos, mediante acción directa —huelga y ocupación—, el gobierno de una universidad. Y en este caso, nada menos que el de la más antigua y tradicional del país. La fundada por los jesuitas en Córdoba.

Mientras los estudiantes entonaban canciones, la policía controlaba que no hubiera más desmanes y mantenía rodeado el edificio presionando a los alumnos que estaban dentro para que lo abandonaran. Margarita vio de lejos a Pérez Conte junto a otros profesores de corte clerical; apoyaban el accionar policial. Ella tomó la iniciativa, se acercó y, juntos, se alejaron un poco del grupo.

—¿Has visto lo que pasó? —interrogó Margarita.

—Sí, tremendo. Pero ¿qué haces tú aquí? La situación es peligrosa —sentenció Octavio.

—Necesitaba apoyar a los estudiantes que están dentro.

Pérez Conte movió la cabeza negativamente. No valía la pena discutir, él sólo quería que la joven se definiera por su propuesta. Aprovechó para contarle:

—Acabo de presentar mi renuncia.

—¡Ay, Octavio, qué pena me da!

—Mira, Margarita, no hay mal que por bien no venga. Pensemos en el futuro, juntos en Unquillo. Será mejor que por un tiempo nos olvidemos de la universidad y sus barbaries, como las que están sucediendo hoy.

Ella imaginó la casona de Unquillo en medio del verde y le pareció que nada contrastaba más que ese lugar bello y tranquilo con la batahola que en ese momento imperaba a su alrededor. La policía, con gritos, advertía a los estudiantes que traería al ejército si no abandonaban de inmediato el edificio donde estaban encerrados.

Ambos oyeron las amenazas, y él le dijo:

—Te espero a las dos de la tarde en el bar. Y de allí nos vamos a Unquillo.

Margarita asintió con la cabeza.

Él se le acercó y le dijo en voz baja:

—Cardoso, escúchame con atención, lo que voy a decirte es importante. Hoy, cuando vayamos al campo, probablemente se nos haga tarde para regresar. Así que, si quieres, nos quedamos a dormir allá. Es más... si quieres, nos quedamos para siempre —dijo jugándose el todo por el todo. Luego agregó—: No necesitas volver más a tu casa. Yo te compraré todo nuevo, la ropa, la perfumería, lo que necesites.

¡Ay, qué cosas decía Octavio! No era tan simple.

—¿Y mi familia?

—Yo regresaría mañana para hablar con tus padres. No sería necesario que tú lo hagas. Yo me encargaría de explicarles. No tengas miedo, que ellos terminarán entendiendo que nos queremos.

—¿Tú dices que nos marchemos y que desde hoy nos instalemos en Unquillo para siempre?

—Sí, eso te propongo. Pero si te arrepientes, mañana regresaremos.

Nerviosa, Margarita miró a lo lejos y notó que Antonia la buscaba con los ojos. Entonces, le dijo:

—Me voy, Octavio. Nos vemos a las dos en el bar.

Se saludaron con rapidez y Margarita, retirándose de su lado, fue en busca de su amiga.

Cuando la encontró, Antonia le expuso:

—Me marcho con Roberto y otro compañero para buscar la bandera grande que está en la casa de Mateo.

—¿La bandera? —preguntó Margarita como si le hablaran en otro idioma. Aún estaba conmocionada y las palabras parecían no penetrar en su cerebro.

—La bandera de tela que confeccionamos, la que dice: UNIVERSIDAD CIENTÍFICA Y NO CLERICAL.

—Ah... —dijo Margarita que al fin comprendía.

—Volveremos en una hora —anticipó Antonia.

—Está bien, te veo aquí.

A Margarita, el bullicio que la rodeaba, sumado a la conversación que acababa de mantener con Pérez Conte, la confundía. Buscó a Patricio y no lo encontró. Precisaba unos minutos de calma, decidió caminar hasta la plaza San Martín y sentarse un rato en soledad. Luego regresaría al Rectorado o se iría al bar para encontrarse con Octavio, según la hora que se le hiciera.

Las cuatro cuadras que tenía hasta la plaza las caminó despacio, inspirando con fuerza el aire fresco. Necesitaba meditar, comenzaba a darse cuenta de que su futuro se definía ese día. Cuando llegó, se sentó en uno de los bancos más apartados. Desde allí, podía ver la hora en el gran reloj que habían colocado en la panadería. Tenía un poco más de una hora para pensar.

Sus dos posibilidades estaban claras: quedarse y sostener la lucha junto a sus compañeros en este día histórico, para luego continuar sus estudios hasta lograr el título de médica; o convertirse en la mujer del hombre que amaba. La decisión era al todo o nada, porque si se iba a Unquillo junto a Pérez Conte ya no regresaría. Él la haría su mujer en la intimidad de la casona y ella, por vergüenza, no volvería ante sus padres. No regresaría porque amaba demasiado a este hombre, o por cobarde, o lo que fuera, pero no retornaría. Ante ella se abrían dos caminos nítidos y opuestos. Tendría que elegir uno.

Pensaba, pero los minutos pasaban y ella no sabía por qué optar. Miró el reloj. Faltaba muy poco para las dos de la tarde. A esta hora, seguramente, las tropas militares habrían irrumpido en la universidad y Octavio estaría esperándola en el bar. ¿A qué lugar dirigirse? ¿En dónde buscaría su destino? Se puso de pie. Si tomaba hacia la izquierda, iría a la universidad. Si iba hacia la derecha, terminaría en el bar. ¿A dónde quería encaminarse? Sus pies no se movían, parecían de plomo.

Quería ser médica y sus compañeros merecían su apoyo, pero amaba a ese hombre con locura.

—¡Ay, Dios mío! —dijo en voz alta, y, perturbada, se puso la mano en el pecho. Cuando lo hizo, sin querer, tocó el relicario que unos días atrás su madre le había colgado al cuello. Se acordó del mensaje que Rosalba le había dado y buscó ayuda entre sus palabras, pero estas no le alcanzaron para tomar una decisión. No podía elegir, no tenía seguridad; realmente estaba petrificada. Miró hacia abajo y lo primero que vio fueron sus zapatos negros de charol; luego subió y observó la hebilla plateada de su cinturón; y, por último, se detuvo en los firuletes del relicario. Lo abrió sin pensar y la moneda de oro la sorprendió. Entonces, la tomó con las manos y, considerándola una señal, decidió usarla; porque si no podía resolver la encrucijada, entonces esa moneda elegiría por ella. La elección sería a cara o cruz.

Se encomendó a Dios y la lanzó hacia arriba por el aire. Si caía cruz, se iba al bar; si salía cara, a la facultad.

La moneda dio un brinco en el viento y de inmediato cayó a sus pies. Margarita se agachó y la miró con ansiedad.

Cara.

El rostro de la reina, muy seria y compungida, le mostraba que debía dirigirse hacia la facultad.

Pensó que por algo se la había dado su madre, por alguna razón alguien la había traído desde la otra punta del mundo. Comenzó a caminar. Sus pies la llevaban hacia la izquierda con pasos inseguros, pero, a medida que avanzaba, se volvían más firmes. Porque marchaba y se sentía tranquila. La moneda había decidido por ella. Un paso, dos, tres, diez. Cada uno la alejaba más y más de Octavio Pérez Conte, ese hombre que amaba. Aunque, quizás, el sentimiento no fuera tan profundo como había supuesto. ¿O cómo se justificaba que lo echara a la suerte de una moneda? Se infundió ánimo para continuar el trayecto. Si cavilaba más, corría el riesgo de arrepentirse.

Caminó y caminó; y en los pasos que hizo hasta la universidad imaginó toda una vida, soñó un destino, planeó una existencia completa.

No sería fácil sostener su decisión, pero ahora debería pelear para que saliera bien. Quería ser médica, una de las primeras del país.

Y así como alguna vez esa mujercita española –que, según su mamá, formaba parte de sus antepasados– había llegado a América buscando asir sus sueños, transformándose en una de las primeras en pisar el Nuevo Mundo, de igual forma ella debía aferrarse a los propios. Pertenecía a esa estirpe de tenaces mujeres; no le cabía menos que actuar haciéndole honor.

Ella avanzaba y, a pocas cuadras de la plaza, la milicia usaba su fuerza para romper los portones de la Casa de Trejo. Las tropas de asalto ingresaron a punta de bayoneta y arrestaron a los ochenta y tres jóvenes ocupantes. Pero lo que parecía un nuevo fracaso estudiantil esta vez no lo fue. El alzamiento, al fin, lograría su propósito: el nuevo interventor enviado por el muy preocupado presidente Yrigoyen llegaría ese mismo día para realizar de una buena vez las reformas peticionadas por el alumnado.

La universidad argentina, a partir de ese momento, hacía un giro de ciento ochenta grados que comenzaba en Córdoba y contagiaría a las casas de estudio, del país y de toda América Latina, que la miraba con atención. Esos ideales –aunque los jóvenes aún no lo sabían– impregnarían las universidades de Perú, Cuba, Chile, México, Uruguay, Paraguay, El Salvador, Guatemala, Honduras.

La vida de Margarita Cardoso ese día también daba un gran vuelco. No volvería a verse a solas con Pérez Conte nunca más. Además, él ya no pertenecía al plantel docente de la Casa de Trejo, al igual que los colegas que habían renunciado por sus ideas clericales. Desde aquel día, sus puestos habían sido ocupados por profesores afines a la causa reformista.

Aquietada la revuelta, la joven Cardoso, estudiante de Medicina, se centró en su carrera hacia el título sin descuidar el compromiso asumido junto a sus compañeros, con quienes desarrolló múltiples acciones de neto corte reformista. Atrás quedaba el romance estudiantil de la alumna y el profesor. Atrás quedaba todo un estilo de vida. La modernidad se abría paso.

Deodoro Roca, el autor intelectual de la reforma, se hacía eco de esta nueva realidad al escribir en su famoso manifiesto: «Hombres de una República libre, acabamos de romper la última cadena que, en pleno siglo XX, nos ataba a la antigua dominación monárquica y monástica. Hemos resuelto llamar a todas las cosas por el nombre que tienen. Córdoba se redime. Desde hoy contamos para el país una vergüenza menos y una libertad más. Los dolores que quedan son las libertades que faltan. Creemos no equivocarnos, las resonancias del corazón nos lo advierten: estamos pisando sobre una revolución, estamos viviendo una hora americana».

Bell Ville, año 1927

El niño de cuatro años se tomó fuerte del marco de la puerta del consultorio mientras gritaba como un loco. A su madre le fue imposible despegarlo de allí. Si lo intentaba, el pequeño pegaba fuertes puntapiés y vociferaba sin consuelo. No era para menos: la criatura que vivía en medio del campo había bajado al pueblo por primera vez, igual que por primera vez pisaba un hospital. Pensar que se dejaría desnudar y revisar por la doctora Cardoso era creer en los milagros. El estetoscopio y otros instrumentos depositados sobre el escritorio del consultorio lo aterrorizaban. Pero claro, el crío no contaba con las artimañas de la médica, que luego de varios años de atender niños en ese hospital del interior de la provincia de Córdoba ya tenía sus tácticas para calmarlos. Margarita se acercó y del bolsillo de su guardapolvo sacó algunos dulces y se los convidó. Las manitos se aflojaron y se soltaron de la puerta. El truco no fallaba; estaba habituada a atender niños que sólo veían árboles, montañas y ríos, pequeños pacientes para los que la visita al hospital era su primer contacto con la civilización. Tres años atrás, Margarita había aceptado el puesto de pediatra en Bell Ville. Desde entonces, la felicidad la colmaba porque hacía lo que le gustaba. Si bien debió relegar comodidades y cierto estilo de vida citadino, le pareció que pagaba un bajo precio por ejercer la profesión que amaba.

—A ver, a ver —dijo la doctora Cardoso comenzando a revisarlo con suavidad tal como si estuviera por hacerle un cariño.

—Está todo brotado de color rojo —dijo la madre.

—Ay, ay, me parece que es sarampión.

La doctora lo acostó sobre la camilla e intentó revisar su garganta con una espátula de madera, pero el niño, sospechando la maniobra, lanzó sus chillidos de nuevo. El estruendo impidió que Margarita instruyera a la madre sobre los cuidados que debía seguir. Era imposible pronunciar palabra.

Un hombre alto y rubio apareció en la puerta y su figura los sorprendió a los tres; sobre todo al chiquillo, que de inmediato paró de gritar.

—Doctora, ¿necesita ayuda? —intervino el hombre mientras daba dos pasos hacia el paciente y agregaba—: ¿Se porta mal? Lo examino yo.

—¿Quieres que te revise el doctor? —preguntó la médica al pequeño.

El niño, que había entendido perfectamente, negó con la cabeza, y Margarita señaló:

—Gracias, doctor Di Giovanni. Creo que la situación está controlada.

—Ya sabe: cualquier cosa me llama —dijo él retirándose.

—Gracias —dijo Margarita y le sonrió.

El doctor Patricio di Giovanni, en estos casos, era de gran ayuda. Había sido un verdadero acierto entusiasmarlo con asentarse en el pueblito donde ella vivía para tomar el cargo de cirujano en el hospital donde trabajaba. Todo había comenzado unos meses atrás, cuando Margarita visitó a sus padres, en Córdoba y, de paso por la universidad para tramitar unos papeles, se encontró con su amigo Patricio. Relatándose mutuamente sus noveles experiencias como médicos, ella le contó que ejercía como pediatra en un hospital del interior donde, casualmente, había un cargo vacante de la especialidad que

Patricio practicaba. De inmediato, planeó instalarse y en pocas semanas se mudó.

La llegada de su colega fue una gran experiencia, tanto porque él se había vuelto un fiel compañero en las buenas y en las malas como porque su buen humor siempre lograba sacarla de las preocupaciones. Margarita pensó en Patricio y una sonrisa se le dibujó en el rostro mientras terminaba de atender a su paciente. Qué pena que el doctor Di Giovanni sólo la viera como una amiga. Le gustaba, y eso que hacía años que no se interesaba por un hombre. Con un movimiento coqueto se acomodó el cabello. Tal vez Patricio esa mañana entrara nuevamente al consultorio. Tal vez él repitiera la invitación para comer juntos. O...

Tomándose del relicario, donde estaba guardada la moneda que una vez había decidido su futuro, agradeció. Estaba lista para disfrutar lo que le tocara vivir. Creía que la mejor etapa de su vida estaba por comenzar.

FERNANDA Y LAS MONEDAS

Rosario, enero de 2018

Fernanda

Fernanda, sentada en el living de la casa de Dina, su hermana menor, colgó el teléfono y se recogió el pelo rubio en un rodete improvisado. A sus cincuenta años se le había pegado esa manía. Era un tic nuevo, menor, pero cuando estaba muy contenta o muy preocupada, sus manos le pedían hacer algo y las entretenía con ese movimiento mecánico. Por suerte y después de las tristezas de los últimos tiempos, atravesaba una etapa buena y feliz. El almuerzo que planeaba para el sábado en su casa de Buenos Aires venía muy bien. Había invitado a su hermano Alberto, que iría junto con la esposa y uno de sus hijos; también a su suegra y al matrimonio amigo de toda la vida, los padrinos de Agustina. Todos habían confirmado; salvo Lourdes Viglia, que acababa de darle una tonta excusa.

Prepararía empanadas criollas con masa casera, la comida preferida de Agus, su hija recién recibida de abogada. Ese título era el gran acontecimiento que quería festejar. Por suerte, tenía tiempo suficiente para cocinar. Regresaría a su casa el sábado bien temprano, después de pasar unos días con Dina. Desde que enviudó, sobrellevar la vida con entereza le había costado el doble; y a su hija, en cierta manera, también. La tristeza había atrapado la casa y este diploma aportaba una cuota de alegría.

Además, Agustina sería la primera abogada de la familia, razón por la que estaba doblemente orgullosa.

Repasó los horarios del pasaje, calculó cuánto le insumirían los desplazamientos entre la terminal y su casa y se dio cuenta de que se había olvidado de un detalle.

—Ay...

—¿Qué pasa? —preguntó Dina.

—Espero que me den los tiempos para buscar la cadenita que le regalaré a Agus el día del almuerzo.

—¿Al final la encargaste?

—Sí, antes de viajar la llevé a una joyería cerca de casa y pedí que engarzaran la moneda de mamá y le pusieran una linda cadena.

—Che, ¿vos estás segura de que esa moneda es de oro? —preguntó Dina. De vez en cuando aparecía algún resabio de los celos suscitados cuando su madre se la entregó a Fernanda, simplemente por ser la hija mayor.

—Me lo confirmó el joyero. Al final, mamá tenía razón. A quien quisiera escucharla le decía que era de oro y que la reina se la había dado a uno de sus antepasados, ¿te acordás? —respondió Fernanda.

—¡Sí! ¡Aunque pasó hace tanto tiempo, que quién sabe! Pero que viene de generación en generación es cierto —reconoció Dina.

—Mamá siempre contaba que hubo más monedas, que con las otras compraron un esclavo que criaron como hijo.

—Hum... ¿Y entonces? ¿De dónde salió este pelo rubio que tenemos? —picó Dina, tocándose un mechón.

—Nuestro hermano tiene la piel bastante morena. Y Agustina también —concluyó Fernanda.

—Como sea —Dina esbozó una sonrisa—, esta es una buena oportunidad para regalarle la moneda a tu hija. Al fin y al cabo, vos tenés una sola.

Era verdad. Su hermana había dado a luz a cuatro hijos, mientras que ella sólo a Agustina, que había llegado después de muchos tratamientos. Y eso que nunca —ni antes ni después de ese embarazo– se cuidó. La vida le había enviado a esa hija a la que amaba profundamente y que le permitía vislumbrar el futuro en forma de nietos. Estaba orgullosa de su retoño y de cómo había madurado. Siempre había sido una niña dócil, suave, de buen carácter, a la que le gustaban las ternezas. Jamás le había acarreado un problema ni provocado malasangre. Y para mejor, había salido buena en diferentes áreas. Podía decirse que era polifacética porque, además de la abogacía, desde hacía ya un tiempo largo también la veía entusiasmada con el grupo de actuación al que pertenecía. Aunque, tal vez, su interés por el teatro viniera por el chico pelilargo con el que compartía elenco y que la alcanzó hasta la casa en un par de oportunidades. Había charlado muy poco con el muchacho pero le caía bien, parecía sereno, abierto, de ideas libres. El anterior novio de Agustina, demandante y autoritario en exceso, había sido la contracara del trato que le brindó su padre. Pero ahora la veía muy bien. Dos hechos constituían la prueba del cambio positivo: la conclusión de la carrera y el gran entusiasmo con el que practicaba la actuación y ejercía su trabajo de secretaria en el Teatro Colón.

–Nena, mandá fotos del almuerzo, eh… –le pidió Dina, y esa voz vino a sacarla de sus pensamientos.

–Sí, claro –dijo sonriendo.

Por más rencillas que hubiera entre hermanas, el cariño prevalecía. Esa relación fraterna se componía por un gran amor y una pequeña cuota de desavenencias, la justa para no provocar verdaderos cismas. Porque Dina también estaba muy contenta de que Agustina, al fin, se hubiera recibido.

Buenos Aires

Agustina

Prendo la luz y miro el reloj. Son las tres de la mañana. ¡Dios mío! ¡Y yo todavía despierta, dando vueltas entre las sábanas!

El insomnio no me deja dormir. No sé cómo he llegado a esta terrible situación que me quita la paz, aún no me lo explico. Estoy en un grave problema. A veces es difícil ser única hija, hay demasiadas expectativas puestas sobre uno, y esa carga nos puede llevar a tomar caminos equivocados, como en el que me fui metiendo poco a poco y que ahora me ahoga. Trato de recordar en qué momento fue que empezó esta mentira y vienen a mí retazos de conversaciones que tuve con mis padres durante los meses que comenzó a manifestarse mi crisis vocacional. Había dejado de ir a la universidad y no estaba segura de lo que quería, por lo que no deseaba entrar en detalle de mi situación con nadie. Mucho menos con mi padre. El día que me preguntó sobre el tema me escapé por la tangente.

—¿Cómo vas con la facultad, Agus?

—Bastante bien —le respondí obviando lo crucial: que, por las repetidas ausencias, había perdido la condición de alumna regular. No entraba a los teóricos, no compraba apuntes ni libros y un día dejé de dar vueltas alrededor del edificio. En esos tiempos ni yo misma conocía qué hacía exactamente con mi vida. Difícil, entonces, proyectar, hablar de futuro.

—Hum… ¿Cuántas materias rendirás en el próximo turno?

—No sé… varias, supongo.

—Estudiá con Lourdes. Ella parece buena alumna.

—Sí…

Por ese entonces, Lourdes Viglia era mi compañera de facultad y mi compinche. Aún hoy es mi amiga incondicional, recientemente recibida de la UBA, y cómplice en mi mentira de que soy abogada.

Pienso en esa época y recuerdo otra charla que tuve con mi madre. Fue decisiva. Transcurrió a finales del año en que murió papá y yo terminé mi largo y tortuoso noviazgo con Tobías. Estaba tan triste y veía a mi madre tan desconsolada que a pesar de saber con certeza que no seguiría estudiando, que abandonaría definitivamente la carrera, me parecía que no podía darle esa mala noticia. «No en este momento», pensé. Y así dejé pasar otra vez la oportunidad de hablar. Recuerdo el diálogo con exactitud porque a partir de aquel día la mentira empezó a pesarme terriblemente.

—Agus, ¿por qué no estás estudiando?

—Ya terminé de rendir.

—¡No sabía, hijita! ¿Cómo te fue?

—Bien.

—Gracias a Dios. Me imagino lo difícil que habrá sido concentrarte en el estudio después de lo de papá. ¿Cuántas rendiste?

—Todas —mentí descaradamente para no preocupar más a mi madre.

—O sea que ya estás en quinto año…

—Ajá…

—¿Sí o no?

—¡Sí, mami!

Y así, sin entrar en mucho detalle, le dejé creer a mi madre que estaba en el penúltimo año cuando en realidad había dejado de cursar en tercero, y sólo había rendido algunas pocas materias más, porque luego de eso me había dado por vencida y nunca más regresé a la universidad.

Finalmente, cuando al año siguiente todos creían que era el último de mi carrera, lo extendí por otro; y luego, otro más… Hasta que, llena de presiones para verme con el título en la mano, anuncié que estaba por rendir la última materia. El broche de oro fue la tarde en que Lourdes, mi amiga, quien conocía y sostenía mi mentira, vino a casa y, sentada a la mesa de la cocina, me contó que en diciembre se recibiría.

—Creo que el veintiuno rindo la última. No doy más… —suspiró con alivio—. ¡Me quiero recibir, me atrasé demasiado!

—Peor yo, que abandoné… Y nadie lo sabe.

—Bueno, vos al menos tenés trabajo —dijo refiriéndose al secretariado que yo hacía en el Teatro Colón.

—Más que el trabajo, lo que me importa es que estoy cerca de la actuación. Me parece que al fin encontré mi vocación.

—Eso es muy bueno. Pero, Agus, tenés que hablar con tu mamá.

Yo, sintiendo los pasos de mi madre que se acercaban a la cocina, le hice señas para que se callara. Fue inútil. No llegué a tiempo porque preguntó con severidad:

—¿Y qué es lo que Agus tiene que hablar conmigo? Imagino que contarme que rinde con vos la última materia. ¿Cuándo es la fecha?

—El 21 —respondió Lourdes con un hilo de voz.

—Bueno, espero que las dos se reciban de una vez por todas. Agus sabe cuánto espero ese momento.

Lourdes y yo nos callamos la boca. Nuestro silencio quedó sellado.

Y cuando el día 21 llegó, la mentira alcanzó su punto máximo, porque sin que yo diera muchas explicaciones, salvo asentir con la cabeza, mi madre creyó que me recibí. Y desde entonces pasaron veintiocho días —exactamente, veintiocho y medio— en los que no he vuelto a dormir una sola noche completa. Porque la conciencia me tortura.

La verdad es que, aunque mi madre está de viaje visitando a mi tía en Rosario, he decidido que se lo diré cuando regrese. Durante las últimas semanas lo único que me mantuvo cuerda fue mi relación con Darío, el chico con quien empecé a salir; y, muy importante: hacer lo que realmente me gusta, porque a la par de la mentira fue creciendo mi vocación por el teatro. Y parece que tan mala no soy para las tablas. Porque después de muchos castings fui elegida para una obra, la que vengo ensayando con Darío desde hace meses. Mañana sábado será la primera función en el Teatro de la Ciudad. ¡Y mi debut!

Mi madre, que está al tanto del estreno, prometió que vendría especialmente para verme. Entonces yo me había propuesto decirle toda la verdad esa noche luego de la función. Después de que ella me viera actuar, pensaba, sería más fácil contarle, pues al menos tendría algo de qué sentirse orgullosa de mí; y que el drama no se redujera al dolor de saber que le mentí y que jamás seré abogada. Pero como a veces la vida pareciera tomarnos el pelo, mis planes se han hecho trizas, porque Lourdes me acaba de contar por WhatsApp que mi madre ha organizado para mañana, cuando regrese, un almuerzo de festejo por mi título de abogada. Recién me entero, aunque se suponía que sería sorpresa. Lo que me deja atrapada entre contarle mi mentira antes de mi actuación o seguir mintiendo otro día más.

Sábado

Fernanda

Por suerte todo ha ido de maravillas, el viaje desde Rosario no fue nada pesado. Y ya estoy en casa lista para llevar adelante el festejo. Agustina duerme en su cuarto. Seguramente anoche salió de parranda. Mejor, así cocinaré tranquila y todo será sorpresa. Me apuro, me cuelgo la cartera y salgo a la calle.

Cuando ingreso a la joyería Zafiros en la piel, la empleada me sonríe. Se llama Macarena y es quien me ayudó con sus consejos hasta que dimos con el engarce perfecto para que la moneda se luciera. Sabe que la quiero para mi hija recién recibida. Nos saludamos y, de inmediato, entusiasmada, me informa:

—Está lista, quedó hermosa. Mirá...

Saca un paño de terciopelo azul y sobre la tela deposita el collar; reluce.

—Me encanta —digo feliz—. La cadena fue una buena elección.

—Don Heredia, el dueño, la estuvo mirando y asegura que es muy antigua. De la época de la colonia, quizás... O antes.

—Eso nos decía mi madre cuando éramos niñas.

—Te la envuelvo.

—Sí, por favor, tengo poco tiempo. Debo cocinar para el almuerzo de hoy.

Nos despedimos. Camino por la vereda rumbo a casa. En la cartera llevo la caja blanca con un gran moño dorado. Me siento contenta. Le daré un regalo especial a mi hija. Terminar una carrera tan larga no es fácil.

Agustina

Acabo de despertarme y no puedo creer que ya sean las doce del mediodía. Aunque no es para menos. Anoche, para variar, me dormí a las cuatro de la mañana. Abajo, en la cocina, siento ruidos. Debe ser mi madre que regresó y está cocinando. Antes de bajar me daré una ducha. Necesito despabilarme, tener fuerzas para lo que hoy me toca enfrentar: descubrir mi mentira. ¿O mi verdad? Anoche le conté a Darío lo que estoy viviendo y me exigió que le confiese todo a mi madre. Aunque no me lo hubiera pedido, igual lo habría hecho. Estoy decidida, hoy es el día en que diré la verdad. Me cansé de vivir en color gris. Estoy segura de que ese es el color de la mentira, porque cuanto más sumergida estaba en ella, más en blanco y negro veía la vida. Y no lo digo en sentido figurado, sino en uno real. Cuando se miente, se vive en una realidad que no es tal. Por esa razón, siento que esta mentira me ha quitado la vida de todos esos años. Como lo que decía no existía y lo otro no lo podía vivir de verdad, entonces, era como no tener vida. En conclusión: me he pasado años sin una existencia real. Eso es lo que descubrí anoche en medio de mi insomnio.

El ruido del agua cayendo en la ducha me llama. Me meto en ella mientras me digo: «Hoy, Agustina Garay, se acaba tu tortura».

* * *

Veinte minutos más tarde bajo al comedor. Cuando veo a mi madre, la abrazo fuerte, largo, lloro, me caen lágrimas. Ella me dice:

—Ay, amorcito, sólo estuve fuera tres días. No te pongas así, que hoy estamos de fiesta. Te hice empanadas y... mirá —señala hacia el living—: llegaron tus tíos para festejar.

Ana y Alberto me miran, sonríen complacidos a la flamante abogada. Mi primo me hace muecas.

Yo, al verlos, lloro más aún. Quería hablar a solas con mi madre, pero ya llegaron los invitados. La vuelvo a abrazar con fuerza. No quiero despegarme de su lado. Pero el timbre suena y nos tenemos que soltar porque una de las dos tiene que abrir la puerta. Son mis padrinos, que llegan con la bebida en una mano y un táper lleno de verduras en la otra; a él no le gustan las empanadas. Como una autómata, saludo a la pequeña comitiva que armó mi madre. Ya veré en qué momento tomo valor y hablo. La situación se me escapó de las manos. Mi primo me hace chistes por llorona.

—Bueno, ya estamos todos —anuncia. Está apurado por comer. Comentó que luego verá a la chica con la que sale.

—Sí, y yo tengo listas las empanadas. Vamos a la mesa —pide mi madre.

—Esperá, abro un *champagne* y hacemos un brindis —propone mi tío.

—No, no —protesto yo.

—¡Chiquita, hay que celebrar! Ahora tengo una sobrina abogada para que me defienda.

—Con los líos legales de tu tío, nena, no te faltará trabajo —afirma mi tía. Luego, mientras le sostiene una mirada fulminante, agrega—: Mejor no me hagan hablar del tema.

El brindis se corta y nos sentamos a la mesa. Conversamos sobre nimiedades: que el tiempo está loco, que el dólar subió, que el nuevo técnico de la selección es un desastre y, obvio, que las empanadas están riquísimas. Todos están contentos, sé que me quieren. Pero si supieran la verdad, ¿dejarían de quererme?

La charla banal persiste. Soy la única muda. En la mesa se come, se habla, se toma, hasta que mi madre anuncia que dirá unas palabras. Y yo, en ese preciso instante, ansío que me parta un rayo. Mamá quiere hablar y yo me quiero morir. Imagino lo que viene.

—Estoy muy feliz de compartir con ustedes este momento tan importante, que es el título de Agustina.

—¡Mamá...! —protesto, como si sintiera vergüenza por la solemnidad del momento. Debo detenerla y no sé cómo. Quisiera taparme los oídos, cerrar fuerte los ojos y no escucharla. ¡No quiero estar aquí!

Mi madre continúa:

—Pero sobre todo, más allá del título, estoy contenta porque Agustina es la mejor hija que pude haber tenido, la más especial. Ella siempre me ha hecho feliz, tiene el mejor corazón...

Tras la última frase, conmocionada, ya no puedo contenerme más y exploto:

—¡Mamá, basta! ¡Yo no soy buena ni perfecta! ¡Soy una porquería!

Ya está, lo dije. Chau, se fue a la mierda.

El tiempo queda suspendido bajo un silencio incómodo hasta que mi madre arremete:

—¿Qué decís? ¿Qué te pasa, hija?

—Pasa que te mentí, que no me recibí, que llevo años mintiéndote y que jamás tendré ese título porque odio la carrera. Me encanta la actuación y quiero ser actriz. Me lo callé todos estos años. ¡Pero ahora ya no aguanto más! —grito mientras pego con la mano en la mesa. Mis temerarios movimientos hacen temblar los vasos, los platos, las botellas.

—Calmate, Agustina, calmate —suplica mi primo, que es el único que se anima a hablar.

—Hace mucho que te lo quería decir pero no podía. Nunca parecía ser el momento. Lo siento, perdoname...

Mi madre está muda, inerte, no refleja emoción alguna.

—Mamá, vos no hiciste nada mal. La tonta fui yo, que no abrió la boca y dejó pasar el tiempo. Por eso te digo que no soy esa hija perfecta que vos creés...

—Hija, yo... —dice mi madre y empieza a llorar. Estoy a punto de ponerme de pie para abrazarla y fundirme en su pecho, pero me demoro y ella se levanta antes y se va rumbo al baño. La miramos cómo entra y se encierra. Desde el comedor la escuchamos llorar. El silencio que reina en la sala es insoportable.

—Lo siento, les pido perdón a todos... —imploro y me levanto de la mesa. Camino hacia la puerta de calle. Necesito aire, ciudad, soledad, ensimismarme, pensar en lo que acabo de hacer y en lo que hice estos años.

Con la mano en el picaporte, les digo:

—Avísenle a mi madre que vuelvo en un rato.

* * *

Media hora después, los ánimos en la mesa están más compuestos. Fernanda regresó y allí, en la intimidad de la desgracia que acaban de compartir, cada uno cuenta sus cuitas. Primero, para reconfortar a la madre engañada, pero luego como una verdadera catarsis. Porque un comentario lleva al otro y las revelaciones terminan en un gran sincericidio: la tía Ana, ansiosa por poner en evidencia a su marido, abrió la boca para contarles que esa semana Alberto recibió una cédula judicial notificándolo de su procesamiento en una causa penal. Nadie se anima a preguntar detalles porque saben que siempre se dedicó a negocios extraños, pero los presentes –como corresponde– se solidarizan con sus comentarios. «La economía está mal y se pagan muchos impuestos.» El padrino de Agustina se desahoga y los pone al tanto acerca de por qué come verduras. No se ha vuelto vegetariano, como piensan algunos; come calabaza y zanahoria porque el lunes tiene programada una biopsia y está bajo una dieta estricta. Los primeros estudios dieron mal y le mandaron repetirlos.

El primo de Agustina, sorprendido por la situación legal de su padre, aprovecha la franqueza familiar para salir del armario y ponerlos al corriente de su cita. No es con una chica, sino con un muchacho. ¿Qué duda cabe? Es gay.

Conclusión: en cada casa se cuecen habas. Detrás de las fachadas se esconden grandes mentiras. La de Agustina no es la única.

239

La caminata me hace bien, transito cuadras y cuadras hasta que caigo en la cuenta de la distancia que recorrí y de cuánto me alejé. Entonces vuelvo al barrio y decido visitar a Lourdes.

Me recibe, le cuento la novedad. No me dice nada, sólo me abraza. Desde su departamento le hablo por teléfono a Darío y le relato brevemente qué pasó. Él festeja. Y mi amiga, que me escucha con atención, también. Yo no. Todavía no. Es imposible liberarme de la angustia. Pienso en el rostro de mi madre y deseo que la tierra me trague.

Son las seis de la tarde. Miro el celular y advierto que, entre tanto lío, olvidé que esta noche estrenamos la obra de teatro, que es mi debut. Pero ya no tengo ganas de presentarme. Que mi papel lo ocupe la actriz sustituta, la que se sabe al dedillo todos los parlamentos por si tiene que reemplazarnos ante una emergencia. Esta es una, sin dudas. Hablo con Darío para avisarle que no iré, y él me amenaza con comerme viva si me ausento.

—Te encarrilaste hacia donde vos querías —se escucha la voz de Darío a través del altavoz.

—No te detengas. Lo peor ya pasó. —Lourdes me aconseja que siga adelante con mis planes.

Entre los dos me convencen.

Entonces, decido regresar, cambiarme y continuar con esta vida que por primera vez es auténtica. Está sucediendo de verdad y no sólo en mis palabras. La idea me redime, y por primera vez pruebo un gran bocado de libertad. Mi existencia comienza a tomar color; ya no predomina el gris.

—¿Querés que te acompañe a tu casa? —me pregunta Lourdes.

—No, esto me toca a mí solita. Pero gracias, amiga, por estar.

—No pasa nada. Ahora, apurate, andá a cambiarte, que nos vemos en el teatro.

Cuando abro la puerta de casa, la escena que veo es completamente diferente a la que dejé. Los invitados se fueron y mi madre está sentada en el sofá del living.

—Hija... ¿dónde estabas? Me preocupaste.

—Mamá... —le digo arrodillándome y poniendo mi cabeza en su falda.

—Te estaba esperando...

—Te juro que pensaba contártelo esta noche, luego de que me vieras actuar. Pretendía que lo supieras después de que hubieras sentido una pizca de orgullo por mí... Al menos, por algo tan pequeño como el papel que interpreto.

—Bonita mía..., la función empieza en unas horas. Tenés que prepararte, concentrarte.

Su voz dulce me cobija, me hace sentir tranquila y me pongo en sus manos.

—Sí, pero si querés, no voy.

—¿Por qué no?

—Porque me decís que estabas esperándome, mami —intuyo que quiere hablarme de lo ocurrido.

—Sí, pero sólo necesito cinco minutos...

La miro expectante. ¿Qué me dirá? ¿Reproches, tal vez? Está en su derecho, estoy dispuesta a escucharlos.

—Hija, este regalo es para vos —dice extendiendo una caja pequeña.

Es de una joyería. La sopeso sorprendida.

—Abrilo —me pide.

—Mamá, pero si yo no me recibí.

—Abrilo.

Le hago caso, no podría contradecirla. Desde el interior del cofre destella una cadena de oro con la famosa moneda española, la que siempre perteneció a la familia.

—No me la merezco.

—¿Por qué no? Agustina, no iba a entregártela sólo por haber conseguido un título, sino porque soy feliz de que seas mi hija. El diploma apenas es un accesorio. Y para mí, vos sos especial, aun sin título...

—Mamá...

—Estoy triste, pero también orgullosa de que te hayas enfrentado con la verdad.

Toma la cadena, rodea mi cuello, la prende y la gira para que la moneda caiga sobre mi pecho. Nos abrazamos y las dos lloramos.

* * *

A Fernanda, la idea de que la moneda está donde debe estar le da paz. A Agustina, saber que todavía puede contar con el amor incondicional de su madre pese a la gran farsa que montó, también.

La última moneda que alguna vez una reina le dio a una mujer —y que fuera orgullo de un linaje familiar en América— fue invertida, como todas las demás, en el más valioso de los bienes: un hijo.

EPÍLOGO

Cuando escribí la serie de relatos unidos por las monedas de oro, me llamó la atención que, al hilvanar las historias de las mujeres pertenecientes a una misma familia o una misma estirpe, no podía comunicarlas por los apellidos; salvo que contara relatos de madres solteras que a su vez tenían hijas siendo madres solteras. Esto me hizo meditar en que, aun hoy, las mujeres recibimos de la sociedad una palmada lisonjera y unas palabras conformistas: «No te quejes, si querés, a tus hijos podés ponerles tu apellido junto al del padre». Apenas es un consuelo momentáneo. Sólo les daremos nuestro apellido a esos hijos y luego se perderá, inexorablemente, porque las nuevas generaciones tendrán otros, y otros. Y el nuestro quedará relegado al recuerdo de algún familiar memorioso, porque la simple anexión transformaría en larguísimos los nombres de las personas. Por lo tanto, ponerles a los hijos nuestro apellido es –casi– un gusto pasajero. Tarde o temprano se perderá.

Así fue como llegué a una conclusión reveladora: las mujeres no tenemos linaje. Al menos no en el apellido, porque hasta el de nuestra familia paterna se terminará perdiendo. Pensaba con pena en las científicas famosas, autoras de grandes descubrimientos que, tal vez, quisieron dejar a sus descendientes su apellido y no pudieron. Pero a pesar de esto las mujeres nos las arreglamos para tener otros linajes. Y el más importante, el que siempre hemos tenido, es el linaje del amor y la unidad entre nosotras, ese que hace que las madres les enseñemos cosas de mujeres a las hijas. El que hace que nos encante reunirnos todas las chicas de la familia, desde la abuela de ochenta años a la hija de cuarenta, de la adolescente a la niña de nueve, en torno de una mesa con té, torta, charla y consejos. Es en esas reuniones de familia extendida, exclusivamente de mujeres que muchas veces involucran a abuelas, tías, primas, madres e hijas, en las que se ve con claridad y se palpa el linaje de una familia.

Como mujeres, el linaje de apellido nos ha sido negado; al menos por ahora. Quizás en algún futuro aparezca una ley que nos otorgue ese derecho. Mientras tanto, tenemos el linaje del amor y el apoyo de unas con las otras.

ÍNDICE